Verena Mermer

Autobus Ultima Speranza

Verena Mermer

AUTOBUS ULTIMA SPERANZA

Roman

Residenz Verlag

Die Recherchen und das Verfassen des Romans wurden gefördert durch:
START-Stipendium 2014, BMUKK
Reisestipendium 2016, BKA
Aufenthaltsstipendium am Literarischen Colloquium Berlin 2017, LCB und BKA
Aufenthaltsstipendium in der Casa Litterarum 2018, ÖGL und BKA

Dieses Buch wurde mit Unterstützung der Kulturabteilung der Stadt Wien und der Kulturabteilung des Landes Salzburg gedruckt.

WIEN KULTUR

LAND SALZBURG
Kultur

Bibliografische Information der Deutschen Nationalbibliothek
Die Deutsche Nationalbibliothek verzeichnet diese Publikation in der Deutschen Nationalbibliografie; detaillierte bibliografische Daten sind im Internet über http://dnb.dnb.de abrufbar.

www.residenzverlag.at

Umschlaggestaltung: Christina Heimsoth
Typografische Gestaltung, Satz: Lanz, Wien
Lektorat: Jessica Beer
Gesamtherstellung: CPI books GmbH, Leck

ISBN 978 3 7017 1699 9

INHALT

SCHNEEWARNUNGEN

Der Busbahnhof: ein verstecktes Areal hinter Plakatflächen und Maschendrahtzaun. Neben dem Display für Abfahrten, Ankünfte und Verspätungen ist eine Tafel mit einer sternförmigen Grafik montiert. Vom roten Hintergrund heben sich ultramarinblaue Pfeile ab, die in alle Himmelsrichtungen weisen. Für eine Fahrt in den Süden ist es allerdings zu spät; in den Bussen nach Italien sind seit einer Woche alle Plätze reserviert, und auch wer heute spontan nach Kroatien oder Serbien will, wird kein Glück haben, außer per Autostopp. Dann eben auf und davon Richtung Westen oder Norden? Destinationen wie Paris und Berlin: ausgebucht! Eventuell sind noch ein paar Tickets nach Brünn, Dresden oder München erhältlich. Aber wieso nicht auf die Werbeanzeige hören, die Unentschlossenen rät: ENTDECKEN SIE DEN OSTEN! Diejenigen, die im Lauf der nächsten Stunden ostwärts reisen, haben allerdings anderes vor als eine Entdeckungsreise in die ihnen ohnehin wohlbekannten Städte und Dörfer Polens, Ungarns oder Rumäniens. Sofern sie überhaupt ankommen – schließlich geben Internetportale wie autogari.ro die ersten Schneewarnungen des Jahres aus.

Am Rand von Abfahrtsplatz Nummer 12 steht ein Busfahrer und zieht an seiner Zigarette. Er heißt Ioan; die Ringe unter seinen Augen und die Bartstoppeln im Gesicht verraten, dass er in letzter Zeit zu viel gearbeitet hat. Auf der schlecht sitzenden blauen Uniformjacke ist ein pinkes Logo angebracht: SPERANZA, so heißt die rumänische Buslinie, für die er unterwegs ist. Heute ist er verantwortlich für den pinken Bus mit dem Schild VIENA – ORADEA – CLUJ. Er fügt sich routiniert ein in das System aus Abfahrten, Ankünften, Verspätungen, Fahrzeugwartungen und Wetterbedingungen. Trotzdem nimmt er an Orten wie Berlin ZOB, Vienna International Busterminal oder München Ost die Rolle eines Zaungasts ein. Als Volksschulkind hatte Ioan geglaubt, dass die Welt an den Grenzen der Volksrepublik Rumänien aufhörte; dass hinter den Ausläufern des Apuseni-Gebirges die große Tiefebene und hinter dieser nur ein riesiges schwarzes Loch wäre. Und wenn er je einen Schritt darüber hinaus machen sollte, würde er ins Nichts fallen, sich in Luft auflösen vielleicht. Welch schöne Vorstellung von Sterben, dachte er, später, als er erfuhr, dass Flüchtende zwischen zwei Güterwaggons auf die Gleise gefallen, in der Donau ertrunken oder dicht hinter der jugoslawischen Grenze von einer Kugel getroffen worden waren. Der Drang herauszufinden, was sich tatsächlich jenseits der Volksrepublik befand, ließ sich dennoch nicht abstellen. Er wuchs wie von alleine, genauso wie Ioans Gliedmaßen und seine Verantwortung für die kleineren Geschwister. Als er diesem diffusen Gemisch aus Neugierde und Sehnsucht folgte, war er knapp zwanzig Jahre alt. Er fiel nicht in ein schwarzes Loch und er löste sich nicht in Luft auf. Statt eines Abgrunds erwarteten ihn versteckte Dornen und Distelgestrüpp zwischen Hecken und hüfthohem Gras, statt Zerfallserscheinungen Hunger und Durst. Seine wunden Füße trugen ihn über die grüne Grenze, die Angst vor der Miliz ließ ihn weitermarschieren, anstatt sich hinzulegen und kurz zu ruhen. Oder war es die Angst vor den Schleusern? Die hätten ihm unsanft zu verstehen gegeben, dass er den Weg bis ans Ende gehen müsse, einen Schritt nach dem anderen, und noch einen und – bis zur Entwarnung, ab hier sei er in Sicherheit. Er kann sich nicht mehr erinnern an die anderen aus der Gruppe, die nach drüben wollten, nach Ungarn oder weiter westwärts, koste es, was es wolle, mit oder ohne Kontaktdaten von Bekannten oder Verwandten. Nur das Bild einer Frau hat er noch im Kopf: kurze, schwarze Haare, niedrige Stirn und ein Leberfleck auf der Wange. Sie war kleiner als die anderen, aber zäh. Beschwerte sich nicht, zitterte nicht. Während er seinen Nerven befahl durchzuhalten, ohne zu wissen, ob sie ihm gehorchen würden. Heutzutage passiert er den Grenzübergang zwei- bis viermal pro Woche, ganz unspektakulär, knapp hundert Kilometer südlich der Stelle, an der sie damals hinüberwechselten. Mit zehn bis sechzig Menschen an Bord, die er vorsichtig und unter Einhaltung von Verkehrsregeln und Einreisebestimmungen aus dem Land befördert, das seit bald dreißig Jahren nicht mehr Volksrepublik heißt. An ihr Ziel oder bis zur nächsten Zwischenstation. Durch Ungarn. Nach Österreich. Deutschland. Italien. Großbritannien. Irland. Oder zurück nach Rumänien.

Ioan verscheucht die Erinnerung, als wäre sie eine Fliege – lästig, aber harmlos. Er kratzt sich am Kopf. Haare waschen wäre wieder einmal angebracht – zu Hause dann. Geht durch die verglaste Tür mit dem weißen Rahmen, beobachtet zwei Kinder in Skioveralls beim Fangen spielen und späht einer jungen Frau über die Schulter. Sie ist ihm vorher bereits aufgefallen. Ihr Haar ist hellbraun, sie hat ein jugendliches Gesicht und trägt betont erwachsene Kleidung: einen knielangen, dunkel gemusterten Webmantel und auf dem Kopf eine graublaue Haube. Sie löst ein Kreuzworträtsel. 15 waagrecht, neun Buchstaben: »Durchreisende haben keine Lobby, sondern Sitz und Stimme worin?« Lisa lächelt, schreibt WARTESAAL in die freien Kästchen und klappt das Buch zu. Es ist ihr gelungen, den Blick des Busfahrers zu ignorieren – das Wochenende in Linz war anstrengend genug, sie verspürt keinerlei Lust auf Konversation. In der Ecke stehen zwei Automaten: einer für kalte, einer für heiße Getränke. Ioan steuert auf den zweiten zu. Richtiger Kaffee wäre gut, aber zur Not tut es auch Chococino, Caramel Cappuccino oder ähnliches.

Der Kaffeeautomat spuckt eine hellbraune Flüssigkeit aus. Zu viel Milchpulver und zu wenig Zucker. Für den Genuss wird eine Zigarette herhalten müssen, also: wieder hinaus ins Freie. Die beiden polnischen Fahrer, die gleich unterwegs sein werden Richtung Deutschland, haben sich ebenfalls eine angezündet. Glosende Punkte in ihren Mundwinkeln, am Himmel ein Flugzeug im Landeanflug und hinter den Pfeilern aus Beton ein paar Männer, die nicht zum Verreisen, sondern zum Biertrinken hergekommen sind. Kurz ist es ruhig, dann schreit ein Kind, gleich darauf läutet ein Handy. Klingelton: Weihnachtsmusik. *Jingle bells, jingle bells / Jingle all the way / Oh what fun it is to ride / In a one-horse open sleigh …* Die U3 dürfte gerade angekommen sein. Aus wenigen Wartenden sind viele geworden, sie halten dampfende Plastikbecher in der Hand, telefonieren oder spielen mit ihren Handys. Der Klingelton von vorhin ist erneut zu hören: *Jingle bells, jingle bells / Jingle all the way / Oh what fun it is to ride / In a one-horse open sleigh …*

Adrian hockt auf dem Beifahrersitz des pinken Busses, in der gleichen Uniformjacke wie Ioan, nur, dass sie ihm mit seinem hageren Oberkörper noch schlechter passt. Er hat eben noch kein Fett angesetzt – und sieht sich auch sonst als die bessere Variante des älteren Kollegen. Schlank und groß gewachsen, flexibler mit den Dienstzeiten und lockerer im Umgang mit den Passagieren. Adrian steht auf, sucht den Besen, kehrt den Boden des Passagierraums, entfernt liegen gelassene Verpackungen, wischt mit dem Handrücken Krümel und anderen Dreck von den Sitzen. Stellt die Lehnen gerade, überprüft die Deckenlichter. Die Kilometer der Strecke CLUJ – ORADEA – VIENA teilt er sich mit Ioan. Hin und retour. Heute sind sie vor der Morgendämmerung aus Cluj aufgebrochen, fast leer war der Bus; bis zur Raststätte sind sie pünktlich gewesen, danach: zäher Verkehr und Fahrt ohne Unterbrechung. In einer knappen Stunde werden sie wieder zurückfahren. Adrian sperrt den Bus ab und sucht die Toilette auf. Kontrolliert den

Fahrplan, um zu sehen, ob noch eine zweite Linie in die gleiche Richtung fährt. Normalerweise ist es tröstlich, wenn auch andere zu einer Unzeit aufgestanden sind und sich durch den zähen Verkehr kämpfen müssen. Mit einer Ausnahme, und das ist die Linie eines ungarischen Scheinunternehmens, dessen Busse niemand in seiner Nähe haben will. Das Display mit den Abfahrtszeiten verrät jedoch, dass einer der sogenannten Geisterbusse dieselbe Strecke fährt wie sie – fast zeitgleich, mit zehn Minuten Vorsprung. Auf Abfahrtsplatz Nummer 13 wartet bereits ein weiß lackiertes Vehikel; ohne Firmenlogo, aber mit einem deutlich lesbaren Schild hinter der Frontscheibe: VIENA – ORADEA – CLUJ. Wenigstens verfügt es über intakte Fenster. Dumitru hat erzählt, dass letzten Spätherbst ein Bus derselben Firma ohne Windschutzscheibe hätte abfahren sollen, aus Cluj – oder war es Sibiu? Die eine Hälfte der Passagiere habe den Fahrpreis zurückgefordert. Die andere Hälfte sei eingestiegen, nicht ohne sich lautstark zu beschweren. Was, wenn Insekten, eine Taube, ein Greifvogel? Oder ein Gewitter? Fliegende Fracht von einem der vielen Laster, Holzscheite oder ein Hühnerkäfig? Bevor der Zank beigelegt oder ein anderes Transportmittel bereitgestellt worden sei, habe Dumitru sich entfernt, um pünktlich abzufahren Richtung Firenze.

Zwischen Aschenbecher, Ticketschalter und abfahrbereiten Bussen warten: Arbeitsmigrantinnen, Touristen, Pendlerinnen. Eine PassagierIn dämpft ihre Zigarette aus, ein anderer eilt aufs WC. Auch Adrians Pause vergeht zu schnell. Er wird sich für die verbleibende Dreiviertelstunde in der Schlafkoje abkapseln. Die meisten Reisenden, die er nur aus dem Augenwinkel wahrnimmt, warten weder auf seinen Bus noch auf das unselige weiße Gefährt, an dem er auf dem Weg zur Schlafkoje anstreift. Er kann nicht umhin, es kurz zu mustern. Auf diesen abgeriebenen Reifen soll es durch den angekündigten Schneesturm kommen? Ob auf den Motor Verlass ist, lässt sich von außen nicht erkennen, aber auch diesbezüglich ist er skeptisch. Zwei junge Frauen unterhalten sich, lachen. Von weiter hinten Schnäuzgeräusche. Das Handy von vorhin klingelt erneut: *Jingle bells, jingle bells* – kurz Stille. Ioan und er haben mit der Nummer 12 einen unvorteilhaften Abfahrtsplatz erwischt – es wird Verwechslungen mit dem Bus auf Nummer 13 geben, Adrian wird mehrmals falsche Tickets gezeigt bekommen. Solange es keine Pannen gibt, gehen ihn fremde Passagiere nichts an. Es ist trotzdem wahrscheinlich, dass er sie dann irgendwo in Ungarn wird aufklauben müssen. Schließlich bleibt fast täglich einer dieser Geisterbusse in der Einöde hängen – die meisten ihrer Passagiere wissen ohnehin, dass Ankunft Glückssache ist. Sie steigen trotzdem immer wieder aufs Neue ein, weil der Fahrpreis die Hälfte von dem beträgt, was für Langstrecken üblich ist. Er öffnet die Schlafkoje, legt sich hinein, lässt die Tür einen Spalt weit offen und schließt die Augen. Lustige Musik dringt ihm ins Ohr. *He's Orange / He has a lot of friends / They live together in a fruit stand / They have adventures all across the land / And even play in a rock 'n' roll band / He's Orange, Annoying Orange* … An einem Novembermorgen vor vier, fünf Jahren, kurz nachdem die Geisterfirma das Monopol für die Strecke verloren hatte, musste Adrian gut zwanzig durchfrorene Reisende aus dem ostungarischen Niemandsland mitnehmen bis Budapest. Weißer Bus mit Getriebeschaden, wieder einmal. Der pinke Bus mit dem SPERANZA-Logo war der einzige weit und breit, Adrian ließ alle einsteigen und fuhr mit vollem Passagierraum weiter. Ein Kind, das hinter dem Fahrersitz Platz gefunden hatte, hörte nicht mehr auf zu husten; eine fünfköpfige Familie beweinte kollektiv das Flugzeug, das ohne sie starten und sie nicht zu den Verwandten nach London bringen würde. Ohne Pausen lenkte Adrian bis nach Hause, wo er mit zwei Stunden Verspätung auch ankam. Für gewöhnlich ist es ihm egal, wenn ein Dienst nicht reibungslos verläuft. Am Ende jener Nachtschicht allerdings wollte er kein Busfahrer mehr sein.

Ioan spürt die Müdigkeit, trotz des Kaffees. Er lässt seinen Blick schweifen, weil er nichts Besseres zu tun hat. Was sollte er sonst machen? Sich mit Musikvideos vom Warten ablenken, wie der Bub neben ihm? *Hop in a cannon / With no seat belt / Get put in a fire / Just to melt / Annoying ways to die / Annoying ways to do-ho-ho / So many / Annoying ways to die / Get cut* – eine ältere Frau nimmt dem Buben das Handy weg, dessen Gesichtsausdruck wechselt von verzückt auf beleidigt, und Ioan kann wieder in Ruhe die Touristinnen und Arbeitsmigranten, die Kinder und Pensionistinnen vor dem Wartesaal beobachten. Der 15-Uhr-30-Bus, neben dem sich eine Menschentraube gebildet hat, wird das Tschechisch sprechende Paar nach Prag und die vier Jugendlichen, die enge Jeans und Parkas tragen, nach Berlin bringen. Bei manchen macht sich etwas Vorfreude bemerkbar, als sie in den zweistöckigen Bus einsteigen. Unter den Jugendlichen am ehesten noch bei den Burschen; für Mädchen scheint es in Mode zu sein, selbst den Blick zu einem kühlen Idealbild erstarren zu lassen, lasziv und gelangweilt zugleich. Kurz lichtet sich der Nebel, die letzte Sonne des Tages – zuvor nur ein kaltweiß verschwommener Fleck am Himmel – zeigt ihre Strahlen und streift die Nase eines Kindes, das gemeinsam mit dem Vater – oder ist es der große Bruder? – aufs Einsteigen wartet; die Mutter des anderen, das eben noch geschrien hat, ist wohl erleichtert darüber, dass ihres jetzt schläft. Der Mann mit dem blauen Rucksack wirkt müde, als hätte er das Bedürfnis nach Schlaf angespart für die Reise. Im Schnitt bleiben drei von vier Gesichtern ausdruckslos.

Für Ioan sind Gesichter sowieso ersetzbar; wie Geschichten, die unterwegs an ihn – und zwar nur an ihn – herangetragen werden. Sieht er so aus wie einer, bei dem alle ihre Lebensgeschichten abladen können? Er hat kurze Haare, die einmal schwarz waren und nun dunkelgrau meliert sind – in ein paar Jahren werden sie friedhofsblond sein, so ist das Leben. Seine Körpergröße: absolutes Mittelmaß, Bauchspeck: nicht mehr oder weniger als die meisten seiner Kollegen, grüne Augen mit braunen Sprenkeln: auch keine Besonderheit. Es kann also nicht am Aussehen liegen, dass sich ihm bei fast jeder Pausenstation Passagiere, Kellnerinnen und Tankwarte nähern und zu reden anfangen, während seine Kollegen unter sich bleiben können. Die Geschichten begannen sich zu wiederholen, in dem Jahr, als er die ersten grauen Haare auf seinem Kopf entdeckte: Eheprobleme samt diverser Eifersuchtsszenarien; Kinder, die nicht gut allein zu lassen waren, sich aber auch nicht ins Ausland mitnehmen ließen; Streit mit den Schwiegereltern, den eigenen Eltern, den Kollegen oder dem Vorgesetzten. Ein klein wenig ist ihm das Erzählte Ersatz dafür, dass sich die eigene Familie bereits an seine Abwesenheit gewöhnt hat, dass er die Geschichten von Frau und Sohn versäumt, während er fremde Menschen und deren Geschichten ins Ausland oder nach Hause bringt, Tankwarten und Kellnerinnen sporadisch beim Tanken oder im Restaurant begegnet, wenn sich ihre Dienstpläne mit dem Zeitpunkt seiner Durchreise überschneiden. Seine Zigarette ist abgebrannt, es riecht nach angesengtem Filter. Hinter ihm erhält irgendjemand eine SMS. *Beep! Beep! Beep!* Von weiter weg Hundekläffen; Chihuahua, Zwergpudel oder ähnliches. Er versucht, die Störgeräusche im Rücken zu ignorieren. Kramt Schachtel und Feuerzeug aus seiner Brusttasche und zündet sich eine weitere Zigarette an.

Neben den Türen zum Wartesaal und zum Klo gibt es eine dritte Tür, hinter dieser befindet sich der Ticketschalter. Von der Straße her nähert sich eine Gestalt dem Busbahnhof, passiert die Schwelle, steuert auf die drei Türen zu. Sie kommt Ioan bekannt vor. Ein Mann mit gewöhnlichem Gesicht und durchschnittlichem Körperbau, vielleicht etwas kleiner und untersetzter als die meisten, aber nicht wesentlich. Rumäne vermutlich, aber er könnte auch Ungar sein. Eher schäbig gekleidet, doch das sind andere auch. Zwei dicke Pullover trägt er und eine sandfarbene Weste statt einer brauchbaren Jacke.

Rasieren hätte er sich können, aber wer rasiert sich schon auf Reisen? Auf dem Kopf eine vergilbte Baseballkappe mit dem Logo einer insolventen Firma und schmutzigen Rändern. Er wirkt leicht betrunken. Auch diesbezüglich wird er eine Ausnahme darstellen, wenn auch nicht die einzige. Der Mann öffnet die Tür zum Ticketschalter – mit einer Seelenruhe, obwohl der Schalter in fünf Minuten schließt –, und Ioan erinnert sich, wie er einmal Richtung Radauți (oder war es Bukarest?) gefahren ist, der zweite Fahrer (Adrian? – oder Dumitru?) lag unten in der Schlafkoje, hinter ihm nahm dieser Mann Platz, auch damals mit zwei Pullovern und einer Weste, obwohl es schon Frühling war oder fast Sommer. (Es war Adrian, der unten schlief, jetzt weiß er es wieder.) Ioan rauchte bei offenem Fenster – sein Vorgesetzter würde die eine Zigarette niemals riechen. Das animierte jedoch den verdammten Fahrgast, sich ebenfalls eine anzuzünden. Ioan hätte sich fast umgedreht vor Ärger. Der Gegenverkehr muss ihn davon abgehalten haben. (Später meinte Adrian, bei einem Unfall träfe es ohnehin fast immer den, der hinter dem Fahrer sitzt – und der hätte sich somit selbst ins Grab getschickt.) Ioan fluchte laut nach hinten, der Mann löschte die Glut, anscheinend mit Wasser, Ioan hörte es tropfen und dann den Müllsack rascheln. Der Unbekannte hustete und begann zu erzählen – redete in einer Tour, hörte nicht mehr auf. Machte keine Pausen zwischen den Sätzen. Erzählte alles, vom Heimatdorf und der Küche seiner Mutter über die verführerische Catița, deren Körper er detailreich beschrieb, bis zu dem Bekannten, der auch bei einer Autobusfirma arbeitete, aber 3000 Euro im Monat verdiente – drei-tausend Euro, drei-tau-send! Er selbst machte dies und jenes … Ioan hat einen schalen Geschmack im Mund, vom Rauchen und vom Kaffee, und einen unangenehmen Verdacht: Es ist gut möglich, dass die Nervensäge sich jetzt noch schnell ein Ticket kauft und dann bei ihm einsteigt; anzunehmen, dass er Weihnachten mit seiner Catița oder weiß der Teufel welcher Frau, die einen wie ihn aushält, verbringen möchte!

Adrian gähnt. Er hätte die Schlafkoje verlassen können, sich einen Hot Dog holen vom Stand neben dem Eingang, oder nur einen Automatenkaffee, er hätte ebenfalls in der Kälte herumstehen und eine Zigarette rauchen können. Wird er nicht noch genug stehen? Sobald er in Turda angekommen ist, wird er sich der halb renovierten Wohnung widmen, dort weitermachen, wo er gestern Mittag aufgehört hat. Zu Weihnachten sollte das Eigenheim nicht mehr nach Baustelle aussehen! Er wird den Spülkasten montieren, sich um den Waschmaschinenanschluss kümmern. Auch die Küchenplatte wird sich nicht von selbst schleifen, und er zweifelt stark an, dass Silvana das erledigt, während er abwechselnd fährt und schläft. Kurz will er noch dösen, das Einladen hat schließlich Zeit. Er schließt die Augen und sieht Silvana vor sich stehen, in Leggings und Trägertop – kein seltener Anblick, die nicht regulierbare Heizung lässt sie von Anfang Oktober bis Ende Februar halb nackt durch die Wohnung laufen. Die Vorstellung erregt ihn (seltsamerweise mehr, als wenn sie tatsächlich leicht bekleidet vor ihm stünde). Letzten Mittwoch oder Donnerstag Abend hatten sie ausnahmsweise beide frei – das reichte, um Erwartungshaltungen wachzurufen. Sie saßen auf der Couch, aßen Bratkartoffeln und Fleisch, sie schaltete den Fernseher ein und lehnte den Kopf an seine Schulter. Er massierte ihren Nacken, die paar Quadratzentimeter Dauerschmerz, die sie gelegentlich daran erinnern, den Kellnerjob zu kündigen und sich etwas Leichteres zu suchen. Sie lächelte, fast so, wie sie früher gelächelt hatte, verlockend und herausfordernd – nur diesmal war es ein Lächeln, das bereits im Ansatz misslang. Leicht gequält und eine Spur zu routiniert. Als ob der Knoten aus ihrem Nacken hinauf ins Gesicht gewandert wäre oder eine Verunsicherung sich in ihre Mimik verirrt und in Folge auf ihn übertragen hätte. Er fuhr ihr mit der Hand unters T-Shirt, fummelte an ihrem Hosenbund, sah zu, wie sie Kleidungsstück für Kleidungsstück ablegte. Sie bemerkte die Scheu seiner Berührungen, nahm seine Hände, führte sie an die Stellen, an denen sie berührt werden wollte.

Nachdem sie mit ihm geschlafen hatte, betrachtete er lange ihr Gesicht: kein Knoten war zu sehen.

In Adrians Ohr dringt das Geräusch von Schuhen auf Kies und Streusalz, indessen geht Silvana im Trägertop auf und ab – die Schlafkoje muss zum Zimmer angewachsen sein, sonst hätte sie schließlich keinen Platz hier. An der Wand hängt eine Uhr, die darauf hinweist, dass die Zeit stehen geblieben ist. Er wird also nicht aufstehen müssen, und wenn, dann soll Ioan ihn doch wecken! Silvana öffnet das Zimmerfenster und Adrian sieht hinunter auf den Vienna International Busterminal. Die Abfahrtsplätze sind leer, der pinke Bus, den er lenken sollte, ist verschwunden, der giftgrüne mit den zwei Stockwerken ebenso. Da steht nur der weiße Geisterbus, und Silvana ruft, dass der nach Rumänien fahre. (Die genaue Destination interessiere sie nicht, genauso wenig, welche Strecke er nehme. Notfalls kämen sie im falschen Ort an und bei Verwandten unter.) Adrian zieht die Uniform an und fragt sich, ob er den Geisterbus lenken oder ihr die Bitte abschlagen soll. Hat sie ihn überhaupt gebeten – oder hat er das falsch verstanden? Er geht zum Fenster. Keine Spur von Silvana, und auch der weiße Bus ist fort. Stattdessen sieht er den, der Ioan und ihm zugeteilt wurde; sieht fünf Gestalten, die wie Menschen aussehen, aber ganz bestimmt keine Menschen sind, mit blutverschmierten Gesichtern – sie klopfen an die Scheiben, einer hebt wie ferngesteuert den Kopf nach oben, starrt ihn an und ruft: »Sie hat dich nicht gebeten!« Adrian läuft die Stiegen hinunter, öffnet das Haustor – vier Körper fliehen mit roboterartigen Bewegungen, den fünften erschlägt Ioan mit dem Nothammer. Silvana kommt hinter ihm hergelaufen, mit seiner Tasche und der Tageszeitung unter dem Arm: Sie sagt, in Craiova werde ein Kind vermisst; zwischen Debrecen und der Grenze habe ein Spaziergänger die Leiche einer Frau entdeckt, die Polizeisprecherin habe gemeint, es stehe nicht fest, wer sie gewesen sei und wo die Tat stattgefunden habe; in Cluj habe jemand ein Pensionistenpaar ausgeraubt und sei anschließend geflohen. Vom Fahrersitz ruft Ioan, Adrian müsse ihm helfen, sie einzufangen: die Bestien, die Unmenschen, die Verbrecher. Hektisch umarmt er Silvana, bewegt sich auf Ioan zu. Spürt etwas Hartes unter seinem Fuß, eine Erhebung, die keine Unebenheit im Asphalt ist. Sieht herab, will schreien. Er ist auf den fünften aus der Horde getreten, dem der Nothammer im Auge steckt. Ioan ruft Adrian zu: »Macht nichts, der ist sowieso schon tot!«

In der Kälte des Busbahnhofs steht Petru, der bereits eine Tagesreise hinter und noch eine Nachtfahrt vor sich hat. Von London nach Bukarest, mit viermal Umsteigen. Petru vergräbt die Hände in den Taschen seines Parkas. Trotz dunkler Bartstoppeln und Schlaffalten hat er ein schönes Gesicht: volle Lippen, markante Wangenknochen und einen wachen Blick. Er beobachtet, wie einer der beiden Fahrer – der etwas ältere mit den kurzen schwarz-grauen Haaren – an der Schlafkoje klopft, wartet, klopft, mit den Schultern zuckt und sich entfernt. Die Szene erinnert ihn an ein früheres Geschehen, das er nicht sofort zuordnen kann. Ihm kommt in den Sinn, wie er auf einem Parkplatz zwischen London und Leicester in der Führerkabine seines LKWs eingenickt war und erst aufwachte, als zwei Kinder Steinchen an die Scheibe warfen und ihn auf Rumänisch nach ein paar Pounds fragten. Es war Petrus erste Abreise gewesen, die ihn dorthin geführt hatte. Nach einer familiären Zusammenkunft; gemeinsamem Rechnen, Überlegungen, wie mit dem finanziellen Engpass umzugehen wäre; wer im In- oder Ausland eine Arbeit fände, sein Bruder oder er. Schlussendlich war es zu Petrus Aufgabe geworden, nach England auszuwandern, um als Fahrer anständig zu verdienen. *Oh Long Johnson / Oh Long Johnson miaow Johnson miaow / Oh Long Johnson miaow / Oh Long chaiochchrrr Oh lo lo …* Jemand steht neben Ioan, vertreibt sich die Langeweile mit Katzenvideos. Die Sonne ist inzwischen untergegangen. Ioan denkt an Marina. Sie wird ihn abholen, wenn er einige Stunden vor Sonnenaufgang in Cluj ankommt. Wird warten, bis die Passagiere ausgestiegen sind, die Pakete abgegeben, der Bus gereinigt und versperrt auf dem Parkplatz zurückbleiben kann. Ob Cosmin dabei sein wird? Cosmin, sein Sohn – vor vier, fünf Jahren noch ein Kind und mittlerweile ein unberechenbarer Teenager. Eigentlich hatten sie geplant, die Tage vor Weihnachten zusammen zu verbringen. Eislaufen zu gehen, aus dem Wald einen Christbaum zu holen. Letztes Jahr wollte Cosmin keinen anderen Baum mitnehmen als die mickrige Fichte mit den herabhängenden Ästen, als ob sie ihm leidgetan hätte zwischen den hohen Tannen. Marina plagte sich, das Bäumchen einigermaßen aufzuputzen. Heuer wird sie vermutlich ihren Bruder gebeten haben, einen anständigen Baum zu besorgen. Ioan hätte sich Cosmins neue Sachen zeigen lassen wollen – vor allem die Computerspiele. Die Überstunden haben zusätzliches Geld für ihn und eine Spielkonsole für seinen Sohn abgeworfen. Den einen Diensttausch dürfte dieser ihm allerdings übel genommen haben, zumindest hat er auf die letzte SMS geantwortet: »Wieso bleibst du nicht gleich dort???« Kein Hallo, kein Tschau. Ioan wirft den leeren Kaffeebecher in den dafür vorgesehenen Behälter, dreht eine Runde um den Busbahnhof. Er fragt sich, ob ihm die Schneewarnung Sorgen bereiten soll und ob der Mann mit den zwei Pullovern und der Weste immer lügt – auch dann, wenn er nach der Uhrzeit oder nach dem Sieger des letzten Schirennens gefragt wird.

Bevor Ioan sich Gedanken um die Passagiere oder gar um seine Ankunft machen darf, sind jedoch die Pakete an der Reihe. Zwei Tage vor Weihnachten sind die nämlich die eigentliche Schwerstarbeit. Wer nicht zu seiner Familie kommen kann, schickt Waren als Ersatz. Ioan ist lang genug im Geschäft, um zu wissen, was ihm bevorsteht; Jahr für Jahr rechnet er ab Ende November damit, dass sein knallpinker Bus bald wieder mit einem violetten Anhänger ausgestattet wird. Auf dem Anhänger steht SPERANZA – wie auf dem Bus, nur etwas kleiner. Heute könnte sich die Plackerei in Grenzen halten:

Er sieht nur ein gutes Dutzend Menschen ohne Koffer, dafür mit Fracht. Kaum hat er den Motor eingeschaltet, kommt eine Familie auf ihn zu – vermutlich Vater, Mutter, Sohn und Tochter, vielleicht aber auch irgendeine Patchwork-Konstellation. Sie sind gemeinsam gekommen, um ein Paket aufzugeben, das nach Oradea soll. Die Familie wird stehen bleiben, bis der Bus mit dem Geschenk abfährt. Eine ältere Frau bringt einen kleinen Karton, der schwerer ist, als er aussieht, und leicht nach Essen riecht. Dann ist ein Paar an der Reihe, mit der Information, das Paket gehe an die gemeinsame Tochter, aber entgegennehmen werde es die Tante. Es scheint, als hätten die beiden ihre ganze mütterliche und väterliche Liebe zusammen mit den Konsumgütern in Geschenkpapier gewickelt und eingepackt – wie viel von der Liebe ankommt und wie viel sich auf dem Weg verflüchtigt, traut sich Ioan nicht zu sagen. Das Erste, was die Tochter entfernen wird, ist jedenfalls kein goldenes Ringelband und auch keine bunte Schleife, sondern ein aufgeklebtes Papier, mit Name, Anschrift, Telefonnummer, und mehrere Bahnen braunes Klebeband. Statt Lametta oder heruntergefallenen Tannennadeln wird sie den Straßenstaub vom Paket wischen, bevor sie es unter den Christbaum legt. Bald stehen zwanzig, dreißig Menschen Schlange. Ioan nimmt Geld entgegen und schlichtet in den Anhänger: einen Koffer, der Zerbrechliches enthält, angeblich gut verpackt in Luftpolsterfolie und Zeitungspapier; eine gelbe Packtasche, die oben vernäht ist; gefühlte dreißig Umzugskisten und kleinere Schachteln; ein in Plastik verpacktes Ding, das sich beim Einladen als Babybadewanne herausstellt. Mittlerweile ist Adrian aufgewacht, kommt ihm augenreibend entgegen. Ioan sagt knapp, dass er selbst genug gestemmt habe und fortan nur das Kassieren übernehme.

Adrian meint: Kein Problem, er wollte ihm ohnehin noch schnell mit den letzten Paketen helfen. Jetzt muss er heben und stapeln; Ioan ordnet ihm an, die Waage hervorzuholen. Adrian dreht sich um, verzieht das Gesicht und fragt sich, womit Ioans verbissene Genauigkeit zusammenhängt. Ist es sein Hass auf Pakete – oder ist er wütend wegen Adrians verlängerter Schlafpause? Er selbst wäre großzügig mit der Gewichtsbeschränkung, er hat schließlich nichts davon, wenn er dem Chef mehr Geld abgeben muss, und die Provision ist so klein, dass es sich nicht lohnt, für Fracht über zwanzig Kilo doppelt so viel zu verlangen. Mehr einzuladen als anzugeben und den Differenzbetrag einzustreichen wäre zwar verlockend, aber: Erstens vertraut er Ioan nicht so ganz. Er schätzt ihn eher als einen dieser heimlichen Nostalgiker ein, die streng nach Vorschrift arbeiten, als könnten sie dadurch den Kommunismus zurückholen. Zweitens fällt bei inoffiziellen Transporten die Versicherung weg, was gerade bei zerbrechlicher Fracht ein Risiko darstellt. Drittens hat auch er schon die Nase voll von der kleinen und großen Korruption, die ihm in Rumänien an jeder Straßenecke begegnet und in Westeuropa an jeder zweiten. Viertens … hat er vergessen, die Heizung einzuschalten, weil ihn die verdammten Gedanken zu viel umtreiben! Den Bus umrunden, aufsperren, Heizung einschalten, Radiosender suchen … Rauschen. Gitarren- und Keyboardklänge. *Draußen am Fenster, die Flocken im Wind / I möcht gern daheim sein, wär gern wieder Kind* – die Art von Musik, die Adrian auf Dauer nicht aushält. Den USB suchen. Im Handschuhfach ist er nicht. Da sind nur Taschentücher, Zigaretten, Kaugummis und diverse Zettel. In den Kühlschrank wird Ioan ihn nicht gelegt haben. *A Weihnacht wie's früher war, an Christbaum mit Engelhaar / mit am Kripperl an Stern, ja des hätt i so gern …* Der USB liegt am Boden. Adrian hebt ihn auf, wischt ihn an der Hose ab und steckt ihn an. Wählt Best Driving Music #50. Shuffle, immer die gleiche Reihenfolge gäbe ihm das Gefühl, alles wäre eine einzige Wiederholung. *But even if the sky is falling down falling down / I will search for you / Even if the sky is falling down …*

Ioan übernimmt die Ticketkontrolle am vorderen Eingang, Adrian die Koffer. Das erste Gepäckstück gehört einem Mann mit Brille und hellbraunen Haaren, die von einer Maschine bearbeitet wurden statt von einem Friseur. Er sagt leise: »Nach Oradea« – so leise, als wäre Oradea ein Grund, sich zu schämen –, zeigt Ioan das Ticket, steigt ein, steuert auf die erste Sitzreihe zu. Hinter ihm kommen die Stufen hinauf: eine Familie, bestehend aus Vater, Mutter, Kind. Ein Mann Mitte zwanzig – er spricht Rumänisch, aber mit deutschem Akzent. Ioan denkt: »Seine Haare sind zu lang, beim anderen sind sie zu kurz«; und: »Wer rechtzeitig heimkommt zur Familie, hat Glück. Pakete sind kein Ersatz.« Eine ältere Frau steigt ein, mit kurzen Locken und adrett gekleidet, Kostüm und Mantel mit Pelzkragen – als stünde ihr keine zwölfstündige Busfahrt bevor, sondern ein Nachmittag im Kaffeehaus! Die junge Frau, die Ioan zuvor im Wartesaal beobachtet hat. Eine Familie mit Fahrkarten für den Geisterbus darf nicht einsteigen. Ein Mann. Noch ein Mann. Dann Petru, der Ioan kritisch mustert, ohne dass dieser sich den Grund dafür denken kann. Petru versucht einzuschätzen, ob Ioan ein brauchbarer Fahrer ist oder eine Katastrophe am Steuer; er überlegt, warum sich die Hoffnung, SPERANZA, mit Z schreibt, in einem Bus, der nach Rumänien fährt. Und wer glaubt denn daran, dass Hoffnung sich noch lohnt? Hinter ihm eine groß gewachsene Frau, für die SPERANZA lediglich eine Erwartungshaltung ist, die immer enttäuscht werden kann. Sie hat glatte, hellbraune Haare, ist schlicht, aber nicht unelegant gekleidet und heißt Daiana. Sie will auf etwas bauen können, anstatt nur darauf zu hoffen. Trotz ihrer durchwegs pragmatischen Haltung regt sich die ganze Zeit schon eine leichte Freude in ihr beim Anblick des Busbahnhofs: Überfüllte Wartehallen und gedrängte Abfahrtsplätze machen glücklich, vor allem, seit sie Wien kennt – leere Straßen und Plätze, die besonders an Wochenenden wirken wie ausgestorben. Eine weitere Frau, die hastig atmet, als wäre sie gelaufen, um den Bus zu erwischen. Noch drei Reisende, die aber den weißen Bus nehmen werden. Ein Jugendlicher, der bei Ioan einsteigen wird. Männer. Frauen. Adrian hebt den Koffer der letzten Passagierin in den Gepäckraum, sie sagt: »Oradea!«, in einem Tonfall, als wäre Oradea der großartigste Ort der Welt. Der Koffer ist schwer. Er fragt: »Fräulein, reisen Sie mit Steinen?« Sie lächelt und antwortet: »Nein, mit Goldbarren.«

STUNDENKILOMETER

Alexandru hat als Erster Platz genommen, ganz vorne links, gleich hinter dem Fahrer. Wenn er sitzt, nimmt er eine leicht gebückte Haltung ein, die ihn kleiner macht, als er tatsächlich ist. Die Heizwärme lässt ihn müde werden. Er sucht nach seinem Smartphone, zieht es aus der Tasche seines Parkas. Schreibt Iulia eine Chatnachricht und stellt eingehende Anrufe auf lautlos. So macht sie sich keine Sorgen und er kann bis zur ersten Pause ungestört schlafen. Codruța, die nach ihm eingestiegen ist, geht mit ihrer sechsjährigen Tochter Susana weiter bis zur Mitte des Busses. Sie setzen sich hinter den zweiten Ausgang, Codruțas Mann Matei in dieselbe Reihe auf die andere Seite des Mittelgangs. Susana stellt sich auf die Sitzfläche, um einen Überblick zu gewinnen. Drei der achtundzwanzig Fensterplätze sind besetzt, dann vier, fünf … bald sind es fünfundzwanzig. Drei bleiben frei. Eins: hinter ihrem Vater. Zwei: vor ihrem Vater. Drei: hinter Susana. Vor ihr und der Mutter ist keine Sitzreihe, da ist nur die Treppe. Susana kann noch nicht bis achtundzwanzig zählen, aber sie weiß, dass sich Menschen oft plötzlich entfernen oder gar nicht erst in ihre Nähe kommen, wenn sie mit der Mutter und dem Vater in die Straßenbahn 2 steigt oder in die U3. In Wien sind sie Rumäninnen. Die Mutter bläut ihr ein, sie dürfe ihre Kleidung nicht dreckig machen. Taschentücher nicht zum Spielen verwenden, sondern um sich die Nase zu putzen, wenn sie rinnt. Und sie möge Deutsch sprechen in der Öffentlichkeit, was sie dann auch versucht. Hier sprechen aber alle Rumänisch. Ein großer blonder Mann mit schwarzem Parka hat sich auf den Platz vor ihrem Vater gesetzt, dreht sich zufällig um, ändert den Gesichtsausdruck, mustert ihn auf eine Art, die Susana missfällt. Kramt in seinem Jutesack, steht auf, tut so, als würde er etwas in seiner Hosentasche suchen, schaut nach vorne und zurück, setzt sich weg. Die Frau, die nicht viel älter ist als ihre Mutter, aber eben mit einem iPhone hantiert hat und einen edlen Schal trägt, stellt ihre Tasche auf denselben Sitz ab, lässt den Blick wandern, sucht ebenfalls Abstand, den sie drei Reihen weiter hinten auch findet. Hier sind sie Romnija, der Vater ist Rom. Einem, der für Susana aussieht wie ein Bauer, mit Stiefeln und dicker Wollmütze über dem Gesicht, das bestimmt viel Sonne, Wind und Regen abbekommen hat, scheint das nichts auszumachen – er bleibt auf dem Platz vor Matei sitzen. Irgendwann sitzt auch einer hinter dem Vater, und eine liegt, mit dem Wintermantel zugedeckt, hinter ihr und der Mutter.

Die Ankunft ist leichter anzukündigen als die Abfahrt, denkt Alexandru – er schickt Iulia noch ein Musikvideo hinterher: *In a bulletproof vest / With the windows all closed / I'll be doing my best / I'll see you soon* – Das Voneinandergehen begannen sie zu planen, da sie die ersten Male nicht gewusst hatten, wie sich verabschieden und wie lange stehen bleiben – Iulias Devise war gewesen: »Dreh dich um und geh!« Er hätte ihr am liebsten nachgewinkt, bis ihr Bus davonfuhr. Damals hatte sie noch bei dieser Familie in Tulln gearbeitet und er in Oradea. Dann die Schwangerschaft. Sie fädelte den Übergang geschickt ein: Fragte bei der Familie nach und bei der Agentur. Ließ Alexandru bei der Agentur vorsprechen. Von nun an war sie es, die blieb, während er in regelmäßigen Abständen aufbrach Richtung Österreich. Zurückkehrte für einen Monat, wieder wegging für den nächsten. Die Abschiedsrituale und -worte wurden routinierter: »Bis ganz bald!«, eine Umarmung, *I'll see you soon*, ein Blick über die Schulter, ein

Winken. »Ich will deine Tränen nicht sehen«, sagte sie einmal und machte sich davon Richtung Straßenbahnhaltestelle. Später war Iolanda da und Iulia begleitete ihn nicht mehr zum Busbahnhof. Einige Reihen hinter Alexandru läutet ein Handy. Lisa hebt ab, bedankt sich für den Proviant, den sie sicherlich erst in Cluj essen wird, wenn überhaupt. Ioan schaltet die Deckenbeleuchtung ein – so sehen auch diejenigen genug, die einen Platz mit defektem Leselicht erwischt haben – und stellt die Heizung auf zweiundzwanzig Grad.

Der Bus setzt sich in Bewegung. Die einen sind eingestiegen und die anderen, die wegen einer Verspätung den Anschluss versäumt oder den Busbahnhof nicht gefunden haben, in Wien oder anderswo zurückgeblieben. Wer pünktlich war, wird einen Abend und die halbe Nacht lang am Sitz wetzen oder – falls der Platz daneben leer bleibt – die Beine ausstrecken, vielleicht auch zusammengekrümmt auf zwei Sitzen liegen. (Freude am Reisen? Verspüren die wenigsten. Die meisten pendeln seit Jahren zwischen Familie und Lohnarbeit.) Die Unpünktlichen haben soeben Geld verloren, halten statt eines gültigen Tickets ein Stück Altpapier in der Hand und warten auf die nächste Mitfahrgelegenheit. *From across the room / These eyes keep following me* – eine nachbearbeitete Frauenstimme mit Hintergrundmusik dämpft das Stimmengewirr, das meist kurz nach der Abfahrt einsetzt und im Lauf der nächsten Minuten verstummen wird *And I can't deny how / How badly I need you now / I need you now / I need* – Ioan schaltet Adrians Musik ab, fährt auf die Autobahn, lenkt den Bus die Donau entlang, am Kraftwerk vorbei, an Wohnhäusern und Lagerhallen. Nördlich der Autobahn die Kläranlage, auf einem Areal von der Größe eines Stadtteils: überdachte Gebäude, Pumpen, Klärbecken. Ein kurzer, dumpfer Einzelton – im vorderen Bereich des Passagierraums ist etwas zu Boden gefallen. Es muss nach hinten gerollt sein; Ioan hört jemanden aufstehen und den Mittelgang entlanggehen. Ein Blick in den Rückspiegel, Spurwechsel, von nun an verläuft eine längere Teilstrecke gerade. Kurz hinter der Stadtgrenze glänzt die abendlich beleuchtete Raffinerie: in einer Reihe aufgestellte Rohöltanks; verzweigte Rohrsysteme, abgerundet und rechtwinkelig; schlanke Türme und Kamine. Auf dem Gelände ist kein Mensch zu sehen, vermutlich wird die Benzin- und Dieselproduktion per Computer ferngesteuert. Nach der Privatisierung wurde auch in der rumänischen Tochtergesellschaft die Zahl der Angestellten halbiert. Die Aktien waren damals im Sonderangebot, als hätte eine unsichtbare Hand sie mit einem –50%-Sticker versehen. Da lohnte es sich, 51% zu kaufen! Im Länderdreieck wurde das Grundwasser brennbar. Angereichert mit Arsen. Es war nicht nachweisbar, welche Firma in welchem Land beim Fördern von Schiefergas die Sicherheitsbestimmungen ignoriert hatte.

Früher arbeitete Alexandru schwarz und kehrte in regelmäßigen Abständen mit dem weißen Bus von Wien nach Oradea zurück. Nachts im Schneeregen wartete er an einer Straßenkreuzung, mit zwei Studentinnen aus Debrecen. Stadtauswärts Wohnhäuser, Spelunken und Bordelle. Auf der gegenüberliegenden Straßenseite ein Bürogebäude. Die Studentinnen rauchten Pink und tranken Cola light – warum erinnert er sich jetzt an unnütze Details, die zum Vergessen bestimmt sind? Eventuell ist die Müdigkeit schuld, die ihn gelegentlich heimsucht und seine Wahrnehmung vom Wesentlichen abzieht. Oder war etwas falsch an der Situation, an dem Abend, den Studentinnen, seinem Gepäck – vielleicht sogar an ihm selbst? Der Gedanke, dass um ihn herum nichts mehr stimme, könnte aber auch seinem schläfrigen Bewusstsein entsprungen sein. Er hätte sich am liebsten auf den Boden gelegt damals, die beiden Studentinnen gebeten, ihn zu wecken, ließ es aber angesichts des Schneeregens doch bleiben. Rief bei der Busfirma an: eine Stunde Verspätung. Ging ins Bahnhofsgebäude, um sich aufzuwärmen. Rief erneut bei der Firma an: eine weitere Stunde Verspätung. Etappen der Erleichterung: nach insgesamt drei Stunden den Bus kommen sehen und einsteigen (sich besser nicht fragen, warum auf der Karosserie kein Firmenlogo zu sehen ist); schon bei der Abfahrt ein ungutes Gefühl, dass er nicht ankommen würde, im Fenster spiegelte sich das Riesenrad, eine der Studentinnen schlief bereits. Dann: ohne dass ein technisches Gebrechen die Fahrt aufgehalten hätte, die ungarische Grenze passieren – schlussendlich dennoch ab Debrecen per Autostopp weiterreisen. Angeblich war der Motor schuld. Möglicherweise war aber auch dafür das unbegründete Gefühl, dass etwas falsch war, verantwortlich. Hat dieses undefinierbare Etwas ihm und den anderen Reisenden nachgezehrt, ein nicht Greifbares ihnen nach dem Leben, der Energie, dem Weiterkommen getrachtet? Oder ein bisschen selbst gemachter Horror? Vor dem inneren Auge: Inkarnationen der Skelette vom Dorffriedhof, einige von ihnen schon länger tot als lebendig; Szenen aus einem billigen Splatter-Film; eine Dracula-Miniatur aus Pappmaché.

Alexandru nimmt die Brille ab, dieses verbogene, leicht zerkratzte Ding, das zwar ihm, aber schon lange nicht mehr zu ihm gehört, und fragt sich, wo er seine Monatslinsen verlegt hat: in Oradea oder in Tulln? Die Linsen vom Oktober fühlten sich immer stärker wie Fremdkörper an, porös und ungesund; er suchte nach der Packung, um sie endlich durch ein frisches Paar zu ersetzen. Wenn sie in einer der Schubladen in Oradea lägen, wäre das gut – er hat alles systematisch geordnet und würde sie blind finden. In der Wohnung der Familie, für die er arbeitet, gibt es kein Ordnungssystem: dort gelang es ihm nur durch Zufall, die Brille auszugraben. In Oradea ist alles, was er in Tulln nicht zu brauchen gedenkt, zwischen die Spanplatten seiner Kommode geschlichtet. Der Fahrer überholt einen alten VW Golf, kurz vor einer scharfen Rechtskurve. Die Frage, warum Alexandru beim Buchen den Platz ganz vorne links angeklickt hat – obwohl dieser im Fall eines Zusammenstoßes … aus Versehen? Kontrollzwang? Warum er zu allem Überfluss noch den Wetterbericht gelesen hat? Ob der junge Fahrer, der früher oder später das Steuer übernehmen wird, gegen einen Schneesturm ankommt? Unterwegs aufgibt? Oder gar – besser, er denkt an die nahe Zukunft und nicht an die Gegenwart, auf die er keinen Einfluss hat, zumal der Mann vor ihm (bis auf das eine Überholmanöver gerade eben) vernünftig lenkt. Oder an die Vergangenheit. Sich in die Zimmer seiner Kindheit zurückträumen: In das alte Haus am Stadtrand, wo er wieder mit der Schwester zusammen in einer Kammer schläft – er niest, weil ihm Staub aus der Wolldecke in die Nase gekommen sein muss. Die Schwester wirft einen Polster nach ihm und ruft, er soll ruhig sein. In den Plattenbau, wo er das größere Kabinett beziehen durfte, unter der Auflage, dass die Großmutter die Gläser mit Zacuscă und Marmelade dort einlagern konnte. Die Reihen der Gläser betrachten, sie zählen und hin und wieder eines umdrehen – Marmelade ist gleichmäßiger gemustert als Zacuscă, in der ganz gebliebene Gemüsestücke die Wände der Gläser berühren. Der Großmutter muss er ins Ohr schreien, damit sie ihn hört. Bis zu ihrem Begräbnis vor zwei Jahren. Bei Mario könnten die Kontaktlinsen liegen oder doch in der Wohnung. Margit kann sie weggeräumt haben, vielleicht waren sie ja im Vorraum oder im Bad. Oder der Großvater seiner Arbeitgeberin, für dessen Pflege er verantwortlich ist, hat sie an sich genommen. Falls sie in Oradea sind und nicht in der Schublade, hätte Iulia sie allerdings schon finden müssen. Sie selbst trägt keine Kontaktlinsen – ihr wäre die Packung sofort aufgefallen. Er kann die Konturen ihrer alten Brille im Kopf nachzeichnen; sie ist noch hässlicher als seine. Neben Alexandru sitzt eine Frau, die den gleichen Mantel trägt wie Iulia – schwarz und mit hohem Kragen. Er beschließt, sie anzusprechen.

Bis auf die zwei in der ersten Reihe, den Mann mit der Brille und die Frau im schwarzen Mantel, ist es still geworden. Es läuft auch keine Musik, um die Sprachlosigkeit zu kaschieren. Welche Gesprächsthemen gäbe es? Der Alltag ist für kaum jemanden hier aufregend. Der eine verdingt sich am Bau, der andere im Schlachthof, der Dritte in der Fabrik. Die eine in der Pflege, die Zweite als Kindermädchen, wieder eine andere als Reinigungskraft. Das bisschen Privatleben, das sie haben, ist nicht geschaffen dafür, es vor ein paar Dutzend Mitreisenden auszubreiten. HALLO LEBEN!, steht auf einem Plakat am Straßenrand. ODER GOODBYE, denkt Katha, die links hinten im letzten Winkel des Busses sitzt, die Beine angewinkelt und bis über die Nasenspitze mit ihrer Jacke zugedeckt. Sie streicht sich eine lange, aschblonde Haarsträhne aus dem Gesicht. Nimmt die Kopfhörer ihres Handys und sucht ein Lied: *Well, things change fast / but this too shall pass* – Katha schließt die Augen und hält sie fest geschlossen; der Bus hat inzwischen das Ballungsgebiet verlassen, das viele der Passagiere kurz- oder längerfristig zu ihrem Lebensmittelpunkt erklärt haben. *We think too big / We think ourselves as one whole thing / And we claim that this collection / Has a name and is a being* – Katha muss blinzeln. Legt die Stirn auf den Knien ab, nestelt mit den Fingern ihrer rechten Hand an den Armbändern herum, die ihr linkes Handgelenk umschließen. *But deep inside / When every cell divides / It sets upon the rule that states / Self-interest is divine* … Der Verkehr stockt, vermutlich, weil in Wien die letzten Tagschichten zu Ende sind, Ioan drosselt die Geschwindigkeit und betätigt die Lichthupe. Ein langsamer Linksfahrer weicht aus. Die nächste Anzeigetafel kündigt den Stau an, den Ioan ohnehin schon registriert hat. Er rechnet: Durchschnittsgeschwindigkeit ohne Stau und bei normalen Wetterverhältnissen: 70 km/h, eine Stunde Pause bei der Raststätte, eine halbe bei der Tankstelle, je eine Viertelstunde Grenzkontrolle. Zeitverlust durch den Stau: vielleicht dreißig, vierzig Minuten, falls nur zäher Verkehr und kein Unfall die Fahrt aufhält.

In Alinas Schulter wirkt das Tragen und Ziehen des Koffers nach – sie hat zu viel mitgenommen, wie so oft. Die Frage, ob sie mit Steinen reise, scheint sie inzwischen zu begleiten. Am meisten wiegen die Bücher und die praktischen Dinge, die sie selten braucht, aber für alle Fälle mitnimmt; ihr Laptop; eine externe Festplatte für die Bilder: Gebäude. Blumen. Selfies mit flatternden kastanienbraunen Haaren, geschürzten Lippen, Augenzwinkern. Posen. Sie hat sich diesmal für den Bus entschieden, denn mit dem Zug hätte sie früher aufbrechen müssen – dafür wäre sie jetzt schon näher an Oradea. Dort könnte sie ein Taxi nehmen – die Straßen, auf denen es sich morgens und nachmittags staut, sind ab dem späten Abend wie ausgestorben. Das Taxi bräuchte keine Viertelstunde vom Bahnhof bis zu dem Wohnblock, in dem ihre Eltern leben. Und sie könnte sich bald in ihr eigenes Bett legen. Stattdessen sitzt sie im Bus, neben einem Mann mit Bürstenhaarschnitt und altmodischer Brille, der sich als Alexandru vorstellt und versucht, sie in ein Gespräch zu verwickeln. Oder in Small Talk zwecks Zeitvertreib. Der Mann stört sie nicht. Aber er interessiert sie auch nicht sonderlich. Er verfügt über eine Herkunft, eine Arbeit, eine Freundin, ein Kind. Wie viele andere auch. Und sie über ein bisschen mehr Geld, da die Busfahrkarte ein paar Lei weniger kostet als ein Zugticket. Schlaf garantiert auch die Eisenbahn nicht. Abteile können schreiende Kleinkinder beherbergen, strenge Gerüche oder überheizte Luft. Oder einen betrunkenen Psychiater, wie neulich auf der Fahrt nach Wien. Er war Oberarzt und ursprünglich aus Győr, kam aber gerade von einem Kongress in Bukarest. Das wusste Alina, fünf Minuten nachdem ihn der Schaffner aus dem Dämmerschlaf geklopft und sie das Abteil betreten, ihr Ticket abgegeben und das saubere Bettzeug entgegengenommen hatte. Ihr Buch, Taschentücher und eine Schachtel Aspirin auf den kleinen Klapptisch legte. Von Psychiatern war ihr bekannt, dass sie mit Substanzen hantieren, die sich positiv auf Seele beziehungsweise Gehirnstoffwechsel auswirken können. Und dass dabei auch einiges schiefgehen kann. Dieser hatte vermutlich die meisten Substanzen im Giftschrank der Klinik zurückgelassen. Dafür hatte er reinen Spiritus im Handgepäck und wollte mit ihr auf eine gute Reise anstoßen. Champagner sei ausverkauft gewesen. Sie kannte die

Spielregeln von ihrem Moskau-Praktikum: Ein Glas Spiritus macht bewusstlos, ein Schluck besoffen, einmal Nippen beschwipst. Wichtig war, darauf zu achten, dass nicht mehr als ein paar Tropfen in ihren Mund gelangten. Er bedeutete ihr, dass sie ruhig aus der Flasche trinken könne, der Alkohol töte sowieso alle Keime, die sie übertragen könnte. Offensichtlich hatten sich weder ihre Keime noch ihre Zurückhaltung auf ihn übertragen: Kurz nach der Passkontrolle begann er, ihr im Stundentakt Avancen zu machen. Weil sie nicht einschlief und obwohl sie ihn mehrfach zurückwies, gab er ihr keine Ruhe bis Wien Hauptbahnhof.

Auf einer ihrer letzten Heimreisen aus Ungarn war es ein Exhibitionist im Korridor gewesen, der Alina nicht hatte schlafen lassen: Er wirkte stocknüchtern und war bereits der Dritte, der ihr seit dem Beginn ihres Budapest-Praktikums begegnete. Ihre Zeit bei der Lokalzeitschrift war zu Ende. Es blieb das Rätsel, wie sich der Abschlussbericht so frisieren ließe, dass die Monate ihr als Pflichtpraktikum für Europastudien angerechnet würden. Die Strecke zog sich zwischen Biharkeresztes und Episcopia Bihor, und Alina musste darüber nachdenken, ob das öffentliche Entblößen hierzulande als Nationalsport gälte – und wenn ja: wo bliebe dann die Damenmannschaft? Aber: Vermutlich wäre reines Pech eine bessere Erklärung, denn: drei Exhibitionisten in Ungarn zu zwei in Rumänien waren keine Zahlen, die eine statistisch repräsentative Aussage ermöglichten. Trotz der versperrten Abteiltür war an Schlaf nicht mehr zu denken – in dem halbwegs vollen Bus fühlt sie sich sicherer. *Oh Long Johnson miaow / Oh Long chaiochchrrr* – die Audio-Spur, die sie schon zuvor am Busbahnhof gehört hat, und Gekicher in zwei unterschiedlichen Tonlagen. Mit geschlossenen Augen tappt sie durch einen menschenleeren Zug, vorbei an dem einzigen Abteil, in dem die Lampe eingeschaltet und der Vorhang geöffnet ist. Auf den Fensterplätzen, einander gegenübersitzend, Exhibitionist und Psychiater, eine Flasche Spiritus auf dem

Beistelltisch zwischen ihnen. Der eine: »Nicht einmal um Mitternacht kommt die Sonne hervor.« Der andere: »Durch die ungünstige Lage in einem Talkessel ist Cluj im Winter besonders stark von Smog betroffen.« Der eine: »Gut, im Fall des Falles auch einen Fremden im Familiengrab zu verscharren, schließlich besagt der Aberglaube, jedes Grab brauche ein Opfer.« Der andere: »Was ist besser als PSD zu wählen?« Alina reibt sich die Augen, unterdrückt ein Lachen, bis sie ihr Buch gefunden und aufgeblättert hat – und tatsächlich, nach einigen Zeilen ist die Romanhandlung an einem amüsanten Punkt angelangt und auch das stumme Kollektiv um sie herum wird nicht denken, dass sie grundlos lacht.

Katha, die sich noch immer unter ihrer Jacke versteckt, die Füße in den Sitz und die Oberschenkel an den Brustkorb gedrückt, hat kaum Erfahrungen mit Exhibitionisten. Einen gab es, der regelmäßig auf ihrem Schulweg auftauchte und sie oder eine ihrer Freundinnen erschreckte, immer dann, wenn keine Erwachsenen in der Nähe waren. Mit Psychiatern hatte sie mehr zu tun – sie denkt hin und wieder noch an den hageren Oberarzt mit Bart, der ihr damals die Entscheidung abgenommen hat, ob sie weiterleben wird oder nicht. Kathas Blick streift die Hinterköpfe der Mitreisenden, er reicht nach vorne bis zum Fahrer, zur Frontscheibe und den nächsten Metern der Strecke, die vor ihr liegt. Ioan überprüft seine Zeitkalkulation – Durchschnittsgeschwindigkeit 70: macht neuneinhalb Stunden, Raststätte und Tankstelle: eineinhalb Stunden, Grenzkontrollen: eine halbe Stunde, Stau: ebenfalls eine halbe Stunde. An der Verzögerung war kein Unfall schuld, sondern der Pendelverkehr. Er kann schneller fahren, falls es nicht doch zu schneien beginnt, oder die Pausen kürzen. Einen Meter von Ioan entfernt, auf dem Gangplatz rechts vorne, sitzt Silviu, der – könnte er Ioans Gedanken lesen – skeptisch wäre, was eine reibungslose Fahrt und eine relativ pünktliche Ankunft betrifft. Soeben hat der Motor angefangen zu ruckeln. Entweder die Kraftstoffpumpe ist defekt oder eines der Einspritzventile – falls die Pumpe schuld ist, kann sie jederzeit ausfallen und den Bus zum Stillstand bringen. Motor, Getriebe und Elektronik müssten zwar in regelmäßigen Abständen überprüft werden, nur … Silviu hat Anfang der 90er-Jahre seine Ausbildung zum Mechaniker begonnen. Schon früh, als jüngster Arbeiter in der Werkstatt am Ortsrand von Sibiu, war er angetan von den technischen Möglichkeiten, von Allradantrieb, Radios mit CD-Playern, Pieptönen beim Einlegen des Retourgangs. Von immer geschmeidigeren Schaltungen, Motorrädern mit immer höheren Geschwindigkeiten. In Ingolstadt hat er mit fertigen Autos nichts zu tun, er übernimmt nur einen winzigen Schritt im Produktionsprozess. Seine Arbeit verfolgt ihn bis hierher, bis in seine Gedanken, die ihn ins Presswerk versetzen – dorthin, wo Menschen eigentlich nichts zu suchen haben und Roboter das Stahlblech für die Karosserien in Form bringen. Dieser Arbeitsschritt ist Serienproduktion – ab dann werden die einzelnen Wagen so hergestellt, wie der jeweilige Kundenwunsch sie zusammensetzt. Personalisiert. Im Rohbau sind kaum Kollegen anzutreffen, einarmige Konkurrenten aus Metall stecken die Seitenwände auf eine Bodengruppe. Maschinen sind stärker als Menschen – und nicht verwundbar. Die Schuld an Verspätungen in der Produktion lässt sich allerdings nicht auf die Roboter abwälzen. Natürlich muss jeder einzelne Neuwagen zeitgerecht fertig werden für die Lieferung an einen Haushalt mit Einfamilienhaus, rumänischer Reinigungskraft und dem nötigen Einkommen für einen Wagen, der noch niemandem gehört hat. Schön sind sie, die Autos, wenn sie voll ausgestattet und frisch lackiert die Produktionshalle verlassen!

Neben Silviu sitzt Sven, ein deutscher Student, der nicht beeindruckt wirkt. Nur die Augenbrauen hebt, als Silviu sagt, Technik fasziniere ihn, weil sie für ihn nie selbstverständlich war – seine Großmutter hatte nicht einmal elektrischen Strom, er selbst arbeitet an einem computergesteuerten Fließband, in der Herstellung halbautomatischer Fahrzeuge. Ihm entkommt ein verlegenes Lachen, als er sagt, Ingolstadt liege zwischen Nürnberg und Dachau. Noch bevor der Deutsche ihm den Betroffenheitsblick zuwerfen kann, den er schon bei anderen Deutschen gesehen hat, realisiert Silviu, dass dieser denken könnte, er fände etwas daran witzig – obwohl er es einfach nur absurd findet: in Nachbarschaft zum Massenmord wohnen, zur Arbeit fahren, essen, in einem Bett schlafen. So tun, als wäre nichts gewesen. Silviu hat das Museum besucht, das auf dem Gelände des ehemaligen Lagers errichtet worden war. »Traurig, das zu sehen«, sagt er. Der Deutsche schweigt. Silviu denkt an die Kollegin in der Nachmessung, die meint, sie müsse froh sein, dass in der Schweißstraße noch Fehler passierten, sonst wäre sie schon arbeitslos. Dort sprühen die Funken und zahlreiche Roboter bewegen ihre Arme. Schnell, aber nicht immer genau. Anettes Job: etwaige Fehler entdecken und melden. Das Einsetzen der Türen und Kotflügel ist eine grobe Arbeit, das Festschrauben der Motorhauben und Heckklappen ebenso. Die wohl eleganteste Tätigkeit ist der Kontrollgang danach: Drei Kollegen streichen mit den Händen die Karosserie entlang, genau und fast zärtlich. Prüfen, ob auch keine minimalen Unregelmäßigkeiten zu spüren sind. Das Tauchbad funktioniert wiederum automatisch. Als Nächster ist dann Silviu an der Reihe, er kontrolliert die Beschichtung, sie weist keine Mängel auf. In der Lackiererei versprühen Düsen den Füller und rote, giftgrüne, pinke, violette, weiße Wolken aus Basislack. Montage der Einzelteile: Armaturenbrett, Gangschaltung, Aschenbecher, Radio … Auslieferung, fertig.

Adrian legt die Uniformjacke über seine Rückenlehne, so können ihn die beiden Männer nicht sehen, die hinter ihm sitzen. Und wenn schon? Es sind schließlich keine Kinder und keine Klosterfrauen. Er holt sein Smartphone aus der Tasche, steckt die Ohrstöpsel in die Ohrmuscheln und sucht nach einem der Pornos, die er ansieht, wenn Silvana Spätdienst hat.

Ein paar gute hat er sich von einem Bekannten organisiert, zur Not nimmt er auch solche von Seiten wie ultimate-xxx.at oder ostweiber.de. Mitica, der links in der dritten Reihe neben seiner Mutter sitzt, ist schon über Pornos gestolpert, kann aber weniger damit anfangen als einige seiner Schulkollegen. Wenn er online geht, dann der Spiele wegen. Intro für Adrian: In Weiß gehaltenes Mädchenzimmer, ein Spiegelkasten, die Hauptdarstellerin ein Buch lesend auf dem Bett, ihre Freundin ist aus dem Haus, deren Vater betritt den Raum. Intro für Mitica: »Year 2015. Somewhere in America. Something went wrong during the secret experiment on secret military base.« Ein Englisch wie aus den Tweets des amerikanischen Präsidenten, denkt Mitica. »… Super soldiers turned into zombies. It was the end of peaceful life. Survivals had to live in fear in the fortified camps. There are some people left in town«, liest er, und: »You are the only their hope.« Mitica hat ein klares Ziel für die Dauer des Spiels. Adrians Ziel ist es, ein gelangweiltes Mädchen, eine unbefriedigte Mutter und Hausfrau oder gleich zwei Frauen auf einmal in Ekstase zu versetzen – oder eher: all das zu beobachten und selbst dabei abzugehen. Porno ist zwar eine Milliardenindustrie wie andere auch, nur: Die Videos werden heimlich konsumiert. Die Käufer von Neuwagen oder Computerspielen hingegen werden auch ihrer Chefin oder ihrem Großvater erzählen, was sie wo erworben oder heruntergeladen haben.

Miticas Held bzw. die Figur, die ihn als Spieler darstellt, ist vor dem weißen Kleinbus zu sehen, den er fahren wird. Breitbeinig posierend, den rechten Fuß auf einem reglosen Körper abgestellt. Eine Frauenleiche? Eher: nur eine eliminierte Untote. Durch seine Kleidung zeichnen sich beeindruckende Muskeln ab – er trägt eine enge Hose, die im Schritt spannt und vermuten lässt, dass unter der anliegenden Stoffschicht etwas Voluminöses Platz hat, ein Dreierpack Socken zum Beispiel. Die zierliche Brünette mit der etwas übertriebenen Puderschicht und dem silbernen Lidschatten im Gesicht ist barfuß und hat auch sonst nicht viel an. Auf dem Mann ruht die Kamera nur für ein paar kurze Anfangsmomente: stämmig, aber leicht gebückte Körperhaltung, Glatze und quadratischer Schädel. Jeans. Hemd. Durchschnittstyp. Seine Körpermitte ist allerdings durchaus herzeigbar – und die wird gleich als Close-up präsentiert. Der Hauptteil der Filmsequenz hat begonnen: Die auf Schulmädchen gestylte Frau macht sich mit ihrem Mund am Glied des Mannes zu schaffen. Ihr Gesichtsausdruck: verzückt, als würde es sie am meisten erregen, jemand anderen zu befriedigen. **Mitica verlässt indessen den Parkplatz, lenkt den schäbigen weißen Bus, eine Rechtskurve beschreibend, auf die Straße. Einstweilen sind keine Zombies zu sehen, aber die werden schon noch auftauchen.** Der Hauptdarsteller wischt mit der flachen Hand über die Vulva, die sich ihm darbietet – eine Bewegung, als würde man Brösel oder Staub von einer Tischplatte kehren. Die Frau, die aussieht und sich gebärdet, als wäre sie noch ein Mädchen, gibt trotzdem Laute des Wohlgefallens von sich. Tempowechsel: rasant, fast schon hektisch verkehren die beiden in der Missionarsstellung. Close-ups im Zeitraffer. Der Glatzkopf führt Selbstgespräche, die kommentieren, was er gerade tut (und was Adrian auch gerne täte). **Mitica feuert den Bus an: »Komm schon!« und: »Ja, mach ihn tot!«, während er menschenähnliche Wesen im Vorwärts- und Retourgang überfährt. Er als Fahrer ist nicht sichtbar, und von den Scharfschützen, die in der vordersten und in der hintersten Sitzreihe positioniert sind, sind nur Arme zu sehen, die aus den Fenstern ragen, und Hände, mit denen sie ihre Gewehre halten.** Die Frau aus dem Porno gleicht Ungeschicklichkeiten durch Selbststimulation aus. Es ist auch nicht weiter schlimm, wenn sie Hand anlegen muss, um ihren Körper aufnahmebereit zu halten. Das Einzige, was nicht passieren darf: dass dem Darsteller die Erektion abhandenkommt. **Auch das Spiel verzeiht kleine, aber keine groben Fehler: Den Rückwärts- statt des Vorwärtsgangs einlegen, in ein Gebüsch oder gegen einen Laternenpfahl fahren, ist nicht weiter schlimm. Nur Stehenbleiben wäre fatal, die feindlichen Figuren, die sich in der Kleinansicht als böse, rote Punkte in** seine Richtung bewegen, richten schlimmere Blech- und Personenschäden an als Hindernisse. An Level 1 wird er, Mitica, allerdings nicht scheitern. Die roten Punkte verschwinden, es schwirren giftgrüne Punkte auf einen großen weißen zu – sogenannte Überlebende, die klettern von selbst in den Bus, verschaffen dem Spieler eine kurze Handlungspause.

Im Film gibt es keine Pause, kein Aufatmen zwischendurch, kein Innehalten: Hektisch positioniert der Mann den Körper der Frau so, dass sie über ihm ist. Aber er behält die Kontrolle über sie. Mitica hat die Anweisung, den Bus in die sichere Zone zu lenken. Er weiß, dass die Handlung von ihm abhängt und dass sein Tank bald leer ist. Das Gesicht der Darstellerin wirkt wie das einer Frau beim Orgasmus – nun muss die Szene zu einem Ende gelangen, bevor der männliche Part erschöpft ist. Mitica parkt in der sicheren Zone. Er liest MISSION COMPLETE und seinen Score. Um die ersten 100 $ kauft er einen zusätzlichen Tank. Die aktive Figur kniet über der passiven; er entlädt den Beweis für seinen Orgasmus in ihr Gesicht, während sie angestrengt stöhnt. Den Beweis braucht es, sein Gesicht dabei zu beobachten würde nicht reichen – und Adrian auch nicht interessieren. Schnitt. Die nächste Frau, die mit Zopfspangen und gestreiften Sport-Hotpants ein Mädchen verkörpert. Ein Mann. Ein kurzer Dialog. Eine ebenso kurze orale Befriedigung. Mitica startet ein neues Level: ausparken, den Wagen in Position bringen, Vollgas geradeaus fahren. Um die erste Kurve, gegen den ersten Laternenpfahl. Adrian denkt den Mann weg und sich in die Szene hinein, liegt oben, dann unten, blickt an der Frau hoch, mit der er glaubt, noch eine Stunde lang schlafen zu können, der Frau aus dem Porno, er sieht Silvana, die sich von ihm löst, aufsteht und im Gehen antwortet: »Du hättest doch den weißen Bus nehmen sollen.«

Der Autobahnverkehr ist flüssiger geworden, die meisten Reisenden verspüren Erleichterung. Einige holen Schokolade, Energydrinks oder Jausenbrote aus ihrem Handgepäck;

öffnen ihre Schuhbänder oder ziehen ihre Stiefel aus; wer sich zurücklehnen will, verstellt den Sitz. Katha hingegen wird langsam nervös – was werden die anderen denken, wenn sie auf einmal wieder da ist, wie ein Gespenst, das niemand eingeladen hat, seinen früheren Lebensraum heimzusuchen? Den Ort, der Kathas Geschichte kennt, den sie vor drei Jahren verlassen hat, nicht ganz überstürzt, aber auch alles andere als geplant – auf und davon, nur um unter Unbekannten zu verschwinden, eine Zeit lang abzutauchen. Der Bus fährt mit mittlerer Geschwindigkeit durch das Burgenland. Lisa zählt die zurückgelegten Kilometer anhand der Entfernungstafeln am Straßenrand. Lässt den beleuchteten Glaszylinder des Designer-Outlets an ihrem Blick vorbeiziehen. Sie erinnert sich an die Berichte, die Fotos, die Schlagzeilen. Parndorf. Ein Laster mit 71 Toten im Kühlraum. Menschen, die geflohen waren in der Hoffnung auf Zukunft. Vier von ihnen Kinder. Radio- und Fernsehnachrichten. Bilder, die Geschehenes belegen oder nur den Voyeur im Zeitungsleser zufriedenstellen sollten, nach und nach in Vergessenheit gerieten und durch andere ersetzt wurden: Reihen einsatzbereiter Polizeiautos, Menschenmengen vor dem Kölner Dom, eine Warteschlange beim Arbeitsmarktservice. Ob diese anderen Bilder notwendige Begleiter sind, wenn es darum geht, Opfergruppen zu Tätern zu stilisieren, fragt sich Lisa – die Stimme des Beifahrers unterbricht ihre Gedanken, sie kündigt auf Rumänisch an, dass der ungarische Grenzübergang bevorstehe, dass es eine Kontrolle gebe und alle die Pässe bereithalten sollten. Lisa kramt in ihrer Tasche, holt den Pass heraus, blättert ihn durch: eine Bildseite, zwei Sichtvermerke, ein Eselsohr. Überlegt, seit wann wieder kontrolliert wird – es muss Mitte 2016 gewesen sein, dass die Polizei auf der österreichischen Seite anfing, aus Ungarn kommende Fahrzeuge anzuhalten. Der Bus fährt allerdings in die Gegenrichtung.

Zwei österreichische Polizisten steigen ein, der eine nimmt den Pass entgegen, den ihm Alexandru entgegenstreckt, blickt ihm ins Gesicht, gibt das Dokument mit einem Nicken zurück. Neben ihm kramt Alina nach dem ihrigen. Sie mag Orte nicht, wo ein Staatsgebiet aufhört und ein anderes beginnt, wo harte Übergänge wie Zäune oder aneinandergereihte Kabinen darauf hinweisen, dass hier eine Grenze ist. Sie liebt es, zu sehen, wie Land im Meer verschwindet und Wellen seinen Verlauf Sekunde für Sekunde neu definieren. Letztes Jahr gab sie den Rest ihres Praktikantinnengehalts für ein Ticket nach Constanța aus. Obwohl sie nur einen Nachmittag lang bleiben konnte. Legte den ganzen Weg von Oradea zurück, nur um ein paar Stunden lang das Schwarze Meer zu sehen. Alina findet den Pass, zeigt ihn, steckt ihn wieder ein. Sitzreihe für Sitzreihe werden die Ausreisenden kontrolliert, das Prozedere wiederholt sich auf der ungarischen Seite mit den nun Einreisenden. Fünf Busse nach Cluj sind im Verlauf der letzten Viertelstunde hier vorbeigekommen, verrät der blonde Polizist mit der ungarischen Uniform, dessen Gesicht noch jugendliche Züge trägt. Ioan hat nach der Gepäckraumkontrolle wieder auf dem Fahrersitz Platz genommen und beobachtet die Kolonne derer, die weiterfahren dürfen. Die meisten kleineren Fahrzeuge werden durchgewunken, an den Fernreise- und Kleinbussen, Transportern und Kombis vorbei. Ein roter Golf wird jedoch angehalten, eine Polizistin leuchtet in das Gesicht der Frau am Fahrersitz. Ihr Haar ist kurz und dunkelgrau, sie hat einen Leberfleck auf der Wange. Der Lichtkegel der Taschenlampe streift auch ein Kind, das auf der Rückbank im Sitzen schläft. Ioan merkt, wie ihm die Frau aus dem roten Golf einen Blick zuwirft, bevor sie aufs Gaspedal steigt. Oder galt ihr Blick nicht ihm, wollte er nur die Situation an der Grenze erfassen und streifte ihn dabei zufällig?

CELLOPHANPAPIER

Der Platz schräg hinter dem Ausstieg verschafft Matei einen guten Überblick. Würde er den Kopf drehen, hätte er diejenigen im Blickfeld, die seine Familie und ihn demonstrativ meiden und sich gleich beim Einsteigen weggesetzt haben. Er streicht mit der Hand über sein Haar – die Frisur fühlt sich richtig an. Zupft einen schwarzen Faden von seinem rot-weiß karierten Hemd. Vor sich sieht er den Hinterkopf eines Mannes, der seine Wollmütze noch nicht abgenommen hat, obwohl der Bus beheizt ist. Eine Frau mit Pferdeschwanz. Zwei Touristen. Einen jungen Rom mit Schirmkappe über dem fransigen Haarschnitt. Wenn er über den Mittelgang lugt, sieht er hinüber zu Codruța und Susana, ihrer gemeinsamen Tochter. Die Kleine liegt eingerollt da wie eine Katze, den Kopf auf Codruțas Schoß. Sie dürfte Schlaf nachholen, was gut wäre. In den beiden Nächten vor der Abreise hat sie sich geweigert, ins Bett zu gehen, gebrüllt: »Ich will nicht zurück dorthin! Nicht dort-hin zu-rück!« Nicht wegen des Großvaters. Matei kann sie verstehen. Das letzte Mal gesehen hat sie ihn in einer Zeit, an die sie sich nur bruchstückhaft erinnern kann. Hinter Mateis Rücken erklingt die Vorliebe eines Mitreisenden für die englische Sprache: *Hey! Your phone's ringing! Your pho-o-one! Hello-o! Ring-ring! Ringelingelingeling! Your phone's ringing!*

Der Mann mit der Wollmütze, dessen Handy nur hin und wieder dezent vibriert, kommt vermutlich aus einem der

Dörfer in der Mitte Transsilvaniens. Er sitzt zwischen geflochtenen Plastiktaschen: eine zu seinen Füßen, eine auf dem Platz neben ihm und eine darunter. Verstößt es gegen die Beförderungsbedingungen, drei Gepäckstücke im Laderaum mitzunehmen, wäre dies nur gegen Aufpreis möglich gewesen? Oder muss er Wertsachen, die in diesen billigen, bereits geflickten Taschen verborgen sein könnten, möglichst nahe an seinem Körper behalten? Gegenstände, die keinen Tauschwert haben, aber für ihn von Bedeutung sind? Vielleicht reist er mit Briefen oder anderen Überbleibseln einer Vergangenheit – der eigenen oder der eines Angehörigen. Transferiert er das Familiensilber; das Kruzifix, das seit Generationen weitergegeben wird; die einzige Kopie eines verlorenen Manuskripts? Jedenfalls ist er nicht ängstlich, er hat Matei auch nicht beäugt, als könnte dieser ein Taschendieb sein, ein Vampir, ein Tagedieb, ein Zombie. Falls die Gegenstände ihm tatsächlich heilig sind, muss er allerdings ein vertrauensvoller Mensch sein, sie einfach so mit dem Bus mitzunehmen – beziehungsweise noch nie von DHL oder SUPER OST SPEDITION gehört haben. Wahrscheinlicher als eine kostbare Fracht in Plastiktaschen ist, dass er seine Verwandten und Bekannten mit Konsumgütern aus Österreich beglücken will: Pralinen, Duschgel, Lego, Geschirr, Puppenkleidung. Circa zehn Prozent des Gewichts von Geschenken macht die Verpackung aus – Matei hat allen Grund, Verpackungen zu hassen, Cellophanpapier, PVC-Schalen und PET-Flaschen, einfache Kartonagen und glänzende Aluminiumfolien.

Ioan überholt einen LKW. Einen Kombi mit österreichischem Kennzeichen. Einen übervoll bepackten Dacia, dessen Kofferraum einen Spalt weit offen steht. Er fragt sich, wieso Menschen von Reisen oder Arbeitsaufenthalten Gebrauchsgegenstände mit nach Hause nehmen, die sie dort genauso gut kaufen könnten – nicht wesentlich teurer oder sogar billiger. Letztes Jahr saß diese Frau in seinem Bus, um die Weihnachtszeit muss es gewesen sein, aber nicht so knapp vor den

Feiertagen wie heute. Sie hatte eine Geschichte; das allein wunderte ihn nicht weiter – alle haben sie Geschichten, und gelegentlich können sie dem Bedürfnis, diese in einer Rauchpause oder beim Warten an der Tankstelle loszuwerden, nicht widerstehen. Die Frau erzählte ihm, ihre Exfreundin wäre auf und davon, von Bucureşti OTP nach Milano Malpensa; entweder zur Ernte von Erdbeeren, Salatköpfen, anderen Kulturpflanzen, oder in einen Privathaushalt, vielleicht sogar in eine der Fabriken, die dort noch in großer Zahl produzieren sollen. Sie hätte keine Details erfahren und auch nicht danach gefragt. Sie brachte die Exfreundin mit dem Auto ihrer Eltern und fünf Koffern zum Flughafen. Ein Koffer roch nach Essen, die anderen nach Staub und Hautcreme. Beim Check-in wurde der Exfreundin ein Riesenbetrag für die zusätzlichen Kilos verrechnet; sie hatte kaum Bargeld, also zahlte sie mit Kreditkarte. Ioan weiß derartige Geschichten fortzusetzen: Sie wird nach Rumänien zurückkehren. Wieder mit fünf Koffern. Diesmal ohne Essen, dafür voller Geschenke an die gesamte Familie: Duschgels, Shampoos und Deos; eine Puppe, ein Dinosaurier aus Plüsch, ein ferngesteuertes Auto; ein Kaffeeservice, Besteck, Suppenteller. Die für ihn namenlose und austauschbare Arbeitsmigrantin wird nicht nur für die Geschenke und das Befördern der Koffer, sondern auch für Rechnungen mehr Geld ausgeben, als ihr zur Verfügung steht; die Familie hat sich bestimmt schon alles besorgt – vom Duschgel bis zu den Suppentellern – und bei der Verkäuferin im Dorfladen anschreiben lassen.

Jemand muss seinen Proviant ausgepackt haben, es riecht nach Essiggurken und Wurst. Nicht der hausgemachten aus Rumänien, sondern der Extrawurst von Billa, Hofer, Penny, Spar. Susana hat sich bewegt, sie dürfte aber immer noch schlafen. Durch Mateis Gesichtsfeld ziehen abwechselnd Schallschutzmauern und Bäume, vor seinem inneren Auge tauchen Bilder auf: Er sieht seinen jungen Vater – so jung, wie er ihn nur von Fotos kennt –, der eines Abends heimkam und augenzwinkernd verkündete, er werde künftig in der Schuhfabrik arbeiten. Einen Witz machte über den Aufstieg vom Schuhmacher zum Präsidenten der Volksrepublik. Letzteres im Flüsterton. Er hat auch später nie verraten – weder seiner Frau noch seinem Sohn –, durch wen er an den begehrten Posten gekommen war. Wenige Jahre nach der Wende und Monate nach Mateis Geburt wurde sein Vater arbeitslos. Früher hatte er Geld und es gab nichts zu kaufen, jetzt waren die Schaufenster voll und er hatte kein Geld. Er ging aber auch nicht nach draußen, folglich konnte ihm der Anblick der Schaufenster nicht wehtun. Blieb zu Hause. Starrte die Tapeten an. Bewegte die Hände, als müsse er noch im Schichtbetrieb zwölf oder sechzehn Stunden lang Damenstiefel, Sandalen und Herrenschuhe fertigen – feine Ware für den Export –, Oberleder über dem Leisten in Form bringen, Brandsohlen ausstanzen. Damals in der Fabrik war er zurückhaltend gewesen, wenn es darum ging, kleinere Werkzeuge oder Schnürsenkel mitgehen zu lassen, was fast alle taten, je nach Stellung in der betriebsinternen Hierarchie mehr oder weniger dreist. Als er gekündigt wurde, wünschte er sich, er hätte zumindest einen Vorrat an Schuhen für sich und die Familie organisiert.

Die Nachmittage seiner Kindheit verbrachte Matei oft in den Gassen der Umgebung. Von dort konnte er ganz legal allerhand mit nach Hause nehmen: Werkzeuge; Schnürsenkel, jedoch fast immer in abgenutztem Zustand; leere Kanister, die noch zu gebrauchen waren; oder auch dekorative Kleinigkeiten wie eine Plastikblume oder einen bunten Bilderrahmen. Immer wieder fanden sich solche Dinge an einer Straßenecke oder im Schutt zwischen den Mauerresten abgerissener Gebäude. Nach der Wende gingen Häuser und Wohnungen verloren wie Gebäude und Grundstücke im Monopoly – wenn sich eine Altbesitzerin meldete, deren Haus oder Wohnung im Kommunismus enteignet worden war; die Kirche, die ein Grundstück für sich beanspruchte; oder Anwälte im Namen abwesender Privatpersonen handelten. Matei wurde schnell erwachsen, lief nicht mehr auf Abrissflächen herum. Als er bereits auf der einen oder anderen fremden Baustelle Gelegenheitsarbeiten verrichtete, sollten seine Eltern, Codruța – er hatte sie kurz zuvor kennengelernt – und er die eigene Bleibe verlieren. Genötigt werden, innerhalb eines einzigen Dezembertages die Sachen zu packen, diese Einzimmerwohnung östlich der Stadt zu beziehen. Der Weg dorthin führte vorbei an leer stehenden Fabriken, die von Menschen bezogen wurden, die weder in einem Zimmer noch in einer Hütte unterkamen, zu den Hügeln, wo die Winter bitterer sind als im Zentrum, kalte Sturmböen nicht gebremst werden durch Bäume oder benachbarte Häuserfronten. Und im Sommer ein beißender Geruch von der nahen Mülldeponie herüberweht, eine Luft, die Alte und Kinder husten und krank werden lässt. Die bisherige Wohnung in der Innenstadt war nicht schön gewesen, aber die Miete bezahlbar. Die Adresse eine, die er sich getraut hatte anzugeben, auf Arbeitssuche oder bei Behörden.

Codruța blickt hinunter zu Susana, deren Kopf noch immer auf ihrem Schoß liegt. Die Tochter wird ihr immer ähnlicher. Die braunen Augen mit den geschwungenen Brauen und die glatten, dunkelbraunen Haare muss sie von ihr haben. Von Matei hat sie nur den Mund und die Hände. Codruța erinnert sich, dass die älteren Kinder aus der Nachbarschaft sich früher auf dem Parkplatz getroffen hatten, zusammen die Häuserreihen entlangspaziert waren und durch die Zaunlatten der nahen Vorgärten gelugt hatten. Wenn ein Unglück passiert war (ein Kind in der Nachbarschaft die Masern gehabt hatte; ein Mann sich betrunken und jeden beschimpft hatte, der ihm entgegengekommen war; eine Straßenkatze tot in einer Ecke gefunden worden war), hatten die Kinder geweint. Als sie binnen 24 Stunden ihre Sachen packen und alles, was sich nicht mitnehmen ließ, aufgeben mussten, weinten die Erwachsenen. Codruța war anfangs verzweifelter als Matei, aber bereits nach einigen Tagen seltsam gefasst. Was kann man machen, sagte sie zu sich selbst, was kann man machen. Eine neue Arbeit anzunehmen schien ihr sinnvoll. Das Angebot der Stadtverwaltung war das einzige. (Auch Matei hatte nichts anderes in Aussicht.) Als Tagelöhnerin durchforstete sie fortan Kubikmeter von kurzlebigen Dingen und Haushaltsabfällen, die auf der Deponie gelandet waren. Verpackungen, in denen Lebensmittel gewesen waren. Zigaretten. Damenbinden. Dinge, die hergestellt wurden, gekauft, konsumiert – von denen sie nur noch Reste und Hüllen zu sehen bekam, diese jedoch tonnenweise. Sie sammelte Plastikflaschen, Aluminium oder Kupfer. Wurde schwanger, konnte den Geruch kaum mehr ertragen, musste darauf achten, weniger schwer zu heben. Brachte ihre Tochter in einem abgetrennten Raum des Krankenhauses zur Welt – das muss die schäbige Variante des richtigen Kreißsaals sein, dachte sie. Das Kind wuchs auf in Kleidern, die sie mit kaltem Wasser wusch; Windeln, die eigentlich nicht leistbar waren; und mit einer leisen Stimme, die plötzlich laut werden und sie erschrecken konnte. Ging in den Kindergarten, wo es jeden Tag Brot und Milch bekam. Baute zusammen mit den anderen Kindern Schneemänner mit Karottennasen und Knöpfen als Augen. Fragte nach Chips, auch dann, wenn das Geld kaum für Kartoffeln reichte. Schlich heimlich den Eltern hinterher, schnappte PET-Flaschen, leere Konservendosen oder anderes Material und begann zu schreien: »Fizzes, Tic ac, Miky! Fizz, ic ac, Miky Way!« Susana verschluckte beim Sprechen noch einzelne Buchstaben, hatte noch den tapsigen Gang eines Kleinkinds.

Sie fuhren endlich ab Richtung Österreich, auf Verdacht, dass es freie Stellen gäbe – ohne Retour-Ticket, darauf hatte Codruța bestanden. Im Bus fragte eine Frau in ihrem Alter, die ebenfalls mit Familie reiste, deutlich hörbar ihren Begleiter, wohin solche wie sie bloß gingen und wo sie die restlichen Kinder gelassen hätten. Nach der Ankunft in Wien: Untermiete bei Bekannten von Mateis Cousin; dann eine eigene Wohnung, hässlich und überteuert, aber mit Fließwasser – die Bassena am Gang nur noch eine Erinnerung an frühere

Zeiten. Susana, die zwischen Dusche und Kühlschrank stehen blieb und ihr beim Abwaschen zusah. Die behelfsmäßig mit PVC ausgelegte Küche war zugleich das Badezimmer. 45 Quadratmeter für drei Jahre. 2 Monatsmieten Kaution, 2 Monatsmieten Provision. Codruța begann mit Schulden. Zahlte jeden Monat eine Rate zurück, später konnte sie jeden Monat etwas kaufen: Vorhänge. Einen Kochtopf. Kinderjeans aus dem Winterschlussverkauf. Nach einem Jahr Arbeit ein Smartphone, das sie sich mit Matei teilte. Materielle Dinge als eine Art Garantie, dass es auch für sie bergauf gehen würde. Langsam ahnt sie allerdings, dass ihr das Wachstischtuch, die Küchenlampe, selbst das Smartphone keine Sicherheit geben können. Nach Weihnachten wird sie allein mit Susana nach Wien zurückfahren, und Matei wird länger bei seinem Vater bleiben müssen. Dem Vater, der alt geworden ist, der von seinen Nieren, seinem Herz und von der staatlichen Krankenkasse im Stich gelassen wird.

Zwischen der Sitzreihe von Codruța und Susana und der, wo Lisa Platz genommen hat, befinden sich der Hinterausgang und das Bord-WC, das niemand benutzen möchte, wenn es sich irgendwie vermeiden lässt. In Lisas Kopf wirkt ihr letztes Gespräch mit Paul nach, durch Chatfenster über Ländergrenzen. »Sicherheit ist sowieso ein fragwürdiges Konzept in einer Welt, die droht auseinanderzufallen«, hat er ihr geschrieben. Und Sicherheit habe fast immer mit Besitz zu tun, ganz gleich, ob es sich um das überbewertete Gefühl oder um faktische Absicherung handle. Paul, dem Gegenstände nichts bedeuten, der aber an Orten hängt, als wäre er noch ein Kind, das nicht versteht, dass auch diese nicht beständig sind und weder Geborgenheit noch Schutz oder gar Liebe garantieren: Orte verändern sich mit den Menschen, die ankommen, fortziehen oder bleiben. Vielleicht hat Paul noch immer nicht verstanden, dass Linz nicht mehr dieselbe Stadt sein wird, auch wenn Lisa wieder zurückkehrt. Die Entfernung zwischen ihnen, die zuerst in ihrem Kopf entstanden ist und sie später von Oberösterreich nach Siebenbürgen umsiedeln ließ, werden sie nicht mehr überbrücken können. Und Lisa mag es nicht gelingen, sich an diesen Ort zu denken, an den sie vor zwei Monaten gezogen und von dem sie für ein verlängertes Wochenende zum ersten Mal nach Linz – nach Hause? – zurückgekehrt ist. Cluj, diese halb freiwillige Bleibe für ein paar Jahre. Der Korridor mit den Neonröhren: Die funktionierenden Röhren leuchten, die defekten blinken. Die Spanplattentür und die zerkratzte Türklinke aus Messing. In ihrem Zimmer der ausgelegte Teppichboden – was auf dem schon alles passiert ist? Will sie sich das vorstellen? Wie viele Betrunkene schon darauf geschlafen, wie viele Paare sich darauf geliebt haben? So es Liebe oder wenigstens Zuneigung gewesen ist, ekelt ihr nicht davor, irgendwie tröstlich der Gedanke, dass das Glück in ihrer Wohnung schon Einzug gehalten hat – und letztlich bestehen doch alle Menschen aus Körperflüssigkeiten und Organen, Haut und Knochen, diese wiederum zum Großteil aus Wasser, molekularem Sauerstoff und anderen chemischen Verbindungen.

Aus dem Augenwinkel sieht Lisa das Hintergrundbild auf dem Handy des Mannes, der schräg vor ihr auf dem Gangplatz sitzt. Ein blauer Farbverlauf; darüber Kreuz, Herz und Anker. GLAUBE, LIEBE, HOFFNUNG – ein alter Schuh, aber noch brauchbar. Wie die Converse ihrer Elterngeneration, die hatten auch ewig gehalten, bevor auf Billigproduktion umgestellt wurde und die Teens der 90er-Jahre nur noch für die Marke ihr Taschengeld opferten. Mit dem Glauben hält sie es nicht unbedingt, die Liebe hat es mit ihr nie lang gehalten, aber: Hoffnung, die könnte sie schon brauchen. Was sie noch brauchen und immer haben kann, wenn sie es nicht zu Hause vergisst, steht auf dem karierten Zettel, den sie an ihrem ersten Abend in Cluj an die Innenseite der Wohnungstür geklebt hat: USB, FEUERZEUG, ASPIRIN. Oft sind die kleinen Dinge wichtig im Leben, nicht der Großteil ihres Eigentums, der auf dem Dachboden ihrer Eltern liegt. Ihr Besitz für die nächsten Monate: zwei Rucksackladungen und der Inhalt zweier Hosentaschen. Dazu kommt, was sie in Kaufhäusern oder Eckläden besorgt. Der Rucksack im Laderaum, sie auf ihrem Sitz. Déjà-vu: Als sie zum ersten Mal mit dem Bus Richtung Cluj fuhr, ging sie im Kopf die Liste der Dinge durch, die sie besorgen sollte – damals waren es ein Wäscheständer, ein Haarföhn und ein Küchenmesser. Der Bus war weiß, und als er sich in Bewegung setzte, spiegelte sich das Riesenrad in der Fensterscheibe. Die Wochen und Monate vor dieser ersten Abreise hatte sie sich darauf gefreut, im Ausland zu leben und zu arbeiten. Woher kam dann dieses andere Gefühl? Für die Dauer der Busfahrt – und die dauerte länger als geplant – sagte es ihr, sie fahre in die falsche Richtung. Damals kam sie mit drei Stunden Verspätung an, und mit einer Unsicherheit, die im Magen rumorte und einen leichten Druck im Stirnbereich erzeugte. Heute ist dieses Gefühl verblasst – aber sie weiß noch immer nicht, wieso sie sich dafür entschieden hatte, das Gleiche zu tun wie all die anderen Expats: von diversen im Netz auffindbaren Jobplattformen in die weite Welt springen oder purzeln; sich, kaum angekommen, in Scharen versammeln, um nicht allein zu sein, abends ausströmen in Lokale, die nach Rauch und gegrilltem Fleisch, nach Alkohol und billigem Eau de Toilette riechen. Die paar Tage bei den Eltern in Linz waren mit einer Aufregung verbunden, die sie immer noch irritiert. Sie war doch nur zwei Monate im Ausland gewesen. Aber Aufregung hat auch etwas für sich: Vor lauter Befürchtungen und Vorfreude merkt sie die Anstrengung nicht. Bald, nach vier oder fünf weiteren Heimreisen, wird ihr das ständige Hin und Her zu schaffen machen. Noch ist sie nicht erschöpft, sondern nur etwas müde. Sie sollte versuchen, ein bisschen zu schlafen, denn morgen muss sie zu einer Besprechung ins Institut, vormittags. Sie wird kurz nach der Ankunft mit einer kalten Dusche und einem heißen Kaffee den Tag beginnen. Rauch und Schatten auf zwei zuckende Augenlider malen, die graublaue Wollmütze über den Kopf streifen und ihre Lieblingsjacke anziehen.

Ioan nestelt an den Knöpfen des Radiodecks herum. Knistern, der erste Sender: *You're my heart, you're my soul / I'll keep it shining everywhere I go / You're my heart, you're my soul* – erst leises, dann lautes Rauschen. Munter bleiben gelingt nur mit Radioprogramm und halbwegs klarem Empfang – Knistern und Rauschen lenken höchstens vom Verkehr ab. Dann: Plastikmusik mit Störgeräuschen im Hintergrund. Der nächste Sender: *Oh, life is bigger / It's bigger than you / And you are not me / The lengths that I will go to / The distance in your eyes / Oh no, I've said too much / I set it up …* Silviu, der auf dem Gangplatz in der ersten Reihe rechts sitzt und durch die Frontscheibe nach draußen sieht, muss an die Zeit denken, als Lieder wie dieses noch neu waren und mit alten Transistorradios auf und ab gespielt wurden. Seine Familie in Sibiu besaß einen kleinen Radiokassettenapparat mit wackligen Knöpfen und kurzer Antenne – er war offensichtlich für den Export produziert und bei der Überprüfung für ungenügend befunden worden. Wenn seine Mutter Reden oder Volksmusik hören wollte, er aber Rock oder Radio Free Europe, wusste er genau, bei wem er nachmittags anklopfen konnte. Die rumänischen Nachbarn hatten ein Gerät aus der Zwischenkriegszeit; die sächsischen Nachbarn hatten nach der Wende eines mit CD-Deck bekommen, von Verwandten aus München. Bald darauf räumten sie die Wohnung, nahmen das deutsche Radio mit, brachten es zurück nach Deutschland, blieben dort. Von hinten dringen einfache, elektronisch generierte Geräusche an Silvius Ohr, die nur von einem Computerspiel stammen können: monotoner Elektrobeat, ein Quietschen und dazwischen Splatter-Sounds. Eine Erinnerung an die veraltete Konsole, die per Post über den Ozean kam – ein Geschenk der Verwandtschaft mütterlicherseits, der es gelungen war, mithilfe von Freundschaftsdiensten und Bestechungsgeldern vor 1989 in die Staaten zu fliehen. Was er ebenfalls vom Postamt abholte, wo die Glasfassade und der mit Marmor veredelte Boden daran erinnerten, dass die Zeit des Mangels vorbei sein sollte: aussortierte Videospiele für seinen Bruder und ihn. Da war zum Beispiel ein Datenträger mit E.T., dem Spiel zum Film. Der Sound noch armseliger als der eben gehörte: Tonleitern, das Geräusch von trippelnden Schritten, die ein verpixeltes grünes Wesen begleiteten, das sich kleine grüne Punkte einverleibte, in graue Löcher fiel und etwas größere, buntere Gegenstände fand, die es ebenfalls fraß. Sein Bruder und er ließen das grüne Männchen herumlaufen, während die im Westen nicht mehr verkäuflichen Disketten bereits seit Längerem aus den Geschäften entfernt worden waren und auf einer Müllhalde in der Wüste von Nevada ruhten.

Auch in Kathas Familie gab es eine klar definierte Arbeitsteilung, was das Wegwerfen und das Aufheben betraf. Sich alter oder nicht mehr benutzter Sachen zu entledigen, war den reichen Verwandten aus dem Westen vorbehalten, während ihre Eltern alles annahmen: abgetragene Jeans, einen Couchtisch aus den frühen 80er-Jahren, zerkratzte Skier und Kinderskischuhe, die drückten. Auf dem MP3-Player, den sie von ihrer Cousine bekommen hat, wiederholt sie das Lied, das sie eben gehört hat (Abwechslung bietet das Leben genug): *She's a mystic in the sense / That she's still mystified by things / But scared to ask / How can nothing seem to last …* Was die Eltern mit Kathas Büchern und Kleidungsstücken, mit ihrer Zimmerdekoration und ihren Kosmetika angestellt haben, weiß sie nicht. Wie würden sie vorgehen, wenn Katha gar nicht mehr zurückkäme, um sie an sich zu nehmen? Hinterlassene Dinge lösen sich schließlich weder in Luft auf, noch verrotten sie – eventuell bleichen sie aus, falls sie zu viel Sonnenlicht abbekommen; solche aus Plastik werden porös; unabhängig vom Material fangen sie Staub. *I pray to hands / I pray to needs / And I pray to blades of grass / To find forgiveness in the weeds …* Katha muss an die Wohnung ihrer Großeltern denken, die kaum beheizbar war, an die rissigen Wände, einen Emaillekrug voll getrockneter Strohblumen, die Spinnweben und Blicke anzogen. Es gab Lippenstifte und Parfumflakons aus Großmutters Jugend – sie fanden an Kathas Unterarm heraus, dass selbst Parfum verderben kann, schrubbten ihn mit Kernseife ab – mehrmals, bis sich der strenge Geruch verabschiedete. Was Kathas Großmutter davon abhielt, den Flakon mit der ehemals duftenden Flüssigkeit wegzuwerfen, war sicherlich keine Kommunismus-Nostalgie, sondern private Sentimentalität.

Busfahrten machen anfällig für Rückblicke, Elena weiß auch nicht, wieso. Sie sitzt allein in der elften Reihe links, umgeben von Reisenden, die um Jahrzehnte kürzer auf der Welt sind als sie selbst. Durch das Fenster sieht sie Hecken im Halbdunkel vorbeiziehen und Ortschaften, die hinter Schallschutzmauern versteckt sind. Sie schließt die Augen und sieht den Herrn mit Hut wieder vor sich. Die Leute nannten ihn den Katzenmenschen, weil er während einer akuten Psychose allein durch die Straßen zog, dicht hinter jungen Frauen stehen blieb und Laute von sich gab, die wie ein Miauen klangen. Sieht die kleine Wohnung in Cluj, die stets nach Suppe und Tabak roch, Radu mit dem alten Motorrad. An ihn muss sie denken und an den Nachbarn, von dem es hieß, er wäre bei der Geheimpolizei … Erinnerung: ein Stelldichein mit der eigenen Herkunft, die sie geglaubt hatte, hinter sich gelassen zu haben. Im Zug vergessen. Aus dem fahrenden Auto geworfen. Bei der Rast zwischen Bäumen und Feldern ausgestreut. Mit dieser Herkunft, die ihr gehört und der sie jetzt entgegenfährt – nicht der Sehnsucht wegen, sondern aus pragmatischen Gründen. Es wird leichter sein, den Nachweis ihrer Dienstzeiten persönlich bei der Pensionsversicherung abzuholen, als jemanden darum zu bitten. Niemand tut anderen gern einen Gefallen, wenn es um Ämter geht. Außerdem kann sie sich mit der Schwester austauschen und versuchen herauszufinden, ob Radu noch lebt. Sie hat seinen letzten Brief nicht beantwortet, seine Fragen nach ihrem Leben in Wien. Es gab nicht viel zu erzählen: Sie hatte einen geregelten Alltag und eine angemietete Neubauwohnung am südlichen Stadtrand. Diese teilte sie mit ihrer Tochter, die aber schon damals die meiste Zeit über in Paris lebte und sich heute nur mehr sporadisch blicken lässt, meist um Weihnachten oder Ostern, und mit drei ausgestopften Katzen, die nach wie vor den Kleiderschrank ihres Schlafzimmers bevölkern. Die Katzen werden ihr sicher nicht mehr davonlaufen wie die Tochter, die in regelmäßigen Abständen ihre Sachen packt und sich verabschiedet. Rumoren in ihrem Zimmer ist ein Zeichen dafür, dass sie bald in den 18-Uhr-30-Zug steigen und erst in ein paar Monaten wieder vor der Tür stehen wird. Letztes Mal die Tochter mit dem Koffer im Stiegenhaus, der tote Goldfisch auf dem Asphalt vor dem Hauseingang – Resultat eines Kinderspiels oder Rosenkriegs? Sie blickte der Tochter vom Fenster aus nach, die Tochter blickte geradeaus, nicht drei Stockwerke nach oben, nicht nach unten. Fast trat sie auf den Goldfisch, fast zerdrückten ihn die Räder ihres Kofferkulis. Die Tochter wird in Paris bleiben und weiterhin im Winter und im Frühling nach Wien kommen – wie Neuschnee und Blütenblätter. Elena wird öfter als sonst ins Schlafzimmer gehen, um die Katzen zu streicheln. Nachmittags bei einer Tasse Tee im Sessel sitzen. In zwei Wochen dann, wenn sie aus Cluj zurück ist. Hier im Bus ist der Platz neben ihr leer geblieben. Sie kann die Beine hochlagern und ihre Handtasche auf den Nebensitz stellen. Die Frage, ob sie auch nichts Wichtiges zu Hause zurückgelassen hat – bis auf das Adressbuch, aber das muss vorige Woche verschwunden sein zwischen Einkaufszetteln, Rechnungen aus dem vorigen Jahrtausend und Notizen für Briefe, von denen sie nicht mehr weiß, ob sie abgeschickt wurden und an wen sie gerichtet waren. Irgendwann sollte sie wieder ihre Wohnung aufräumen. Sie wird sich (nicht allzu bald) überwinden, wird alte Zeitungen in Bananenschachteln schlichten, von Motten zerfressene Kleider dem Hausmüll und zu eng gewordene der Altkleidersammlung übergeben. Gewürze aussortieren, deren Gerüche und Geschmäcker sich verflüchtigt haben und die sie sowieso nur für die Zubereitung aufwendiger Speisen gebraucht hat. Sie wird nicht mehr länger kochen als nötig. Für sich alleine sowieso nicht, und die Tochter wird, sobald ihr eine Gehaltserhöhung bewilligt worden ist, lieber auswärts essen. Gelegentlich wird sie Elena in ein schönes Restaurant einladen. Dieser wird das schöne Restaurant peinlich sein. Sie wird sich fehl am Platz fühlen. Ihr Platz, das war jahrelang nur die Wohnung; später auch die Arbeit: ständig andere, noch oder schon verlassene Räume, die sie sauber machte. Sie fuhr mit Besen und Tüchern am Stiel über Böden, reinigte mit Bürsten und groben Schwämmen die Keramikoberflächen der Klomuscheln und Waschbecken von Flecken und Ablagerungen. Bis vor zwei oder drei Jahren putzte sie Klos und Badezimmer, Wohnküchen und Besprechungsräume. Entleerte die Papierkörbe in Büros, die Mistkübel in Wohnungen. Manchmal machte sie auch die Betten. An Orte, die vornehm wirken und nicht menschenleer sind, wird sie nie gehören. Die Tochter würde das nicht verstehen, vielleicht wäre sie sogar gekränkt, wenn sie davon erführe.

ceai_verde und AMORPROPRIU, mahlzeit2005 und GOVEGANBEHAPPY: Daiana betreibt es als Spiel, Orte für sich zu beanspruchen, die nicht für sie geschaffen wurden. Gelingt ihr das nicht, hat sie verloren. Sie liegt in Führung, wenn die Gegenseite keine Gelegenheit bekommt, sie abweisend zu behandeln. Wenn sie jemanden um etwas bitten muss, gibt es Punkteabzug. Ein Spielzug: Das WLAN-Passwort eines Cafés erraten, bevor ein Kellner an ihren Tisch kommt, den sie nach der richtigen Buchstaben- und Zahlenkombination fragen müsste. Daiana blickt über ihre rechte Schulter aus dem Fenster. Dunkel. Sie sitzt in der fünften Reihe, neben einem älteren, auffällig kleinen Mann, der gerade ein Speckbrot aus seinem Rucksack holt und ihr ein Stück anbietet. Die ab Januar gehegte Hoffnung, noch heuer eine feste Anstellung zu bekommen, die ihrer Qualifikation entspricht, hat sich nicht erfüllt. Aber Daiana ist es lieber, in Wien zu putzen als in Cluj oder Bukarest. Zu einer fremden Oberschicht hat sie mehr Distanz als zu neureichen rumänischen Junggesellen oder versnobten ungarischen Hausfrauen, die vielleicht sogar kontrollieren, was sie tut – und vor allem wie. In Wien: Die bürgerliche Familie, die sie als Perle bezeichnet und ihr erlaubt, bei der Arbeit die CDs mit den Opern und Klavierkonzerten einzulegen. Darauf besteht, dass sämtliche Wäschestücke mit Persil Feinwaschmittel gewaschen und die Böden mit Schmierseife geschrubbt werden. Die Ehefrau und Mutter, die sagt, sie würde das alles selbst erledigen, aber die Karriere. Und ihr Mann, sie wisse ja. Die ihr jedoch unaufgefordert eine Schachtel Gummihandschuhe und eine Küchenrolle in den Eingangsbereich stellt, bevor sie die Wohnung verlässt. Und ihr Wahlfreiheit lässt, was die Putzmittel betrifft. Das ältere Ehepaar, dem sie Montag Nachmittag zur Hand geht, hat genauere Vorstellungen: Essig für Kalk, Gallseife für Flecken. Handschuhe muss sie selbst mitnehmen, was sie auch tut: Der Viertelmillimeter Latex schafft physische Distanz zwischen ihr und den anderen, ihren Essensresten, Zahnpastaflecken, Bartstoppeln und Schamhaaren. Garantiert, dass sie all dies nicht richtig anfassen muss. Anstelle von Küchenrolle oder Lappen legt ihr die Frau, die voriges Jahr auf ihre Annonce geantwortet hat, zerschnittene Heimtextilien oder Streifen aus abgetragenen Hemden und Blusen zurecht. Als zuletzt verschlissene Unterhosen zuoberst auf dem Stapel lagen, dachte Daiana, das könne nicht wirklich ihr Ernst sein. Wusste, dass es nicht anging, ihren eigenen Ekel besprechen. Drehte den Stapel um, benutzte die quadratischen Fetzen aus Hemdstoff und war überzeugt, dass die Message ankommen würde. Büros oder Stiegenhäuser zu reinigen, wäre besser als Privathaushalte sauber zu machen. Wo nicht viel herumsteht, außer Papierstößen, Stiften, Klammermaschinen und ähnlichen Arbeitsutensilien, kann auch wenig verstauben. Eine leichte Aversion hat Daiana gegen Zimmerpflanzen entwickelt, eine starke gegen bemalte Zierteller, Porzellanfigürchen, Schneekugeln und Fische aus Muranoglas. Sie könnte mehr Glück oder ein besseres Händchen bei der Arbeitssuche haben – dafür verfügt sie über die Gabe, sich allerorts mit einer großen

Selbstverständlichkeit zu bewegen. Zuletzt ging sie mit einem Bekannten, der in einer Konditorei untergekommen war, auf den Zuckerbäckerball. Das Kleid hatte sie um dreißig Euro im Internet bestellt, im Discosaal fiel ohnehin nicht auf, ob der Stoff aus Polyester war oder aus Seide. High Heels tragen und sich divenhaft schminken: eine Ausnahme, wie Verkleiden für sie. Tanzen. Draußen mit dem Bekannten rauchen und aus dem kleinen Flachmann trinken, den er hineingeschmuggelt hatte. Heimkommen, die Garçonnière versperren (ein Kraftakt, seit das Schloss der Eingangstür spießt), die Ohrringe herausnehmen, die Maske abtragen: all den glitzernden Lidschatten, den Kajal vom Oberlid, das Kohlschwarz von den hellen Wimpern, die Puderschicht.

Der Mann mit den drei Taschen heißt Bogdan, er fragt sich, ob der Tochter die Kleider passen werden, die ihm seine Chefin überlassen hat – sie müssten schöner sein als die Ware aus zweiter Hand, die ein dunkelblauer Van wöchentlich ins Dorf bringt. Die Sachen aus dem Kaufhaus sind sicher richtig. Er hat ihr jedes Mal vor dem Gang zur Kassa geschrieben: ob sie den Pullover haben möchte, das dunkelrote oder das hellgrüne Hemd, ob SMALL und 38 ein und dieselbe Größe sei. Vor ein paar Wochen, als ihn der Besitzer des Waldviertler Forsts zum Schneiden und Einnetzen der Christbäume einteilte, dachte Bogdan, dass er mehr Glück hätte als Verstand. Jene Kollegen, die mit dem Transport in die umliegenden Städte und Marktgemeinden beauftragt wurden, müssen bis morgen Früh arbeiten. Die Verkäufer haben das schlechteste Los gezogen – manche werden noch bis morgen Abend mit ihren eingenetzten Nadelbäumen in der Kälte stehen, auf Parkplätzen von Billa oder Interspar, vor Dorfkirchen oder in Fußgängerzonen, die ihnen genügend Platz bieten für ein paar Kubikmeter heimischer Ware, gezogen aus georgischen Samen, gefällt und verladen von Rumänen oder Bulgaren. Die Frau mit dem Pferdeschwanz, die vor Bogdan sitzt, arbeitet in einem der Supermärkte – wäre Bogdan als Christbaumverkäufer herumgeschickt worden, hätte sie ihn sehen können bei ihren Rauchpausen zwischen Anrichten und Abpacken der Feinkost.

Ioan muss die Müdigkeit abschütteln, würde gerne rauchen, was er nicht darf, mit Kindern an Bord schon gar nicht. Lässt Adrian nach einem Energydrink suchen, ertappt sich dabei, abzuschweifen Richtung Wintergarten. So nennt er seine Loggia, die vor zwei Jahren von der Hausverwaltung renoviert und verglast wurde. Aquarium nennt sie Marina. Sie hat die vier Quadratmeter neu gestaltbare Fläche mit Pflanzen angefüllt und zwei Sessel hinausgestellt. Dazwischen trocknet die Wäsche, das Regal mit den selten benutzten Büchern ist ebenfalls nach draußen gewandert. Der Schulatlas der Sozialistischen Volksrepublik. Die Sternkarten seines Vaters, mithilfe derer Ioan gelernt hatte, den Großen und den Kleinen Wagen, Kassiopeia und Kepheus zu finden. Obwohl seine Frau die Loggia begrünt hat, erscheint sie mit dem kalten Betonboden und dem dottergelben Schaum, der aus den Fensterritzen quillt, zu schäbig für einen Wintergarten. Auch Aquarien sehen anders aus. Miticas Mutter hat ihm versprochen, dass er sein Aquarium im Kofferraum mitnehmen darf, wenn sie dann endgültig zurückkehren nach Rumänien. Sie werden das Wasser zur Hälfte ausleeren und den oberen Rand mit einer Plane abdecken. Mitica wird die drei Goldfische als Erinnerung an Wiener Neustadt behalten – bis sie eines Tages mit dem Bauch nach oben auf der Wasseroberfläche treiben und durch junge aus der Markthalle ersetzt werden müssen.

Elena ist nicht daran gewohnt zu rasten. Wenn sie allein in Wien ist, hält sie sich beschäftigt. Geht einkaufen. Spazieren. Zum Arzt. Liest einen Zeitungsartikel, löst ein Kreuzworträtsel. Auch wenn die Fahrt anstrengend ist: Das Einzige, was sie in diesem Bus tun kann, ist Warten auf die Ankunft. Wenn die Tochter in Wien ist, verbringt Elena ganze Nachmittage mit Warten darauf, dass sich der Zweitschlüssel im Schloss dreht. Zwischen den Blicken auf die Uhr: Den Wohnzimmertisch freiräumen. Alle Fenster öffnen. Kekse anrichten. Tee aufsetzen. Das Schlüsselgeräusch hören. Sich von der Tochter ins Wohnzimmer begleiten lassen. Gemeinsam Familienfotos ansehen, Gesichter von im In- und Ausland lebenden und jene der verstorbenen Verwandten. Fotos von Puma, Panther und Leo, als sie noch lebten – die Bälge bewegen sich nicht mehr und auch die Glasaugen blinzeln nicht. Den Tee nicht zu lang und nicht zu kurz ziehen lassen, sich zwischen einem Bild und dem nächsten erheben und die Beutel aus der Kanne fischen. Zwei gleich große Tassen suchen und Tee einschenken. Lebendige trinken gern Tee, die meisten zumindest. Lebendige haben ihre guten Seiten. Auch Tote haben welche: Sie verlassen niemanden mehr. Sie beschweren sich auch nicht über Bitterstoffe im ersten Aufguss, über zu viel oder zu wenig Zugluft. Auch an dem Septemberabend, nachdem die Tochter zum letzten Mal weggefahren war, setzte Elena Teewasser auf und öffnete die Fenster. Es begann zu dämmern. Der Goldfisch lag immer noch auf dem Gehsteig, an derselben Stelle, wo er zuvor gelegen war. Goldfische heißen nur so. Sie sind gar nicht golden, sondern orange mit einem Stich ins Rötliche. Als die Tochter bestimmt schon im Zug saß und Elena am Fenster stand, kam eine Katze aus dem Haustor gelaufen. Sie sah aus wie Puma, aber der war im Schrank geblieben. Die fremde Katze fraß den Goldfisch. Den Kopf ließ sie übrig.

JAPANROSEN

Ioan muss noch bis zur Raststätte durchhalten, dann darf er endlich essen und rauchen. Im Anschluss hat er Adrian das Steuer zu überlassen. Dieser wird die Verspätung nicht nur als Aufforderung zum Ausreizen der Tempolimits, sondern als Lizenz zum Rasen begreifen. Wie oft zuvor wird Ioan ihn zwischendurch fragen, ob sein Leben tatsächlich so trist sei, ob es denn nicht verantwortungsvoller wäre, den Selbstmord auf einen Zeitpunkt zu verschieben, an dem er keine dreiundvierzig Menschen mitnähme. Adrian wird antworten, dass bisher nur die weißen Geisterbusse Pannen oder Unfälle gehabt hätten – und dass Ioan zu angespannt sei für einen Job wie diesen. Während Ioan sich Sorgen um die kommenden Stunden machen muss, wird Marina die Wohnung weihnachtlich schmücken. Den Bruder um einen Baum schicken oder selbst einen holen fahren. Blautanne oder Graufichte, für ihn macht es keinen Unterschied. Cosmin wird jedenfalls das Gesicht verziehen, weil ihm ein anderer Baum besser gefallen hätte – oder weil er Bäume neuerdings blöd findet. Marina wird auch das Aquarium so schön wie möglich herrichten. Große, weiß glitzernde Aufkleber in Form von Schneeflocken an die Innenseiten der Scheiben kleben. Den Ficus von dürren Blättern und die Grünlilien von Ablegern befreien. Die Schlingen der Efeutute in der Mitte durchschneiden, die Stecklinge zusammenbinden und in ein Wasserglas stellen, damit in einigen Wochen Wurzeln sprießen.

Staub und Spinnweben von den Blumentöpfen wischen. Den Boden kehren. Cosmin wird sich weigern, ihr zur Hand zu gehen, was sie normalerweise akzeptiert. Letztes Jahr blieb er demonstrativ auf der Couch liegen, während sie um ihn herumwirbelte, staubsaugte, Besorgungen einschlichtete – und das, nachdem er sich durchgesetzt und die verwachsene kleine Fichte bekommen hatte. Blieb liegen, bis sie ihm zum ersten Mal in seinem Leben eine Ohrfeige verpasste. Cosmin verkroch sich in sein Zimmer, öffnete die Türe erst, als Ioan von einer seiner längsten Schichten nach Hause kam. Die heutige Nachtfahrt wird nicht viel kürzer und eventuell doppelt so anstrengend ausfallen: noch immer dichter Verkehr; ein Kollege, der einen Unfall provoziert, sobald er das Lenkrad in der Hand hat; zweiundvierzig Passagiere und Passagierinnen. Zwei davon Kinder, sechs Jugendliche. Aber auch für die Älteren kann er sich Schöneres vorstellen als durch die Windschutzscheibe zu fliegen oder in einem brennenden Fahrzeug zu sterben.

Die Musik läuft weiter, als gäbe es keinen Grund zur Sorge. *And I tread a troubled track / My odds are stacked / I'll go back to black* – Elena fürchtet sich nicht bei dem Gedanken, dass sie sterben wird. Sie weiß, dass alle früher oder später an der Reihe sind, sie eher früher als später. Vor einem Ende in bitterster Armut bewahrt hat sie die rechtzeitige Entscheidung, nach Wien zu ziehen. Arbeits- und Versicherungsjahre zu sammeln. Sie konnte Mindestpension beantragen und hat bis zu ihrem Tod Anspruch auf eine Summe, die für die Miete reicht und für genug zum Essen. Falls sie den Nachweis über die rumänischen Versicherungszeiten erhält, könnte ihre Pension vielleicht sogar etwas höher ausfallen. Doch eigentlich sollte sie sich eingestehen, dass sie den Nachweis aus reinem Pflichtbewusstsein holen wird, weil sie es nicht leiden kann, wenn in einer Dokumentensammlung eines fehlt. Denn was soll sie mehr bekommen, mit den sechs rumänischen Dienstjahren als Buchhalterin – zu einem Monatslohn, von dem sie heute in Wien nicht einmal einen Wochenendeinkauf bezahlen könnte? Zuletzt sah sie im Supermarkt am Reumannplatz eine Frau in ihrem Alter, deren dunkelblaues Einkaufswägelchen über einen doppelten Boden verfügte. Da Elena hinter ihr ging und offensichtlich ähnliche Essgewohnheiten hatte, konnte sie beobachten, wie eine Packung Putenbrust, ein Stück Butter und ein Block Käse unter einem dunkelblauen Pappendeckel verschwanden. Und – zwei Tafeln Schokolade, mit Sicherheit für die Enkelkinder. (Eine zweite Nachkommengeneration: Elenas Wunsch, den zu erfüllen die Tochter beharrlich verweigert.) Mit Seelenruhe packte die andere noch Mehl, einen Liter Haltbarmilch, Toilettenpapier und Nudeln in den oberen Bereich des Wägelchens. Sie verlor die Frau aus den Augen, nur um sie kurz darauf in der Gemüseabteilung wiederzufinden: Beide nahmen Radieschen, die im Angebot waren, einen Sack Kartoffeln, Zwiebeln und Suppengrün. Elena noch einen grünen Paprika, die andere zwei Tomaten, die sie von der Rispe löste und ohne ersichtlichen Grund einzeln abwog. *We only said goodbye with words / I died a hundred times / You go back to her / And I go back to …* Elenas Exmann hätte sofort die Polizei gerufen, selbsternannte Ordnungshüter oder die Filialleiterin. Sie blickte der Frau nach und wusste, sie würde sie nicht verraten. Wien ist keine Stadt, die es Mindestpensionistinnen leicht macht. Lucia, die in der zweiten Reihe sitzt, hinter Sven, dem deutschen Studenten, hat es noch schwerer: Sie ist drei Jahre älter als Elena und konnte sich in der Nachwendezeit nicht entschließen, das Land zu verlassen. Mit ihrer rumänischen Pension kann sie entweder heizen und hungern oder frieren und essen. Trotzdem – oder vielleicht gerade deswegen – hat sie ihren Goldschmuck nie zur Pfandleihe gebracht, sondern trägt ihn stets am Körper. Er verleiht ihr Würde, sie wird ihn erst dann veräußern, wenn die Not am größten ist. Ihre Haare hat sie mit Lockenwicklern in Form gebracht, bevor sie in den Bus gestiegen ist. Auch damit wird sie erst aufhören, wenn sie zu schwach ist, um im Ausland zu arbeiten. Lucia besitzt gute

Knochen – das liegt in der Familie, hatte ihr Vater gesagt, kurz vor seinem zweiten Herzinfarkt –, und so entschied sie sich, mit Mitte sechzig nach Österreich zu gehen, um Menschen Mitte achtzig oder Anfang neunzig zu betreuen. 24-Stunden-Pflege. Was sie allerdings nicht bedachte: dass es sich an manchen Tagen tatsächlich um 24 Stunden Pflege handelt, die Bereitschaft mit eingerechnet.

Andrei schaut aus dem Fenster, in der Dunkelheit ziehen die schwarzen Umrisse von Laubbäumen vorbei. Er hat ursprünglich nur bis Anfang Oktober fortbleiben wollen. Als er im Frühsommer nach Österreich fuhr, waren die letzten Erdbeeren zu ernten – händisch und vorsichtig, um sie nicht zu zerdrücken. Die längste Zeit ist er bei den Gurken geblieben. Salatgurken, Essiggurken, Senfgurken. Das Jahr war warm genug, sodass die Saison sich in den Herbst hineinzog. Die beiden Ernteeinsätze hatte ihm die deutschsprachige Mittelsfrau aus seinem Dorf verschafft, die ihre Nachmittage damit verbringt, Inserate aus der Zeitung auszuschneiden, zu telefonieren, von Tür zu Tür zu gehen. Erwerbslose aus der Umgebung an deutsche und österreichische Bauernhöfe oder Firmen zu vermitteln. Falls sie versehentlich Türen auslässt, hinter denen Menschen ohne Lohnarbeit wohnen, klopfen diese bei ihr. Kommen in ihre Küche, die immer nach getrockneten Kräutern und Papier duftet, als würde sie sich von Pflanzen und Büchern ernähren. Andrei wurde von ihr im Frühjahr aufgesucht. Jetzt ist er auf dem Weg zurück. Er streckt sich und gähnt. Durch die Scheibe sieht er nur Finsternis und weit entfernt ein paar Lichter. Vor Andrei sitzt eine Frau, die zehn Jahre älter wirkt als er und die Eitelkeit beim Reisen längst abgelegt haben dürfte. Sie trägt eine dunkelblaue Jogginghose mit zwei weißen Streifen. Neben ihr hockt ein dreizehn- oder vierzehnjähriger Bub, der ständig mit seinem Tablet spielt. Die beiden kommen bestimmt aus der Stadt, vermutlich aus einem der neu errichteten Wohnviertel. Oder sie sind überhaupt in Österreich geblieben und fahren nur auf Besuch nach Rumänien. Er selbst hat noch nie genügend Halt gefunden, um sich dauerhaft im Ausland niederzulassen – in Deutschland und Spanien hat er es bereits versucht, bei der Ernte und am Straßenbau. Einmal wurde er bezahlt, einmal um den Lohn betrogen. Beide Male kehrte er nach einigen Monaten zurück. Nach Rumänien, in sein Dorf. Andrei wohnt nahe am Ortsende, in der Straße, die als Straße am Rand bezeichnet wird. Dort, wo nicht mehr asphaltiert ist, Schuhe und Hosenbeine bei Regen dreckig werden vom Schlamm, wo sich im Herbst Erdgruben bilden, in denen im Winter das Wasser gefriert. Sie sind tief wie die Schlaglöcher im Ortskern. In den Wintern seiner Kindheit blieb er vor den Gruben stehen: Bei Nachtfrost bilden sich Eisblumen, wie in den Kastenfenstern des Zimmers, in dem seine Familie wohnt. Nur, dass diese lilienartigen Blüten in einem kalten, hellen Braunton in den Boden hineinwachsen.

Vor dreißig Jahren wäre einer wie er mit dem Lokalbus in die Glasfabrik nach Mediaş gefahren zum Arbeiten, oder in die Fleischwarenfabrik. Oder er wäre im Dorf geblieben und in der Kolchose untergekommen. Heute ist es eher die Regel als die Ausnahme, erwerbslos zu sein oder bereits mit einem Fuß im Ausland. Eher Letzteres. Er würde sein Leben sofort gegen das eines anderen tauschen. Zum Beispiel wäre er gerne der Mann in der ersten Reihe, der vorhin von Frau und Kind und einer Wohnung in Oradea gesprochen hat. So laut, dass Andrei es gehört hat. Der andere in der ersten Reihe, der eine olivgrüne Wollweste trägt und in der Autofabrik arbeitet – oder gar der Dritte, der am Busbahnhof mit dem Fahrer geraucht und ihm dabei verraten hat, dass er mit Computern arbeitet. Der Dritte ist groß gewachsen, er hat zwar einen Bauchansatz, aber starke und kantige Gesichtszüge. Er trägt eine ockerfarbene Mütze mit Timberland-Label und Levis-Jeans. Für Cornel ist Markenkleidung selbstverständlich; dass ein anderer sein Leben führen möchte, würde ihn mehr als nur wundern. Andrei jedoch stellt sich vor, was Netzwerktechnik für eine feine Arbeit sein könnte, und vor allem: kein bisschen schmutzig. Wäre ihm eine solche Ausbildung möglich gewesen! Dann hätte er einen schönen Monatslohn, bessere Kleidung, an seine Haare ließe er nur den Friseur und nicht die kleine Schwester, schon gar nicht die Mutter. Er würde einen Duft verwenden, der seine Männlichkeit und seine Jugend betont – Zedern und Bergamotte vielleicht, mit einem Hauch von Zitrone –, Markenjeans tragen statt irgendwelcher Hosen aus dem Secondhandshop. Statt der einen schwarzen Schirmkappe, die er täglich trägt, hätte er mehrere zur Auswahl und könnte sie auf sein Outfit abstimmen. Dann wäre nicht nur sein Gesicht hübsch anzusehen, sondern seine ganze Erscheinung. Dass seine gerade Nase und seine rehbraunen Augen anziehend sind und die abstehenden Ohren in den Hintergrund treten lassen, weiß er. Wenn seine Armut unsichtbar wäre, könnte er die junge Frau ansprechen, die links hinten auf ihrem Eckplatz kauert – sie sieht schön aus mit den blonden Haaren und den gerundeten Lippen, aber etwas traurig. Auch wenn sie sonst ein heller Typ ist: Ihre Augen haben den gleichen Braunton wie seine. Sie trägt dunkle Farben, bis auf die bunten Armbänder, die nicht recht dazu passen. Aber die könnte sie doch abnehmen? Das andere Mädchen, das ganz hinten rechts sitzt, hat noch vollere Lippen, ein ebenmäßiges Gesicht und perfekt geformte Augenbrauen. Einen sehr schmalen Körper mit wenigen Kurven an den Stellen, von denen es heißt, sie seien die richtigen. Ihre Leggings betonen Knochen und Kurven, darüber trägt sie ein beiges Kleid mit eingenähten Goldfäden und einen Wintermantel. Sie wirkt unerreichbar, wie ein Model. Ist sie vielleicht eines? Sie würde er nicht ansprechen, bei der anderen hätte er eher Aussicht auf Erfolg. Andrei zweifelt jedoch, ob es reichen würde, sich zu verhalten, zu kleiden und gleich gut oder sogar besser zu verdienen als ihresgleichen. Was, wenn sie ihn dennoch nicht dazugehören ließen? In diesem Fall würde das traurige Mädchen ihn keines Blickes würdigen und das Model sowieso nicht.

Es ist mehr als ein halbes Jahr her und erscheint ihm wie vorgestern, dass sich die Familie um den Tisch versammelte – Vater, Mutter, die beiden mittleren Geschwister und er; auch die drei jüngeren, aber es war klar, dass es die nicht betreffen würde. Bald bekam Andrei (selbst wenn Mutter, Vater und Geschwister sie ihm sichtlich ungern zuschoben) die Aufgabe, das Land zu verlassen: Er wäre jung und rüstig, der Vater kämpfte bereits mit Gelenkschmerzen, die Mutter müsste die drei Kleinen versorgen, die Schwester wäre verlobt, der mittlere Bruder würde hin und wieder Holz hacken bei den Bauern im Ort. Zwar nur für fünfzig Lei pro Tag, aber immerhin. Er wäre der Älteste und es hätte ihn schließlich schon zwei Mal ins Ausland verschlagen. Diesmal könnte er vielleicht sogar dort bleiben, monatlich etwas überweisen und selbstverständlich auch etwas für sich behalten. Die Kosten für die Zutaten der Krautsuppe, die sie gerade aßen, hatten sie im Laden anschreiben lassen. Das könnten sie nicht ständig tun. In der Landwirtschaft werden eher Männer gesucht als Frauen, eher Junge als Alte. Alle würden sie ihn vermissen. Aber sie wollten zur Abwechslung auch etwas anderes essen als Kraut und Kartoffeln. Das hieß, einer musste. Und dieser eine musste er sein. Andrei weiß noch, wie er an diesem Abend durchs Dorf stapfte, alleine – erst hatte er die Begleitung der Mutter, dann die des Vaters und der Reihe nach die der Geschwister verweigert. Auch wenn sie recht hatten: Er war jung, aber nicht zu jung. Er war ungebunden. Er würde genug überweisen, aber auch etwas für sich behalten. Hinter der Kirchenburg kam eine weiße Mondsichel zum Vorschein, Andrei kreuzte den Platz und sah den Mann auf sich zukommen, der den Straßenhunden Namen gibt. Wenn er betrunken ist, kommt es auch vor, dass er sie anknurrt und in die Luft springt, um sie zu erschrecken. Vielleicht werden Menschen seltsam, wenn sie zu lange an einem Ort bleiben, der ihnen nichts zu bieten hat. Andrei hätte in die Bar am Hauptplatz gehen können, ein Bier trinken oder einen 3 în 1, stattdessen streunte er zwischen Häuserreihen, brachliegenden Weinbergen und dem kobaltblauen Abendhimmel herum. In der Dämmerung zwei Kinder auf Fahrrädern, er hörte eines davon mit italienischem Akzent rufen: »Bene, hai cu bici!« Der Ostwind war warm und legte sich vor Sonnenaufgang. Auch als er zum ersten und zweiten Mal aufgebrochen war Richtung Westen, waren die Nächte schwül und kurz gewesen.

Die Erdbeeren; die Gurken; zwischendurch, es war bereits Spätherbst, ein paar Mal Schnee schaufeln; bei Temperaturen, die stets unter dem Gefrierpunkt lagen, einen Reitstall ausmisten. Die Gurken waren von alldem am anstrengendsten. Der Bauer verhielt sich nicht schlimmer als der durchschnittliche Arbeitgeber, aber auch kein bisschen besser. Er gab ihm und den Kollegen auf dem Feld zu trinken, aber kein Essen. Bezahlte so viel, wie er musste. Nicht mehr und nicht weniger. Im August die Fliegen, die sich auf ihren verschwitzten Körpern niederließen. Ab acht oder neun Uhr morgens war die Hitze unerträglich. Er schüttete literweise Wasser in sich hinein, das seinen Körper durch die Poren wieder verließ. Nie musste er während der Arbeit das Mobilklo, einen Baum oder einen Strauch aufsuchen. Der September war mild, aber kurz. Ab dann kam die Kälte. Er trug fünf Pullover übereinander, die sich im Lauf der ersten Morgenstunden Schicht für Schicht mit Tau vollsaugten. Handschuhe wären nass geworden und hätten nichts geholfen, so ließ er seine nackten Finger taub werden, während sie gefühllos nach allen Gurken griffen, die bereits die richtige Größe hatten. Mit neun Kollegen und zwei Kolleginnen auf Flügeln aneinandergereiht, ein frierendes Kollektiv, wie ein riesiger Vogel, dem zu kalt ist, um wegzufliegen. Alle hatten sie das Gesicht zu Boden gewandt, den Rücken bald von Schmerzen durchzogen, die dazu führten, dass sie sich nachts auf dem Lager hin- und herwälzten. Aufstanden. Herumgingen. Mit dem Geräusch ihrer Schritte die anderen weckten. Zwei der Männer kamen aus Syrien, mit ihnen konnte er sich kaum verständigen, sie grüßten ihn, und umgekehrt – ansonsten ließ man sich in Ruhe. Mit den Polen hatte er auch kein Problem, es waren allerdings auch einer aus Ungarn und eine aus Rumänien dabei, die ihn stets argwöhnisch ansahen, auch wenn er nichts tat als tagsüber Gurken pflücken und in den vorgesehenen Behälter legen, und nachts versuchen zu schlafen. Er fragt sich, welche Musik die traurige junge Frau in der letzten Sitzreihe hört und wie sie heißt. Was er nicht weiß: Katha würde ihm ihren Namen nicht verraten. Selbst wenn er Netzwerktechniker wäre oder gar Ingenieur, Rechtsanwalt oder Chirurg, wenn er kein Rom wäre und nicht in der Straße am Rand leben würde. Links und rechts von der Autobahn ist es dunkel. Auf einer Entfernungstafel liest er: Die nächste Abfahrt ist Tatabánya, noch fünfzig Kilometer bis Budapest. Andrei steht auf, streckt sich – er spürt die Tonnen von Erdbeeren, Gurken, Pferdemist und Schnee noch im Schulter- und Lendenbereich – sein Blick schweift durch den Passagierraum, kreuzt den des Kindes, das eben noch geschlafen hat. Die kleine Susana steht auf ihrem Sitz, hält sich mit einer Hand an der Kopflehne fest. Mit der anderen winkt sie Andrei zu, der im Mittelgang steht, mit einer schwarzen Kappe und einem ausgebleichten Adidas-Shirt. Er winkt zurück. Sie lacht laut, dreht sich um und klettert auf den Schoß ihrer Mutter. Codruţa nimmt die Wolldecke, die Susana abgeschüttelt hat, vom Fenstersitz und deckt ihr Kind wieder zu. Susana streift die Decke erneut ab – sie scheint nicht zu frieren. Aus dem Radio kommt Musik, die bei den Reisenden um die dreißig Kindheitserinnerungen weckt. *Roses of red / Roses of red fall in my head / He smiled then turned away …*

Erzsébet kümmert es wenig, dass der Busfahrer nicht ihre Lieblingsmusik erwischt hat, aber: Die Heizung könnte er hinaufdrehen. Ihr ist kalt wie selten auf Reisen. Und den Bus zu warten wäre auch nicht zu viel verlangt – sie findet das ständige Ruckeln vor allem mühsam, aber auch ein klein wenig beunruhigend. Hätte ihre Agentur die Reise bezahlt, säße sie jetzt noch im Flughafenbistro. Aber Modelagenturen bezahlen keine Familienbesuche. Der Frost sitzt ihr in den Knochen; der neue Wintermantel mit dem kuscheligen Kunstpelzkragen sieht zwar warm aus, ist es aber nicht. Wenig zu essen macht kälteempfindlich, aber Essen macht dick, und dick sein lässt die Aufträge ausbleiben. Also kleine Portionen und Rohkost, Espresso ohne Zucker und Milch. Flohsamen mit Wasser, um den Stuhlgang unter Kontrolle zu haben. Notfalls Watte mit Orangensaft. Das ist zwar schlimmer, als es klingt, aber es hilft. Dazwischen Gymnastik und alle zwei Tage zum Joggen auf die Donauinsel, bei jedem Wetter. *Roses of red grow in my heart / They bloom when he passes me by / 'Cause he he makes me happy / And he makes me fly …* Pflanzen vertrocknen, wenn sie zu raschen Ortswechseln ausgesetzt werden, denkt Erzsébet – ob das auch auf Menschen zutrifft? Vor jeder Abfahrt und nach jeder Ankunft: Ihre Haut verlangt Cremeschichten und Ölmassagen. Ähnlich wie das Frieren ist auch das Spannen an der Körperoberfläche eine Begleiterscheinung ihres Berufs. Der Blick auf die Uhr: Es dauert noch zu lange, bis der Bus in Cluj einfährt. Erzsébet kann sich weder die Ankunftszeit noch die Sitzordnung aussuchen, sonst hätte sie sich Überpünktlichkeit gewünscht und die beiden Männer neben ihr vertauscht – den Sitznachbarn, der ihr unentwegt auf die Beine starrt, weggesetzt, und die großväterliche Gestalt, die während der Fahrt noch kein Wort gesprochen und sich kaum bewegt hat, an ihre Seite. Ist es Zurückhaltung oder nur Müdigkeit, die den alten Mann stillsitzen und geradeaus in den Mittelgang blicken lässt? Sie holt das Handy aus der Manteltasche – keine Anrufe in Abwesenheit –, steckt es in ihr Handgepäck, nimmt das Portemonnaie zur Hand, kontrolliert, ob sie ihre Kreditkarte eingesteckt hat.

Auch Oana kramt in ihrer Geldbörse. Sie sitzt am Fenster, hinter der Frau mit dem Mädchen, das im Schlaf aussieht wie ein kleiner Engel. Nur dass schlummernde Engel sich weder unruhig hin- und herbewegen noch murmeln: »Will nicht zu-rück! Nicht zu-rück …« Oana hat den Notizzettel mit Carminas neuer Telefonnummer ins Kartenfach gesteckt, das weiß sie noch. Wieso findet sie ihn dort nicht? Hat sie ihn zwischendurch herausgenommen? Seit sie als 24-Stunden-Pflegerin arbeitet, kommt ihr manchmal vor, Demenz wäre ansteckend. Eine körperliche Übertragung braucht sie nicht zu befürchten. Eher ist es zwangsläufiges Angleichen von Verhaltensweisen, vor allem aber Überlastung, die sie vergesslich werden lässt. Der Notizzettel könnte auch in dem kleinen Heft stecken, zwischen deutschen Vokabeln und Zitaten, die sie unterwegs gelesen und für merkenswert befunden hat. Oder in dem Leerbuch, das sie mit Beschreibungen erinnerter Träume anfüllt. Eins: Ein Rosenverkäufer klingelt an der Haustür, sie öffnet, er fragt, ob ihre große Liebe ihr heute schon Rosen gebracht hat. Sie wirft die Tür zu. Tritt an den Vorzimmerspiegel heran. Sieht die langen, rehbraunen Locken und die geschwungenen Lippen. Das Gesicht, das sie zu rund findet. Die ersten Fältchen um die Mundwinkel. Die große Liebe hat sich immer noch nicht blicken lassen bei ihr. Zwei: Eine Dorfstraße. Der greise Herr Pichler, den sie bis Mitte vorigen Jahres gepflegt hat, kommt ihr entgegen – gebückt und mit Stock, aber ohne Rollstuhl. Er winkt ihr zu, ruft, auf Dauer sei der Friedhof ein langweiliger Ort. Ein weißer Bus mit kaputter Scheibe und verbeulter Motorhaube kommt auf Herrn Pichler zugerast. Der wirft seinen Stock fort, macht einen Salto und verwandelt sich in eine Schwalbe. Drei: Sie muss heute, als erwachsene Frau, die Mathematik-Matura wiederholen, auf ihrem Pult liegen weder Papier noch Stift, geschweige denn Rechenaufgaben. Die Träume werden nummeriert und datiert, die dazu bestimmten Leerbücher haben alle dasselbe Format und einen schwarzen Einband. Der Bus fährt von der Autobahn ab – vermutlich wird wegen einer Baustelle umgeleitet – und die linke Hand ist noch immer ein besserer Merkzettel als loses Papier. Zumindest für schriftliche Notizen, die weder privat sind noch vergessen werden dürfen. Auch wenn Carmina sagen wird, Oana sehe aus wie ein Teenager, immer Kugelschreiberzeilen auf den Pfoten. Carmina, die in Cluj wohnt und bei der sie ein paar Stunden auf dem Sofa liegen und die Pause bis zum Zug nach Mediaş überbrücken darf. Von dort wird sie der kleine Bruder abholen – vielleicht auch der große. Wahrscheinlich aber der kleine. Sie wird ihre Reisetasche in den Kofferraum werfen. Sich aufregen müssen, wenn sie angehäuftes Werkzeug entfernen und die Sommerreifen zur Seite schieben muss. Oder die beiden Brüder das Auto nicht geputzt haben. Der jeweilige Bruder wird vorschriftsgemäß 50 fahren, bis er das Stadtzentrum verlassen hat, und dann südwärts rasen. Sie wird mit der Familie um den Christbaum stehen, denselben Baum wie jedes Jahr – er ist zusammensteckbar und aus Plastik. Wird der Mutter ein Parfum schenken, das sie im Internet bestellt hat (es soll an Jasminblüten und Rosen erinnern), dem Vater ein Hemd und den Brüdern jeweils einen Gutschein. Auch an den Feiertagen Schnee schaufeln. Der Mutter in der Küche helfen. Vielleicht gemeinsam mit dem Vater die Regale lackieren – er hätte an Dunkelbraun gedacht, sie an ein schönes Hellblau. Beides besser als dieses schäbige Moosgrün. Sie nimmt ihr Vokabelheft zur Hand, sieht einen Zettel zu Boden fallen, der lose zwischen die Seiten gelegt war, bückt sich, hebt ihn auf und hält Carminas neue Nummer in der Hand.

Zwischendurch wird Oana sich Zeit nehmen, um die Kartons mit nützlichen Dingen, Kleidung und Büchern zu durchsuchen. Nach Sachen, die auf ihrer Liste stehen. Hier wie dort: Fast alles, was sie hat, ist schon oder noch in Kisten untergebracht. Sie hat beim Einpacken vorgesorgt, dass niemand an die Sachen kommt, die nur ihr gehören – weder die Familie ihrer Arbeitgeberin noch die eigene. Wenn sie bei der Abreise ein Notizbuch, einen Stapel Zeichnungen oder Dokumente zurücklässt, wickelt sie diese in eine aktuelle Tageszeitung, markiert das Datum und versiegelt das Paket mit zwei horizontalen und zwei vertikalen Bahnen Klebeband. Genauso verfuhr sie mit dem Modebüchlein für Mollige und diversen anderen Ratgebern. Ihre Probleme. Gehen niemanden etwas an. Sie weiß, dass Carmina auch dazu sagen würde: »Wie ein Teenager.« Letztens hat Oana vom Baumschneiden geträumt und ihre Hand beschriftet: PFIRSICH APFEL BIRNE SCHNITT / ROSENSCHERE KAUFEN. Der große Bruder soll die dickeren Äste mit der Handsäge schneiden, sie wird die dünneren Zweige übernehmen. Ob sie mit dem wuchernden Birnbaum zurande kommen werden? Wenn sie es heuer nicht mehr schaffen, wird der Ertrag im nächsten Jahr spärlich ausfallen. Für den Nussbaum sind sie sowieso schon zu spät dran, um den hätten sie sich bereits in den regenfreien Septembertagen kümmern müssen. Im Winter würde er zu stark bluten. Sie wird sich in den kommenden Wochen abends unter die Tuchent kuscheln und lesen bis zum Einschlafen. Ihr Sitz ist unbequem und lässt sich nicht verstellen. Sie freut sich auf ihr Bett und auf die Spaziergänge, bei denen ihr um diese Jahreszeit nur wenige Menschen begegnen werden. Den Weg von den Ausläufern der Stadt bis ins unbebaute Gebiet. Den Schnee auf den Feldern, den Ruß aus den Rauchfängen, die Hunde und Hühner auf den Straßen. Wenn sie weitergeht, kommt sie zur stillgelegten Kolchose: Die Apfelbäume sind noch da – nur die Stämme sind seit Jahren nicht gekalkt worden und die Kronen wuchern wild. Traum Nummer vier: Sie muss die Zweige der Apfelbäume mit Wanzen versehen und überprüfen, ob die Gespräche der Vorbeigehenden in guter Tonqualität mitzuhören sind. In Oberösterreich führt ihr liebster Spazierweg über die Grenze, bis nach Passau. Einmal pro Woche nimmt sie sich die Zeit dafür. Bauernhöfe, ein paar Hochstände, während der letzten Wochen oft Schnee – in ein paar Monaten dann der gefühlte Frühling, Grasbüschel, dazwischen Gänseblümchen und die ersten Löwenzahnblätter.

Ioan muss erneut rechnen: der Umweg über die Bundesstraße, zwischen Tatabánya und Óbarok, fünf Kilometer bei verlangsamter Geschwindigkeit: Es ist schwer einzuschätzen, wie viele Minuten ihn das kosten wird. Zehn? Zwanzig? Dreißig, wenn … Er muss auf die Bremse steigen, der Škoda vor ihm fährt nicht, auch die beiden LKWs vor dem Škoda kommen nicht vom Fleck. Ioan vernimmt ein Raunen und Maulen aus dem Passagierraum. Was kann er dafür, dass er im Schritttempo weiterfahren muss? Mit etwas Pech beträgt die Verspätung bereits eine Stunde, er hat noch nicht die halbe Strecke geschafft, und es besteht eine winzige Möglichkeit, dass der Motor … Etwas bewegt sich in der Kolonne, er kommt ein paar Meter voran. Marina wird enttäuscht sein, wenn er viel später kommt als angekündigt. Sie umsonst mitten in der Nacht aufgestanden ist. Jetzt anrufen? Vielleicht schläft sie schon. Halt! Die Gedanken haben ihn vom Straßenverlauf abgelenkt – und da steht etwas, links von ihm. Ihm ist, als stünde da ein Mensch. Es hat Beine, einen Rumpf, einen Kopf und zwei Arme, mit einem davon winkt es, als wollte es Ioans Bus anhalten. Aber etwas wirkt unmenschlich an ihm. Er – oder sie? – trägt eine weite Jacke, die Kapuze tief ins Gesicht gezogen, die Mundpartie ist von einem grauen Schal verdeckt. Ioan tritt auf die Bremse. Adrian fragt, ob er wahnsinnig sei, Gesindel aufklauben zu wollen vom Straßenrand. An einer Stelle, die höchstens geeignet ist zum Sterben – nicht zum Anhalten von Autos. Silviu hat schon die längste Zeit an Adrians Schulter vorbei aus dem Fenster geschaut und mitbekommen, dass da jemand steht. Er sieht Grund, sich einzumischen: »Wieso denn? Vielleicht kauft er eine Fahrkarte? Was hat er da in der Hand – das ist doch eine Geldbörse?« Alexandru kann die Gestalt am Wegrand sehen: neben ihr ein Holzkreuz, mit Plastikrosen, die vor Jahren einmal rot waren und nun einen verblichenen Beige- oder Pfirsichton haben. Die Bewegungen wirken unnatürlich steif, fast wie die einer Puppe, was an der Kälte liegen kann – oder auch nicht. Alexandru ruft: »Wer stellt sich zum Autostoppen neben ein Kreuz? Nein! Nicht aufmachen! Nein!« Alina bleibt gelassen, schüttelt den Kopf und fragt sich, warum die Verrückten stets in ihrer Nähe sitzen müssen. Sie beugt sich nur kurz hinüber, nimmt die Silhouette der Autostopperin wahr, fragt sich, wozu die Aufregung, irgendjemand wird sie schließlich mitnehmen, es fahren genügend PKWs bis Budapest oder noch weiter.

I lost myself on a cool damp night / I gave myself in that misty light / Was hypnotized by a strange delight / Under a lilac tree – Ein Lieblingslied von Florin, der auf dem Gangplatz neben Daiana sitzt, zwei Reihen vor dem Hintereingang. In einer schlechten Coverversion, aber ein Autoradio ist kein Wunschkonzert. Florin hat dichtes graues Haar und kantige Gesichtszüge. Sein kleiner Wuchs ist auf Busreisen von Vorteil, er kann die Beine ganz ausstrecken. Sein Bauch stellt eher einen Nachteil dar, er fühlt sich eingezwickt zwischen den zwei Armlehnen. Florin hat einen weiten Weg hinter und einen noch weiteren vor sich. Aus dem Weinviertel nach Wien, von dort in diesen Bus mit der lächerlich pinken Lackierung und dem kaltvioletten Logo, ab Cluj dann in den anderen Bus derselben Firma – der Anschluss nach Bukarest sei garantiert, man würde in Cluj auf ihn warten, falls es zu einer Verspätung käme, hat ihm die Frau vom SPERANZA Call Center versichert. Von der Arbeit ist er direkt aufgebrochen Richtung Busbahnhof. Mit einer Reisetasche, die er am Vorabend gepackt, und einer Flasche Whiskey, die ihm sein Chef geschenkt hat. Die anderen Erntehelfer bekommen keine Geschenke vom Chef, die meisten von ihnen sind allerdings zwei Tage vor Weihnachten längst fort. Florin bleibt, denn sein Platz ist nicht auf dem Feld, sondern im Glashaus, wo die Tomaten auf Substrat aus Steinwolle wachsen, auch wenn es draußen hagelt, stürmt und schneit, der Frost die Blätter vertrocknen und die Früchte zerplatzen ließe. Anfangs mochte er den abgeschlossenen Raum, die gleichmäßig feuchte Luft, die Ruhe, das durchs Dach dringende Licht.

Ein halbes Leben ist es her, da beschäftigte Florin nicht das Ziehen von Gemüse in Erde oder Nährlösung, sondern das Fördern von Steinkohle. An der Gewerkschaft anzustreifen, gelegentlich die Versammlungshalle aufzusuchen, ließ sich damals kaum vermeiden. Als seine Kollegen 1990 nach Bukarest fuhren, um demonstrierende Studenten zu verprügeln, blieb Florin in seiner provisorischen Bleibe im Jiu-Tal.

Die Schließung der Mine war eine Schande, für ihn jedoch mit einer Abfertigung verbunden, die einen Grundstock schuf für die erste eigene Wohnung. Florin fuhr mit dem Taxi Leute, die zu mehr Geld gekommen waren, durch die Straßen der Hauptstadt. Verkaufte am Wochenmarkt für einen Großhändler Kartoffeln, Zwiebeln und Salatköpfe. Riss Kinokarten ab. Fing als Kaufhausdetektiv an. War Lagerarbeiter. Straßenkehrer. Seine Zeit in Österreich hat vor zweieinhalb Jahren angefangen, bei den Gurken – eine elende Arbeit, die er nie wieder freiwillig machen würde. Der Jackpot des vorletzten Jahres: beim Kollegen des Gurkenbauern unterzukommen. Kartoffeln! Statt in Bauchlage mit ausgestrecktem Kopf und herabhängenden Armen durfte er nun im Stehen arbeiten. Mit den Händen faulige Knollen und Erdbrocken vom fahrenden Fließband klauben. Bei jeder Kehre, die der Traktor machte, die Arme ausschütteln. Die Bauernfamilie war großzügig. Mittagessen am Hof: Suppe, Fleisch und Beilagen, danach Mehlspeise und Kaffee. Als die Kartoffeln abgeerntet waren, bekamen Florin und drei andere die Aufgabe, sich ganzjährig um das Gewächshaus zu kümmern. Jeden Tag ist eine Reihe von Aufgaben zu erledigen: Im Dezember vor allem das Entsorgen der alten Tomatenstauden, dann das Reinigen, mit Chemie gegen Keime und Schädlinge. Bei jedem Säubern der Pflanzbehälter, vor allem aber beim Spritzen der Pflanzen, sehnte Florin sich zurück zu den Kartoffeln. Auf freiem Feld hatten sich die giftigen Dämpfe schon bald verflüchtigt; unter dem Dach aus durchsichtigem Kunststoff waren die Stauden geschützt und er atmete tagelang Pestizide und Desinfektionsmittel ein. Im Hochsommer plagte ihn zudem die Hitze, die sich staute und kaum auszuhalten war. In der Vorweihnachtszeit machte ihm vor allem die Stille zu schaffen. Die Kollegen meterweit entfernt, nur zur Erntezeit standen sie dicht nebeneinander. Von den Feldern hörte er die Rufe der Saatkrähen. Wenn er im neuen Jahr zurückkehrt, wird ihn das Setzen beschäftigen, dann das Binden, das Ausdünnen zu üppiger Stauden, zwischendurch die Kontrolle der Leitungen für die Nährlösung. Florins Kinder sind erwachsen. Aber auch wenn beide studiert haben, einen Führerschein besitzen, zu jeder Uhrzeit kommen und gehen, werden sie sich freuen, ihn zu Weihnachten zu sehen. Ihretwegen und wegen seiner Mutter kommt er jedes Jahr zwei- oder dreimal zurück nach Bukarest. Ansonsten wird ihm die Umgebung, in der er als junger Mann Wurzeln geschlagen und später eine Wohnung gekauft hat, zunehmend fremd. Vielleicht ist er auch nur zu oft oder zu lange weggeblieben. Es irritiert ihn, wie sich der Stadtteil verändert – ein Kaffeehaus mit Wi-Fi, wo sich früher seine Stammkneipe befand. Ein weiterer neuer Bloc, wo ein Haus aus dem 18. Jahrhundert endgültig für verfallen erklärt und abgetragen wurde. An der Tür der Trafik ein Zettel: »Komme gleich«, das Papier bereits vergilbt, der Trafikant im Altersheim oder längst verstorben.

Auf dem Weg von seiner Wohnung, in der sich sein Sohn eingerichtet hat, zum Bloc, wo seine Tochter mit Mann und Kindern wohnt, wird Florin an geschlossenen Geschäften und Kiosks vorbeigehen. Keine Zigaretten, kein Brot, keine Zeitung. Was er kaufen kann: Blumen und Tannenzweige von fliegenden Händlerinnen und Händlern. Den Einzigen, die am Christtag arbeiten. Eine Flasche Rotwein hat er aus Österreich mitgenommen, Zweigelt. Für das gemeinsame Weihnachtsessen. (Den Whiskey wird er sich in den darauffolgenden Tagen mit seinem Sohn teilen.) Er wird jedem Verkäufer einen Weihnachtsstern, jeder Verkäuferin eine Winteraster abkaufen. *Lilac wine is sweet and heady, like my love / Lilac wine, I feel unsteady, like my love …* Solange sie konnte, saß auch seine Mutter an der Straßenkreuzung bei der Metrostation und verkaufte selbst gebundene Blumensträuße. Sie brachte den Hocker, die Ware dann stückweise; der Mann vom Kiosk nebenan passte auf, dass niemand ihre Sitzgelegenheit oder einen Strauß stibitzte. Im Sommer trug sie einen langen, hellen Kittel und einen Strohhut, der ihr Gesicht vor der Sonne schützte. Im Winter zwei Paar Strumpfhosen, drei

Unterröcke, Wollsocken und gefütterte Stiefel. Sie kannte die richtigen Farben und Zahlen: Fünf oder sieben rote Rosen für Verliebte, sechs oder acht weiße für Trauernde – jeweils gleich viele für diejenigen, die nur so taten, als ob. Dezente und grellbunte Arrangements für alle, die irgendwelchen Führungskräften, Chefsekretärinnen, Doktorvätern oder Personalverantwortlichen Gefälligkeiten erweisen mussten. Alle paar Wochen einen Strauß mit Gerbera und Lilien für die Frau, deren Mann befördert werden sollte. Dieser fand Bestechung so widerwärtig, dass er Florins Mutter nie persönlich aufsuchte. Er überließ es ihr, sich um die obligatorischen Geschenke zu kümmern, und auch das erst, nachdem sie ein Grundsatzgespräch mit ihm geführt hatte. Gefragt hatte, ob er die Stelle wollte oder nicht. Wenn ja, dann wüsste er bereits. Er könnte schließlich auch auswandern. Er hatte jedes Mal geantwortet, er wollte im Land bleiben und nicht auf die Beförderung verzichten, und so tauchte sie am nächsten Vormittag bei Florins Mutter auf, grüßte und verlangte das übliche Bukett. An dem Unglückstag vor knapp drei Jahren kam niemand wegen Gerbera und Lilien, auch die Verliebten waren rar. Eine Hochzeitsgästin kaufte ein Bukett in Zartrosa und Weiß. Eine Gruppe in Schwarz blieb vor ihren Sträußen stehen, bis einer meinte, vor dem Friedhof sei die Auswahl größer. Sie gingen weiter. Eine Dame, ebenfalls dunkel gekleidet, vielleicht eine Nachzüglerin der Trauergesellschaft, blieb stehen. Zeigte auf den Strauß Japanrosen, Schleierkraut und Farn. Fragte, ob das angemessen sei für eine gute Bekannte. Florins Mutter nickte, meinte: »In dem Fall Japanrosen oder Calla«; die Frau blickte zu Boden, entschied sich für erstere. Als Florins Mutter ihr den Strauß gereicht hatte, bedankte sie sich, gab ihr dreißig Lei statt zwanzig und stöckelte auf ihren schwarzen Stiefeln davon, den Strauß im Arm haltend wie ein Kind. Florins Mutter blieb sitzen, bis zum Abend. Als sie sich auf den Heimweg machen wollte, konnte sie nicht mehr aufstehen. Stützte sich an der Mauer ab, vor der ihr Hocker stand. Verlor die Kraft, sich zu halten. Fiel. Ein Passant rief die Rettung. Florin erinnert sich, dass er neben dem Krankenbett auf einem Plastiksessel saß, seiner Mutter versprach, sie in ihrem Alter nicht mehr mit den Blumen hinausgehen zu lassen auf die Straße. Er würde etwas tun, um Geld für zwei zu verdienen. Ihm war bewusst, dass dies auch mit einem zweiten Job im Inland nicht möglich wäre. Kurze Zeit später fuhr er zu den Gurken.

Florins Mutter wird auch dabei sein, wenn bei seiner Tochter Weihnachten gefeiert wird. Falls ihr die Fahrt mit der Straßenbahn zu anstrengend ist, lässt er ihr ein Taxi kommen. Dem Tag mit der Familie wird etwas Herzliches anhaften und etwas Fremdes. Er fragt sich, ob der Mensch Luftwurzeln schlägt, wenn er zu lange weg ist. Die junge Frau, die neben ihm sitzt und eben noch am Telefon die Reinigung von Böden und die Schlüsselübergabe besprochen hat, sieht ihn leicht verwundert an. Er hat die Frage also laut gestellt. Sie antwortet, dass einer wie er gut daran täte, zu wissen, dass er Füße hat und keine Wurzeln. Er widerspricht: Von Pflanzen ließe sich einiges über Menschen lernen, viele schmecken bitter, um nicht gefressen zu werden. Die junge Frau zeigt sich unbeeindruckt, meint, baum- und strauchartige Gewächse bildeten Beeren nur für den Verzehr, damit ihre Samen über den Kot der Tiere möglichst weit verbreitet würden. *Lilac wine, I feel unready for my love …* Lisa, die hinter den beiden sitzt, versteht zwar nicht jedes Wort, aber sie kann Daianas Gedankengang folgen. Die Art, wie Daiana argumentiert, interessiert Lisa. Sie selbst kann Pflanzen nicht ausstehen, besonders Schnittblumen – dieses traditionelle Geschenk für Taufe, Sponsion, Hochzeit, Beerdigung. Bei jedem freudigen Anlass haftet ihnen etwas von Tod an, und wenn tatsächlich jemand gestorben ist, zeigen sie fast schadenfroh ihre Schönheit, das blühende Leben.

GEFLÜGELHÄLFTEN

Adrian fragt sich (genauso wie zuvor Andrei, der mittlerweile eingedöst ist), wer von den Reisenden die beste bzw. die am wenigsten widerwärtige Arbeit hat: Mit dem Netzwerktechniker würde auch er am liebsten tauschen. Sven, der Medizinstudent mit den langen blonden Haaren und dem bedruckten T-Shirt unter dem graublauen Kapuzenpulli, bekommt weder von Adrians Überlegungen noch vom Geschehen im Bus etwas mit, er sieht aus dem Fenster und hört Musik. *When routine bites hard / And ambitions are low / And resentment rides high …* Ein Rabe am Straßenrand, auf einem Baumstumpf – oder war es ein Holzkreuz? Im Vorbeifahren: schemenhafte Wahrnehmung; dann stockende Weiterfahrt. Es fallen einzelne Schneeflocken, die jedoch nicht aussehen wie Schnee, eher wie Styroporkugeln. *Then love, love will tear us apart again / Love, love will tear us apart again …* Die letzten Wochen hat Sven damit zugebracht, alle Knochen und Muskeln des menschlichen Körpers auswendig zu lernen. Sein Sitznachbar Silviu hat ihn soeben gefragt, warum er nicht in die andere Richtung fährt, schließlich sei in zwei Tagen Weihnachten. Sven hat mit den Eltern vorgefeiert (traditionelle Menschen verstehen nicht, wie man vorfeiern kann, seine Eltern zum Glück schon) und kann am Vierundzwanzigsten mit Annika und einigen der Erasmus-Studentinnen, die in Cluj geblieben sind, auf ein Bier gehen. Oder die ganze Nacht um die Häuser ziehen. In den darauffolgenden Tagen zu den Tropfsteinhöhlen fahren und in den Vorläufern des Apuseni-Gebirges durch den Schnee wandern. *As desperation takes hold / Oh that something so good / Just can't function no more …* Sven wird sich in Cluj keine Sorgen machen müssen wegen des Geldes – er darf bei Annika auf der Couch schlafen, und Dinge, die in Hamburg oder Wien teuer sind, kann er um ein paar Lei haben. Er bemerkt, dass der Bus wieder zügiger fährt, und sieht einen Abbiegepfeil Richtung Autobahn. *Then love, love will tear us apart again / Love, love will tear us apart again …*

Gegen einen Rollentausch mit dem Medizinstudenten hätte Adrian auch nichts einzuwenden. Der muss zwar hin und wieder an einer Leiche herumschnipseln, aber sonst? Ein bequemes Leben. Vermutlich schwänzt er die weihnachtlichen Familienfeiern, um durch Cluj oder Sibiu zu streunen. Lernen wird er schon müssen, aber dafür muss er bestimmt keine andere Arbeit anfassen. Adrians Hierarchie der Tätigkeiten setzt sich folgendermaßen fort: In der Fabrik unterkommen ist besser als Bus fahren, und Bus fahren immer noch besser als schlachten oder ausgeblutete Tierkörper zerlegen. Kartoffeln ernten sieht er in etwa auf derselben Stufe wie Bus fahren. Einerseits dreckiger, andererseits besser bezahlt. Gurken pflücken: deutlich darunter. Aber den Leiharbeitsjobs in der Fleischindustrie immer noch vorzuziehen. Putzen wäre für Adrian vermutlich auf derselben Stufe wie Müll sortieren, tote Hühner aus Batteriekäfigen fischen, Spargel stechen oder Rinderhälften in Viertel teilen. Daiana würde höchstens den Kopf schütteln über Ordnungen, wie Adrian sie aufstellt. Für sie zählt nicht so sehr, was sie tut oder tun muss, sondern welche Perspektive sie damit verbindet. Putzen ist eine hässliche Tätigkeit, keine Frage – aber Daiana erträgt es, weil sie es als Übergangsstadium annehmen kann, ohne sich selbst dabei etwas vorzulügen. Sie hat einen Mastertitel in der Tasche, und auch wenn sie ihn bei der Jobsuche einstweilen für sich behält, könnte sie ihn jederzeit hervorholen. Ihre Arbeitgeberinnen üben ökonomische Macht aus – aber sie verfügt über die Macht des Wissens und Mit-Wissens. Nach fünf Jahren Psychologiestudium versteht sie, wie über Tabus nonverbal kommuniziert werden kann – oder durch Umschreibungen. Ob sie das Schlafzimmer auslassen soll, weil es schließlich ein ganz persönlicher Raum sei: Dort findet der Sex ihrer Arbeitgeberin statt – täglich, wöchentlich, monatlich, gar nicht. Ob es etwas gibt, worauf ihr Arbeitgeber besonders viel Wert legt: Ticks haben sie alle, manchmal an der Grenze zur Zwangsstörung oder bereits darüber hinaus. Ob die Regelung, Geld und Schlüssel zu hinterlegen, in Ordnung gehe: Wer zögert, hat etwas dagegen. Für prüde Arbeitgeber, Eigenbrötlerinnen und Menschen mit einer leichten Neigung zum Misstrauen zu arbeiten, ist erträglich. Kontrollfreaks hingegen, Sadisten und Diven, die glauben, sie seien etwas Besseres als sie, hält Daiana nicht aus. Denen kündigt sie binnen zwei Wochen. Auch wenn Daiana Schlagworte wie Solidarität als antiquiert und vom Kommunismus vereinnahmt begreift, in einem Punkt ist sie solidarisch: Sie warnt Chantal, Mirko, Svetlana und Nilufar – die vier, von denen sie weiß, dass auch sie in Floridsdorf Haushalte sauber machen – immer vor, wenn sie auf unerträgliche Arbeitsbedingungen stößt. Mirko erreicht sie nie telefonisch, aber sie weiß, wo er wohnt. Einmal um den Häuserblock, bis zur Siemensstraße, dann 200 Meter nach rechts. Katzensprung. Sie nimmt den Universalschlüssel für das Eingangstor. Klopft an seiner Tür; wartet, bis er dahergeschlurft kommt, top gestylt oder in Jogginghose – je nachdem, ob er den Tag draußen verbracht hat oder zu Hause. Bleibt mit ihm am Gang stehen, er raucht drei und sie ausnahmsweise eine von seinen Marlboros. Chantal schreibt sie eine SMS, als Antwort bekommt sie ein Dankeschön mit vielen Kussmündern. (Chantal kann sich nur schwer von Arbeitgeberinnen lösen, deshalb ist es in ihrem Fall besonders wichtig, von Anfang an einen Bogen um scheußliche Herrschaften zu machen.) Mit Nilufar und Svetlana telefoniert sie. Auch die beiden können absagen, falls sie eine Anfrage bekommen; oder sie wissen zumindest Bescheid, falls sie sich eine Absage nicht leisten können.

Der Bus fährt wieder auf die Autobahn. Daiana sieht die zehn Euro pro Stunde nicht als Lohn für ihre Arbeit oder als Summe, die nötig ist, um ihre Arbeitskraft zu erhalten, sondern eher als Entschädigung für die widerwärtigen Dinge, die sie reinigen oder entfernen muss. 16 Cent pro Minute hört sich deprimierend an, aber: Fünfzig Euro für eine große Wohnung (samt Extras wie Geschirr spülen) klingt passabel. Circa einen Euro für eine Toilette mit Staub auf dem Spülkasten und wenig Urinstein in der Schüssel. Falls die Schüssel jedoch voll mit eingetrockneten Exkrementen und hartnäckigen Ablagerungen ist, vielleicht noch die Wandfliesen von gelben Sprenkeln befreit werden müssen, benötigt Daiana eine halbe Stunde, um sie sauber zu bekommen, im Extremfall eine ganze. Dann sind es fünf bis zehn Euro. Ein- bis zweitausend sehr dreckige Toiletten: das Startkapital, das sie braucht, um sich in Cluj in eine Gemeinschaftspraxis einzumieten. Genau genommen sind es eher drei- bis viertausend – wenn sie berücksichtigt, dass sie die Hälfte ihres Lohns in Wien ausgibt, für Miete, Essen und die Kleidungsstücke, die sie anzieht, wenn sie nicht zum Putzen außer Haus geht. Hundert Euro pro Monat legt sie für Sonderausgaben zur Seite. Ihre erste Sonderausgabe war ein Damenrad aus zweiter Hand, mit einer dicken Eisenkette, die verhindert, dass ein Dieb damit davonfährt. Seit sie es besitzt, braucht sie keine Monatskarte mehr. Sie arbeitet schwarz und muss von dem, was sie bekommt, nichts abgeben. Das Risiko ist sie eingegangen, jetzt muss sie auch damit zurechtkommen. Seit sie in Österreich nicht mehr sozialversichert ist, wünscht sie sich allerdings Augen im Hinterkopf fürs Fahrradfahren. Besonders, wenn sie die äußeren Abschnitte der Prager oder Brünner Straße nicht vermeiden kann. Sie sagt sich dann immer wieder, dass Unfälle und Unglücksfälle selten vorkommen – viel wahrscheinlicher sind Glücksfälle wie der von Svetlana, die vier Jahre lang ohne einen einzigen Arztbesuch ausgekommen ist.

Ekelhaften Dingen haften oft Geschichten an: Das war eine der ersten Lektionen, die Daiana in ihrem neuen Job gelernt hatte. Sie selbst kommt meist erst am Schluss vor und ist zuständig für das Entfernen von Resten und Spuren, über deren Entstehung sie nur mutmaßen kann. Als sie letzten Freitag die Wohnung der Wirths betrat, lag ein undefinierbarer Gestank in der Luft. Sie öffnete das Fenster im Vorraum, noch ehe sie Mantel und Schuhe auszog. Blieb kurz stehen, atmete ein und aus. Sah einzelne Schneeflocken in den Lichtschacht fallen. Ein Blick ins Schlafzimmer: der Kasten geöffnet, einige Kleidungsstücke waren dem Anschein nach herausgenommen und eilig wieder zurückgestopft worden. Das Bett zerwühlt, ein knallrotes Bralette aus Spitze auf dem Kopfpolster. Eine Spur zu vulgär für Frau Wirth, die ihr immer als stilvolle, elegant angezogene Frau begegnet war. Egal, wohin sie ging oder woher sie kam: Selbst ihr Make-up saß immer perfekt. Neue Seiten altbekannter Arbeitgeberinnen hatte Daiana bereits des Öfteren entdeckt, sie ließ sich dadurch schon lange nicht mehr irritieren. Was sie jedoch stutzig machte: eine Spur aus roten Punkten und verwischten Streifen, die sich vom Bett aus in drei Richtungen teilte. Blutstropfen – das waren doch welche? –, die zur Toilette führten, ins Badezimmer und in die Küche. Als hätte sich ihre Arbeitgeberin beim Rasieren geschnitten. Daiana weiß, dass sich Frau Wirth die Haarentfernung im Waxing-Studio leisten kann, wieso sollte sie selbst Hand anlegen? Die Toilette: so rein, als wäre sie nie benutzt worden. Das Badezimmer: relativ in Ordnung, bis auf etwas Staub und Zahnpastaflecken auf dem Allibert. Die Küchenböden: makellos sauber, aber auf dem Tisch die Quelle des süßlich-fauligen Geruchs: zwei Teller, an deren Rändern vertrocknete Salatgarnituren. In der Mitte jedes Tellers eine rötliche Lacke, die bereits einen Braunstich hatte, darauf einzelne pelzige Schimmelflecken. Auf einem lag noch ein Bissen übrig gelassenes Steak. Zwei leere Rotweingläser. Dazwischen zwei Kerzen, pastellrosa und zur Hälfte heruntergebrannt, nach dem Ausmachen hatte offenbar jemand die Dochte gestutzt. Eine einzelne Rose am Stiel ließ den Kopf hängen. Candle-Light-Dinner, so viel war Daiana klar. Sie vergönnte den anderen ihr romantisches Glück, nur: Wieso waren sie abgereist, ohne ihr unmittelbar danach Bescheid zu geben, sie möge nach der Wohnung und dem Geschirr sehen? Frau Wirth ist keine Person, der egal ist, was andere von ihren Hygienestandards denken. Für Herrn Wirth traut sich Daiana diesbezüglich kein Urteil zu. Aber: Die Unordnung im Kasten? Das Bett? Sie würde es nicht erfahren, und das war vielleicht besser so. Riss alle Fenster auf, zog Handschuhe an, spülte die Teller und Gläser gründlich ab, wischte den Boden, diesmal mit einem zusätzlichen Schuss Chemie. Das Bett und den Kleiderkasten rührte sie nicht an. Auf der Kommode im Eingangsbereich hinterlegte sie einen Notizzettel: »Drei Stunden / 30 € Liebe Grüße, D.«

Ihr Paschmina liegt zuunterst in der Tasche, Daiana zieht ihn heraus, wickelt ihn eng um ihren Hals. Die Kälte ärgert sie und das Warten auf die Pause lässt sie langsam ungeduldig werden. In der Raststätte wird sie eine Suppe essen können oder eine andere Kleinigkeit – und wenn sie nicht bald dort sind, muss sie ihren Tampon in der engen Bord-Toilette wechseln. Daiana gähnt. Denkt sich in die Wohnungen derjenigen, bei denen sie putzt. Aus der Anordnung von Dingen (manchmal auch nur: aus dem Chaos) bekommt sie einen Einblick in Lebensverhältnisse. Was noch nicht heißt, dass sie versteht, was genau dort vorgeht. Selbst die Gegenstände in ihrem Elternhaus verschweigen ihre Geschichten – außer Daiana hat sie selbst erlebt oder ist von der Mutter, dem Vater, den älteren Geschwistern eingeweiht worden. Ihre Mutter hat in der Stube eine Wand mit Familienfotos behängt. Alle paar Jahre wechselt sie diese aus: Die starren Gesichter an der Wand wachsen heran oder altern; einzig der verstorbene Großvater bleibt, wie er zuletzt ausgesehen hat. Dessen Foto hat die Mutter nur mit einem moderneren Rahmen versehen. Neben den Familienbildern hängt, in einem kleinen Holzrahmen, von dem der blaue Lack mit den Jahren großteils abgeblättert ist, ein Farbfoto, das aus einer Illustrierten ausgeschnitten wurde. Grob gerastert, auf billigem, bereits vergilbtem Papier: ein Strauß Feldblumen. Etwas kitschig, viele Margeriten, dazwischen Mohn, Kornblumen und Getreideähren, in einem rustikal bemalten Tonkrug. Beim Betrachten der Fotos fragte Daiana einmal, ob sie das Bild nicht auch ersetzen sollten, sie könnte ein schöneres mitbringen aus Wien. Am Gesichtsausdruck der Mutter begriff sie, dass dieser eingerahmte Druck mehr war als eine mäßig geschmackvolle Dekoration, die ausgewechselt werden durfte. Erfuhr erst viel später, welche Leerstelle es füllen sollte. In einer Zeit, als sich die Mutter zurückzog und Daiana fast jedes Wochenende aus dem Studentinnenheim nach Hause fuhr, mit ihr gemeinsam spazieren ging, auf der Eckbank saß, die Schwester einlud und Verwandte aufsuchte. Alles tat, um der Mutter das Alleinsein abzugewöhnen.

Daiana spürt, wie ihr Tampon Blut durchlässt. Die starke Menstruation hat sie allerdings sich selbst zuzuschreiben. Es war schließlich ihre eigene Idee, sich zwei Tage vor der Abreise eine Hormonspirale einsetzen zu lassen. Vielleicht war Daianas Entscheidung auch beeinflusst von der Geschichte ihrer Mutter. Das Blumenbild steht für ein Kind, das es hätte geben können. Geweint und gebetet habe sie, verriet ihr die Mutter. Aber die Versorgungslage. Bereits zwei Kinder im Haus. Sie rief die Alte an, wie es zuvor schon ihre Cousine getan hatte. Behielt es im Gegensatz zur Cousine für sich. Es war für alle Beteiligten gefährlich, Informationen über verbotene Abtreibungen weiterzugeben – für ungewollt Schwangere war es jedoch unerlässlich, sie zu erhalten. Die Mutter als junge Frau, die Geld auf den Tisch legt. Sie geht mit der Alten von der Stube ins Schlafzimmer. Auf dem Bett eine zerknitterte Plastikplane. Die Alte packt aus ihrem Korb: Ein Seifenstück. Ein Tuch. Schnaps zum Desinfizieren. Eine Sonde. Daiana vor zwei Tagen, fest entschlossen, dass sie sich nie in einer vergleichbaren Situation wiederfinden möchte. Ihre Investition für die nächsten fünf Jahre. Sie zahlt bei der Sprechstundenhilfe. Wartet. Wird aufgerufen, betritt das Behandlungszimmer. Hell und schlicht eingerichtet. In der Mitte ein Stuhl, auf dem eine Papierbahn ausgebreitet ist. Blütenweiß, sauber. Metallwerkzeuge auf einem Beistelltisch. Der Arzt begrüßt sie, bittet sie, den Unterkörper freizumachen. Während Daiana auf den Stuhl steigt, desinfiziert er seine Hände, zieht Handschuhe an, nimmt ein Spekulum, mit dem er Daianas Vagina aufdehnt und dessen Griff für die kommenden Minuten wie ein schweres Gewicht aus ihrem Körper hängen wird. Er desinfiziert Daianas Muttermund mit einem alkoholgetränkten Wattetupfer, es brennt. Die Alte wäscht ihre Hände mit Seife, leert Schnaps auf das Tuch, wischt damit den oberen Teil der Sonde ab. Sie tastet nach dem Muttermund, durch den sie die Metallspitze der Sonde in den Uterus schieben muss. Ihre linke Hand findet blind die richtige Stelle, die rechte positioniert die Spitze. Sie drückt, prüft mit den Fingern nach, schiebt, dreht. Die Mutter wimmert, deutlich hörbar, die Alte droht ihr, die Aktion nicht bis zum Ende durchzuziehen, sie wolle nicht ins Gefängnis. Ein weiteres Drehen und Schieben, die Mutter beißt sich in die Lippen, um nicht zu schreien. Daiana spürt einen stechenden Schmerz, etwas Hartes, das sich durch ihren Gebärmutterhals bohrt – sie versucht, langsam zu atmen, das hilft. Der Schmerz lässt nach, sie merkt, wie etwas in ihrem Inneren leicht bewegt wird. Der Arzt kürzt den Rückholfaden mit einer Schere, entfernt das Spekulum. Kontrolliert mit dem Ultraschall: Die Spirale sitzt richtig. Lässt Daiana noch ein paar Minuten liegen, bis sich ihr Kreislauf erholt hat. Die Mutter muss ruhig halten, während eine Flüssigkeit in ihren Körper fließt, die einen Abort verursachen wird. Die Alte bleibt sitzen, raucht, irgendwann entfernt sie den Schlauch. Ein blutiges Etwas, das nicht aussieht wie ein Kind, geht ab. Daianas Mutter begräbt es im Garten, unten am Zaun. Sticht einen Margeritenstrauch aus und pflanzt ihn dort ein. Das Foto von den Feldblumen findet sie später in einer Illustrierten – die Margeriten erinnern sie, also schneidet sie es aus, hängt es zu den anderen Bildern.

Lisa fragt sich, womit sie die Fahrzeit überbrücken soll. Überlegt, ob sie SMS an alle verschicken soll, die ebenfalls über die Feiertage in Cluj bleiben. Manchmal findet sie niemanden, mit dem oder der sie Zeit verbringen könnte. Gelegentlich entscheidet sie sich jedoch auch aus freien Stücken, allein zu bleiben. Wartet nicht auf Melanie, die den Bus nimmt, sondern geht zu Fuß zur Arbeit, begleitet nur von der Musik aus ihrem MP3-Player. Vorbei an Bäumen, die zu dieser Jahreszeit genauso blattlos kahl sind wie daheim, an den hiesigen Plattenbauten, die auch nicht anders grau sind als die Nachkriegsgebäude in Wien oder Linz. Etwas fehlt ihr. Licht? Vertrautheit mit der Umgebung? Vielleicht doch Menschen? In den letzten Wochen war es bestimmt das Licht. Nebel am Morgen, am Abend und auch untertags. Vom Weg zur Arbeit sah sie immer nur die paar Meter, die aus dem Nebel hervortraten. Letzte Woche Dienstag waren mehr Menschen unterwegs als sonst – oder bildete sie sich das nur ein? An einer Hauswand lehnte ein alter Rom mit schwarzem Hut und Bart. Er erweckte den Eindruck, als würde er angestrengt nachdenken. Lisa hätte gern gewusst, worüber. Sie wartete lang an der Ampel. Beobachtete ein Kind mit großer Schultasche und eine junge Frau, die hübsch geschminkt war. Die Frau schien nichts wahrzunehmen außer der Freundin oder Bekannten, mit der sie gerade telefonierte. Es wurde grün. Am Straßenrand der mehrfach überfahrene Taubenrumpf, von dem schon alles fehlte bis auf die Wirbelsäule, an der noch ein paar blutige Fasern hingen, und die grauen Flügel. Sie lagen da, als hätte ein Engel sie abgeworfen. Am Ziel angelangt, grüßte Lisa den Portier, schloss das Büro auf. Ordnete die Texte und machte sich daran, sie zu kopieren.

Der Mann in der Reihe vor Lisa schnarcht. Auf der anderen Seite des Ganges sitzen drei Expats oder Touristen, von denen sie mehr trennt als nur der Mittelgang. Der erste gibt damit an, dass er mit einer Gruppe von Rumänen selbst gebrannte Țuica getrunken hat. Der zweite macht einen Witz über Dracula, der dritte über schwule Männer. Jede Reisegesellschaft ist eine Konstellation, die nur eine Nacht lang besteht – ein absehbares Ende macht vieles erträglich. Was zählt, ist das Abreisen und das Ankommen, das Davor und das Danach. Lisa glaubt nicht an die Mythen, Anekdoten und Erlebnisberichte, die bezeugen sollen, dass bei Bussen, die zwischen Wien und Cluj verkehren, Abreise und Ankunft gleichermaßen ungewiss sind. Einige wären unterwegs zusammengebrochen, andere gegen eine Mauer gerast, wieder andere verschwunden. Spurlos. Einen Meter zu weit gefahren und nicht mehr da gewesen. Spinnerei. Höchstens geeignet, Kinder zu erschrecken. Irreal. Aber sie muss sich eingestehen, dass auch ihrem Alltag etwas zunehmend Unwirkliches anhaftet. Letzte Woche zwei Doppelstunden mit der Mittelstufe, das Institut schien wie ausgestorben. Eine Kollegin war mit Lungenentzündung zu Hause. Hatte die versäumten Stunden nicht nachholen wollen und war zwei Tage lang hustend zur Arbeit erschienen. Die anderen hatten sich entweder angesteckt oder kamen aus anderen Gründen nicht ins Institut. Lisa wurde nicht krank und hatte auch keinen anderen Grund für Fehlzeiten. Ihre Kursgruppe: an diesem Tag zwei Studentinnen. In Textlücken gekrakelte Genitivformen, Endungen, richtig oder falsch deklinierte und manchmal auch ganz weggelassene Artikel. Leseverstehen, ein Text über Symbiose. Blumen und Bienen, Krokodilwächter und Ameisenmilch. Hörverstehen, eine Radioreportage über Verhaltenspsychologie, angeblich im gleichen Schwierigkeitsgrad. Mit den lateinischen Begriffen hatten die Kursteilnehmerinnen weniger Probleme als sie. Was die deutsche Grammatik betraf, würde keine der beiden Anwesenden eine Prüfung mit ähnlichen Hörbeiträgen bestehen. Von den Abwesenden ganz zu schweigen. Lisa vergaß fast, dass Zahltag war. Als sie nachfragen ging, erfuhr sie, dass die Abrechnung der Überstunden noch dauern würde bis nach den Ferien. Ob sie das Geld am ersten Kurstag im Januar bekommen wird? 400 Lei müssten es sein. Bar auf die Kralle, Schein für Schein.

Nach dem ersten Arbeitstag im neuen Jahr wird sie mit oder ohne Lohn in der Tasche auf die Straße hinaustreten. In einen Spätnachmittag, stockfinster, als wäre es Mitternacht. Sie wird sich eine Zigarette anstecken, obwohl sie sich eigentlich vorgenommen hat, die leidige Raucherei an den Nagel zu hängen, und darüber nachdenken, eine Gewerkschaft für Grenzgänger*innen und über Europa verstreute Wanderarbeiter*innen zu gründen. Wird sich in Bewegung setzen. Aus dem Schein der Straßenlaterne ins Dunkel der Nacht. Flackernde Lampen an der nahen Bushaltestelle. Lisa liebt derartige Lichteffekte – und optische Täuschungen, wie Peter eine war. Sie wird ihn nicht mehr treffen (höchstens durch Zufall). Der einzige Vorteil, den sie noch von ihm hat: Er dient ihr als Ausrede, früher nach Cluj zurückzukehren. Weihnachten abseits ihrer neurotischen Familie zu verbringen. Keine Geschenke. Weder Truthahn und Wein noch Kaffee und Christstollen. Keine betrunkene Verwandtschaft. Keine Verpflichtung, der Schwester geduldig zuzuhören. Oder der Mutter, die Jahr für Jahr am Heiligabend die Affäre hervorholt, die der Vater längst beendet hat. Dem Vater, dessen Geduld plötzlich in Zorn umschlägt. Sie wird sich all dem heuer entziehen, losgelöst sein aus Zusammenhängen, die sie sich nicht ausgesucht hat. Die kommenden zwei Wochen hat sie für sich gewonnen – eigentlich wäre das ein Grund zur Freude. Nur stellt sich Freude nicht auf Abruf ein. Lisa sieht kommen, dass die ungelesenen Bücher im Regal stehen bleiben werden, die Schuhe auf der Fußmatte, die Töpfe im Küchenkästchen. Obwohl sie endlich Zeit hätte zum Lesen, Spazierengehen, Kochen. Sie wird auch keine Lust haben, abends oder gar nachts noch unter Leute zu gehen. Die diversen Expats mit ihren Berufen und Berufungen, ihren Affekten und ihrem affektierten Gehabe kennt sie schon und will sie nicht noch näher kennenlernen. Peter, der ihr die Eingewöhnung in der fremden Stadt leicht gemacht hat, kann sie nicht kontaktieren, seit sie beide wissen, dass seine Erwartungshaltungen sich nicht mit ihren decken. Locals, denen sie ganz spontan schreiben könnte, kennt sie nicht. In Cluj angekommen wird sie wieder zu viel Zeit vor dem Rechner verbringen; beim Öffnen des Postfachs die übliche Spannung – ständig auf Lebenszeichen warten und gelegentlich selbst welche verschicken. Sie fragt sich mitunter, ob diese Abhängigkeit von virtuellen Nachrichten, das viele Denken und das Gereizte, das manchmal ihre Laune bestimmen will, Zeichen einer Winterdepression sind, oder ob es einfach nur der neue Alltag ist, der sie überfordert. Im Posteingang warten Menschen, die etwas von ihr brauchen, und solche, mit denen sie irgendwann einmal geschlafen hat, auf Antwort. Doch im Bus ist sie offline, und morgen wird sie beschäftigt sein. Sie wird sie warten lassen.

Lisa stellt ihre Füße auf den Nebensitz und winkelt die Beine an. Streckt die Beine wieder aus. Ihr Kopf wird schwerer, dann ist sie eingenickt. Mit einem Mal hockt sie wieder auf den steinernen Treppen, die zur Wohnung ihrer Eltern führen, wie ein Kind, das sich ausgesperrt hat. Beim Auf-und-ab-Laufen der Stufen schaltet der Traum auf Slow Motion. Im dritten Stock gehen die linke und die rechte Tür zeitgleich auf und Peter und Paul stehen vor ihr, die letzten beiden Täuschungen, die dann auch in einer Enttäuschung geendet haben im Real Life. Sie wacht auf, reibt sich die Augen und hat genug. Genug von Lippenbekenntnissen und Zungenküssen, von romantischen Anbahnungen und dramatischen Trennungen, von eitlen Gockeln und sterbenden Schwänen. Die Trennungen sind von ihr ausgegangen, wobei sie wenig Mitleid hat, weder mit Peter noch mit Paul. Nur ein bisschen Selbstmitleid, aber das behält sie für sich. Genauso wenig, wie Eitelkeit ihr Motiv für das Eingehen der Beziehungen war, ist es nicht ihre Art, Verletzungen zur Schau zu stellen, um anderen ein schlechtes Gewissen zu machen. In Cluj hat sie noch keinen Schwan gesehen, immer nur die Enten im Fluss, Luftratten überall und kleines Federvieh sowieso.

Listen to the silence, let it ring on / Eyes, dark grey lenses frightened of the sun / We would have a fine time living in the night / Left to blind destruction / Waiting for our sight … Sven gähnt. Nimmt sein Tablet zur Hand. Öffnet das Artikelarchiv. Die Geschichte des Köhlerhandwerks in Transsilvanien? Später. Die österreichische Bundesregierung? Schon gelesen. Löschen. Zwei Videos, die er versehentlich im Artikel-Ordner abgespeichert hat. Erstens, cool things in reverse: Mit rotem Marker wird, von rechts nach links, eine rote Aufschrift von einem weißen Klodeckel radiert. Eine PET-Flasche saugt Wasser aus einem Glas. Ein abgebranntes Streichholz entflammt von selbst, wird über die Reibfläche der Schachtel gezogen und hat wieder einen neuen Zündkopf dran. Zweitens, eine Dokumentation über die Einführung des Fließbands in der Automobilindustrie. Die Idee kam nicht etwa von Henry Ford persönlich; sein Mitarbeiter William Klann brachte sie ihm aus den Schlachthöfen Chicagos mit. Arbeiter in den Produktionshallen bauten den Ford T Stück für Stück zusammen, jeder erledigte nur wenige Handgriffe, so wie im Schlachthof Schweine und Rinder stückweise ausgenommen und zerlegt wurden. Aus einzelnen Teilen ein ganzes Auto, aus einem ganzen Körper einzelne Teile. Leerlauf. Sven erfindet ein Gedankenspiel, lässt in seinem Kopf die Doku (oder die Stellen, an die er sich erinnern kann) rewind ablaufen: Ein fertiger Wagen, der im Retourgang in die Werkhalle fährt. Hände entnehmen das Radio, die Scheinwerfer, die Airbags. Einzelne Fleischstücke, bereits in Kisten verpackt: Kamm, Brust, Roastbeef, Filet, Schulter, Knochen samt Mark, Kutteln … Das Zerlegeband läuft rückwärts: Ein Arbeiter nimmt Knochen aus einem Auffangbehälter und steckt sie wieder ins Fleisch. Die Räder werden abmontiert, dann die Felgen. Eine Arbeiterin klappt die Brust an den Lappen. In Wolken verschwindet der eisblaue Lack, von Sprühköpfen eingesogen, mattes Metall kommt zum Vorschein. Einer zieht die Zerlegesäge aus dem Vorderviertel. Die Karosserie wird aus dem Tauchbad gehoben, kommt entschichtet hervor, nicht mehr geschützt vor Korrosion. Ein Vorderviertel des Rindes wird wieder an das dazugehörige Hinterviertel gelegt, ein Messer angesetzt – das Durchschneiden versiegelt den Spalt. Ein Roboter schraubt das Dach ab, ein weiterer die Motorhaube. Zwei Rinderhälften fügen sich aneinander. Die roh zusammengebaute Karosserie wird auseinandergenommen. Gepresste Teile werden zu flachen Metallplatten. Sven führt den Gedankengang weiter, ein Arbeiter stopft heraushängende Eingeweide in den Brustkorb und in den Bauch des Tieres zurück, ein anderer spannt die Haut wieder darüber, ein weiterer steckt den Kopf auf den Hals; der vorletzte zieht ein Stechmesser aus der klaffenden Wunde, worauf das Blut versiegt, der letzte holt einen Bolzen aus dem Kopf, mit einem Ruck steht die Kuh auf. Ein LKW bringt sie zurück auf die Weide. Der Stahl und die Leichtmetalle werden einzeln und säuberlich getrennt aus einem Schmelzkessel gefischt. Die verarbeiteten Stoffe zurückgeführt ins Stahlwerk. Der Großteil davon wird in Länder, die auf der Südhalbkugel liegen, exportiert. Als Rohstoffe werden sie nun zu einer Mine gebracht und vergraben, um wieder zu Bodenschätzen zu werden. *Love to the beat of the show / And we could dance / Dance, dance, dance, dance, dance to the radio …*

Tudor sitzt zwei Reihen hinter Sven und zwei Reihen vor Daiana. Er fährt sich mit der Hand durch die kurzen schwarzen Locken und über die auffallend dünnen Lippen. Für einen, der am Schlachthof arbeitet, ist Tudors Körperbau zart, fast schon zerbrechlich. Vorige Woche sagte ihm der Veterinär, die Arbeit bei den Rindern sei erträglicher als bei den Hühnern. Tudor schüttelte den Kopf. Der Veterinär hatte zwar seinen Kollegen erfolgreich verarztet – was eigentlich die Aufgabe eines Humanmediziners gewesen wäre, nur war keiner zur Stelle –, aber vom Schlachten und Zerlegen hatte er keine Ahnung. Was wiegt ein halbes Huhn im Vergleich zu einem halben Rind? Der Veterinär musste nicht stemmen, dem konnte es nicht passieren, dass er bei Minusgraden ins

Schwitzen kam; er musste nur das Fleisch abstempeln und dabei gelegentlich entzündete Lungenflügel oder Reste von Gedärmen und Kot ignorieren. Er hatte eine feste Anstellung, nicht wie Tudor einen Werkvertrag mit der einen, oder wie Dan mit der anderen Leiharbeitsfirma. Der Kollege wartete mit eingewickeltem Arm auf die Rettung – Tudor wunderte es, dass der Unfall nicht ihm selbst passiert war. Mit dem Stechmesser abzurutschen. Zusätzlich zur Kehle des betäubten Rindes auch den eigenen Ellbogen zu erwischen. Tudor war in den Wochen zuvor unaufmerksamer gewesen als die anderen. Das hatte sogar der Vorarbeiter bemerkt und ein paar türkische Flüche losgelassen – vermutlich war es besser gewesen, den Wortlaut nicht zu verstehen. Der Unfall war allerdings dem Mann passiert, dessen Namen Tudor nicht kannte. Wie ein schlechter Scherz: die Hauptschlagader und die Hohlvene fein säuberlich durchtrennt und beim Zurückziehen des Messers nicht aufgepasst. Wie ein noch schlechterer Scherz: sich vom Veterinär behandeln lassen, als wäre er ein Ochse, der zu viel Klee gefressen hat, oder ein Pferd, das von Koliken geplagt wird. Der Verletzte, von dem Tudor nur wusste, wie er aussah – bleiches Gesicht, Dreitagebart und am Hals ein schlecht gestochenes Tattoo –, saß da und wippte unruhig mit den Füßen. Und Tudor konnte nicht einmal sagen, ob er zu denjenigen gehörte, die einen Werkvertrag hatten. Oder zu den anderen, die in bar ausgezahlt wurden, auf dem Hof des Geländes oder vor der Garderobe. Das Einzige, was Tudor mit Sicherheit wusste: Alle, die nur für ein paar Tage schlachten oder zerlegen, werden zur Schwarzarbeit genötigt; der Schlachthof schließt erst gar keinen Vertrag ab und der jeweilige Subunternehmer schreibt für die Lohnkosten Rechnungen in die Luft.

Im Bus sitzt niemand neben Tudor. Vielleicht wäre es gut, einen Menschen neben sich zu haben, eine fremde Lebensgeschichte zu hören. Selbst wenn die Geschichten der anderen nicht immer erfreulich sind – was ihn schmerzt, ist die eigene. Tudor war zuerst bei den Hühnern gewesen. Deshalb weiß er auch, dass die Arbeit am Rinderschlachthof schlimmer ist. Das Dorf, das er verließ, hatte ihn nicht am Auswandern gehindert, im Gegenteil. Er denkt sich wieder dorthin zurück: Zwei Bauern wechselten die Straßenseite, als er ihnen entgegenkam. Gesten, an die er sich hätte gewöhnen müssen: eine erhobene Faust, ein Tritt mit dem Stiefel in die Luft. Vielleicht hätte er lernen können, die Feindseligkeiten auszuhalten. Die Frage, ob sich seine jetzige Lage aushalten lässt, stellt sich nicht. Er hat keine Wahl. Damals: Vielleicht hätte er seine Rolle in der Gemeinschaft noch neu definieren können. Die Nachbarn verziehen schließlich seinem Bruder, aus welcher Familie er kam – und auch der Schwester, die ging als unbeteiligt durch, weil sie zu klein gewesen war, sie hatte noch nicht einmal lesen können. Zu den beiden sagten sie: »Das waren eben die Zeiten.« Ihm verziehen sie nicht. Was konnte er dafür, dass sein Vater bei der Miliz gewesen war? Er war zwar etwas älter als die Schwester, aber bei der Wende trotzdem noch Kind gewesen. Der große Bruder – er sieht es immer noch vor sich – packt die Schwester warm ein, um sie bei der Tante abzuliefern. Fährt dann per Anhalter nach Cluj zu den Protesten, ein paar Tage vor Weihnachten. Tudor ist allein zu Hause, von draußen kommen Geräusche und er fürchtet sich; zugleich weiß er, dass die Furcht ihm nicht helfen wird. Deshalb holt er die Katze zu sich ins Zimmer und wartet, bis die Mutter von der Arbeit zurückkehrt. Später hat es der Bruder leicht, sich vom Vater loszusagen, ohne ganz den Kontakt abzubrechen. Er war schließlich dabei, als die Jugendlichen in Cluj auf die Straße gingen. Die Leute meiden Tudor, weil er angeblich hinter dem Vater steht. Er will sich nicht entschuldigen oder rechtfertigen – und sich auch nicht mit seiner Familiengeschichte auseinandersetzen. Anfangs versucht er, mit Freundlichkeit auszugleichen. Der Nachbarin die Hühner zu versorgen, wenn diese für ein paar Tage in die Stadt muss. Dem älteren Ehepaar die Einkäufe bis zu ihrem Haus am Ortsende zu tragen. Mit zwei Kindern, die sich in der Schule plagen, Mathematik zu lernen. Aber historische Schuld wiegt schwerer als anständiges Benehmen im Alltag. Am Küchentisch schweigt der Vater sich darüber aus, ob die Vorwürfe der Dorfbewohner erfunden sind oder eine reale Grundlage haben. Die Mutter gießt Gemüsesuppe ein und sagt, beim Essen werde nicht geredet. Stellt das Fleisch und die Kartoffeln auf den Tisch, sobald die Suppenteller leer sind. Es wird weitergegessen und nicht geredet. Als das Dorf schon halb verlassen war, Höfe verfielen und immer mehr Fensterläden geschlossen blieben, ging auch Tudor. Er wohnte schon länger nicht mehr im Elternhaus, sondern gemeinsam mit Mihaela im Haus einer verstorbenen Tante. Damals noch ohne Kinder. Fast zehn Jahre nach der Revolution lebten sie von Subsistenzwirtschaft und Gelegenheitsarbeiten. Wie viele andere vor ihm, die meisten sächsischen Familien und einige junge Rumänen, nützte Tudor die erste Gelegenheit, die sich ihm bot: Ein Mann aus dem Nachbarort war in einer norddeutschen Hühnerfabrik untergekommen und hatte ihm versprochen, ihn nach dem nächsten Heimatbesuch mitzunehmen. So gelangte Tudor ans Fließband. Zerlegestation, besser als Blutbahn. Der erste Mann zu seiner Linken schnitt die Brustseite jedes gerupften und ausgenommenen Huhns, das an ihm vorbeikam, entzwei. Mit einer riesigen Schere. Drehte das Huhn um, legte es ab. Der zweite nahm die Keulen in die Hände, vollzog eine Drehbewegung nach außen. Der dritte tat dasselbe mit den Flügeln. Der vierte drückte es flach, machte mit einem langen Schnitt an der Rückenseite zwei Hälften aus dem Schlachtstück und legte sie ab. Tudor war für den ersten Verpackungsschritt zuständig. Auf dem Band kamen halbe Hühner zu ihm, er nahm eine Hälfte mit der linken Hand, eine mit der rechten, legte jede in eine Schale aus Styropor. Die Frau zu seiner Rechten wickelte Frischhaltefolie darüber. Viele der Geflügelhälften hatten noch einen weiten Weg vor sich, manche wurden mit Kühllastern zu rumänischen Supermärkten gebracht, wo sie billiger waren als das frische Hühnerfleisch aus der Umgebung.

Elena hat den hellbraunen Mantel über ihrem Oberkörper ausgebreitet wie eine Decke. Er ist aus weichem Flausch, warm gefüttert und tadellos verarbeitet – die Serie muss produziert worden sein, bevor die großen Betriebsschließungen stattfanden. Als Weihnachtsgeschenk hat sie der Schwester einen Schal gekauft und eine mit Keramik beschichtete Pfanne – diese hasst es, gusseisernes Kochgeschirr heben zu müssen, außerdem braucht sie durch die Beschichtung weniger Margarine. Die Schwester meidet Fett seit jeher, als wäre es pures Gift. Obwohl die Nahrungsmittel knapp wurden, hielt sie Diät nach einem obskuren Büchlein, das Rezepte für leichte Kost beinhaltete und der Köchin zur Belohnung ein gesundes Herz versprach. Elena betrachtete die Empfehlungen als Propagandatrick der Partei: Fettes Fleisch jeglicher Art sollte man nicht essen. (Wie das Buch gedruckt worden war, hätte noch die Möglichkeit bestanden, durchwachsenes Schweinefleisch, ein fettes Brathuhn oder Wurst zu verzehren, wenn auch so selten, dass kein Übergewicht zu befürchten war. Ab 1982 wurde fast alles exportiert, was nahrhaft war. Mageres blieb im Land. Mit Grausen erinnert sich Elena an Schweineklauen und Hühnerkrallen, an eingefrorene Küken, die gelegentlich im Suppentopf landeten.) Eidotter wäre zu vermeiden. (Elena suchte die Schwester in dieser Zeit öfters auf, um sich ein Glas mit zwei, drei Dottern mitzunehmen. Sie hatte wirklich keine Sorge, dick zu werden, im Gegenteil.) Fleisch und Gemüse dürften gedämpft, gegrillt oder im Wasser gekocht werden, braten wäre schädlich. (Sie hätte gerne gewusst, womit die Schwester Kartoffeln hätte braten können. Mit Wasser? Mit Luft?)

Kathas linker Fuß ist eingeschlafen, sie löst sich aus der zusammengerollten Position und streckt die Beine aus. Zieht die Stiefel an, weil ihr kalt geworden ist – nicht nur ihr, es ist kalt. *I hurt myself today / To see if I still feel / I focus on the pain / The only thing that's real …* Sie sieht, dass auch andere frieren – das dünne und in Kathas Augen viel zu hübsche Mädchen am anderen Ende der hintersten Sitzreihe mummt sich in ihren Wintermantel ein. Erzsébet muss leiden. Weil Essen dick macht und sie nur mit ihrer derzeitigen Figur Geld verdienen kann, und weil der Bus nicht anständig beheizt ist. Einen Jobwechsel zieht sie nicht in Betracht. Um sich vom Frieren abzulenken, nimmt sie ihr Handy zur Hand, sie könnte nachsehen, welche Zusammenstellung von Schönem und Hässlichem László auf Instagram gestellt hat. László ist der Fotograf, der eindeutige Motive will: Erzsébet in der Kastanienallee, Kinder beim Spielen am Fluss, seine Verlobte mit Rosen in der Hand; einen toten Spatz im Straßengraben, Staub und Müll vor einer versiegelten Holztür, einen Alkoholiker in der Bahnhofskneipe. Dario, der andere Fotograf, mischt Abstoßendes und Anziehendes. Mit seinem suchenden Blick fängt er die Alkoholiker in den noblen Innenstadtlokalen ein, er findet die toten Spatzen auch unter blühenden Kastanienbäumen oder Rosensträuchern, für ihn muss Erzsébet vor Industrieruinen posieren. Die Wiener verstehen es nicht, Schönes und Hässliches geschickt zu kombinieren, damit beides besser zur Geltung kommt. In Wien wird alles beliebig zusammengewürfelt: Spelunken und Designer-Boutiquen in benachbarten Erdgeschoßen, reizlose Nachkriegsbauten neben traumhaften Jugendstilhäusern, Plakatwände und parallel dazu Baumreihen. Bruchlos. Klobige Beton- und Eisenbrücken führen über die Neue Donau, die an sonnigen Wintertagen strahlend blau ist. Sie läuft meist von der Brigittenauer Brücke zur A22 und zurück. Die vollständige Insellänge hin und retour wäre laut Wikipedia genau eine Marathonstrecke, für Erzsébets Zwecke reicht ein Bruchteil davon. Im Laufen fängt sie Eindrücke auf. Je nach Blickrichtung: Die Skyline des Vienna International Center, links davon der Donauturm. Der Millennium Tower, dieser siamesische Zwilling aus Stahl, Beton, Glas. Auf ihrem Rückweg die Stelle, an der sich Enten, Möwen und vereinzelt Blesshühner einfinden. Vor allem aber Schwäne. Zu jeder Jahreszeit. Sie kennt die Legende, dass Rumänen in den 90er-Jahren regelmäßig an die Neue Donau gegangen wären, um sich einen Schwan zu schnappen und ihn zu braten. Eine Abwandlung: Nicht Rumänen wären es gewesen, sondern Roma, die aus Rumänien kamen, oder aus Ungarn. Von irgendwo dort drüben. Vor gut zwei Jahren fand eine andere Version derselben Story auf die Titelseiten der Gratisblätter und in diverse Internetforen: Syrische Flüchtlinge hätten Schwäne eingefangen und verspeist. Erzsébet kann sich appetitlicheres Geflügel vorstellen und Tiere, die leichter zu erlegen wären als diese schneeweißen Wasservögel, die schon bedrohlich flattern, wenn sie nur an ihnen vorbeilaufen möchte.

Katha kramt in ihrem Rucksack, holt ihr Halstuch hervor, bindet es sich um, breit gefaltet bedeckt es alles von den Schlüsselbeinen bis zur Nasenspitze. Holt ihren MP3-Player aus der Tasche, drückt die Repeat-Taste. *What have I become / My sweetest friend / Everyone I know / Goes away in the end …* Sie vergräbt die Hände in den Ärmeln ihres Pullovers, streift mit den Fingern über die Armbänder aus geflochtenem Kunstleder, die sie immer trägt. *If I could start again / A million miles away / I will keep myself / I would find a way …* In der kalten Jahreszeit braucht Katha die Armbänder gar nicht. Von Mai bis September wird sie sich verschiedene Varianten einfallen lassen müssen, ihre Handgelenke zu verstecken. Die erhabenen und geröteten Narben unsichtbar zu machen. Sie hatte vor drei Jahren nicht geplant, bleibende Spuren in ihrem Fleisch zu hinterlassen, die sie begleiten und darüber hinaus ein Kapitel ihrer Geschichte verraten würden, das sie am liebsten für sich behielte. Sie hatte das Kapitel als Schluss gelesen. Gedacht, jetzt käme nur noch ihre Beerdigung – und die fände bereits ohne sie statt, vermutlich auch ohne Predigt, dafür mit klassischer Musik, weißen Lilien und roten Rosen, umkränzt von Schleierkraut und Farn.

FLEISCHBRÜHE

Mitica hat die untoten Hunde niedergerollt, alle drei. Jetzt liegen sie da in Lachen aus Ketchup oder Himbeersirup und jagen dem verpixelten Bus nicht mehr nach. Er hat die blonden Zombies überfahren und den schwarzhaarigen mit dem schieferfarbenen Shirt erschossen. Hat geparkt, Überlebende einsteigen lassen. Kleinansicht: Grüne Punkte bewegen sich auf einen weißen Kreis zu, verschwinden, sobald sie ihn erreichen. Ioans Bus befindet sich zwischen Budapest und Szolnok, bald wird er bei der Raststätte angelangt sein. Das Radio gibt ein monotones Rauschen von sich, er sucht nach anderen Sendern. *Country roads, take me home / To the place I belong / West Virginia* – Adrian verdreht vermutlich die Augen, aber Musik dieser Art ist immer noch besser geeignet zum Fahren als dessen hämmernde Bässe und Synthesizer-Effekte. Die Verspätung beträgt mittlerweile circa eineinhalb Stunden. Ioan will nicht mehr rechnen. Eine erneute Zeitkalkulation bringt sie auch nicht schneller ans Ziel. Die Pause ist nötig. Zum Essen und Rauchen, sonst werden die Reisenden ungehalten bis unausstehlich. Er mit eingeschlossen, vor allem wegen des Rauchens. *West Virginia, mountain mama / Take me home, country roads* … Ein Schild: Abfahrt Raststätte. Er wechselt die Spur, sieht das Gebäude mit Holzvertäfelung und bunter Lichterkette, daneben die Tankstelle. Ioan biegt ab. Mitica fährt zwischen zwei roten Punkten durch, die er nur in der Kleinansicht sieht – Zombies, die noch weit weg sind. Er rammt einen rostigen Panzer, der am Straßenrand steht, nimmt eine leichte Rechtskurve. Die beiden Verfolger sind nicht mehr fern, sondern auf einmal dicht hinter ihm, jetzt schnell durch die Einfahrt zwischen den zwei Hecken – geschafft. Parkplatz. Nächstes Level. Ioan biegt erneut ab. Vorbei an den Reihen geparkter PKWs, zu den Stellplätzen für Trucks und Busse, die sich zu seiner Linken befinden. Da sind bereits drei LKWs, ein giftgrüner Bus (es ist ihm neu, dass die grüne Linie auch ostwärts fährt) und: ein weißer, aber nicht irgendeiner, sondern der, neben dem sie in Wien auf die Abfahrt gewartet haben. Ioan parkt ein, ihn stört die Nachbarschaft zum Geisterbus nicht. Adrian flucht etwas von wegen nicht möglich und welcher Dreckskerl die Schrottkarre so schnell hierher befördert habe. Ioan gibt ihm zu verstehen, er möge sich nützlich machen und drinnen einen Platz reservieren, statt hier draußen über fremde Angelegenheiten zu schimpfen – er selbst zündet sich die ersehnte Zigarette an und raucht, bis die letzte Passagierin den Bus verlassen hat.

Es hat angefangen zu schneien. Lisa knöpft ihren Mantel zu und kontrolliert, ob sie Pass und Geld eingesteckt hat. Im Gesichtsfeld Schneeflocken, die Raststätte und ein großes Schild, das Einkehrenden auf Rumänisch verspricht, das Essen werde schmecken wie daheim bei der Mama. Die Portionen seien groß, günstig, frisch. Paradox, denkt Lisa, dass Heimat sich in ein konsumierbares Gut verwandelt, sobald man oder frau sie aus Geldnot, dem Gefühl der Unzugehörigkeit oder unter anderen widrigen Umständen verlässt. Eine Stunde Pause, sie wird zuerst die Toilette aufsuchen. Eine Drehtür schleust die dreiköpfige Familie, eine Kellnerin, den erschöpften Busfahrer und schließlich auch Lisa in die Raststätte. Im Speisesaal eine regelmäßige Anordnung von Tischen, die meisten besetzt. Lisa sieht sich suchend um, bemerkt zu ihrer Rechten eine Türe, dahinter einen Korridor mit zwei Warteschlangen: einer kurzen für Herren, einer langen für Damen. Sie stellt sich an. Aus der Toilettenanlage dringt Musik: *Deşteaptă-te, române, din somnul cel de moarte / În care te-adânciră barbarii de tirani!* In der Schlange hinter Lisa sprechen zwei Frauen Englisch, eine mit ungarischem, eine mit rumänischem Akzent: »Must be the feeling of coming home.« »Probably, yes.« Sehnsucht in der einen Stimme, Angst – oder bloß Vorsicht? – in der anderen. Vor Lisa drei Frauen, die sich auf Rumänisch unterhalten. »Nie wieder zum Arbeiten nach Österreich!«, so die erste. »Nie wieder«, stimmt die zweite mit ein. *Triumfător în lupte, un nume de Traian! / Priviţi, mărețe umbre, Mihai, Ştefan, Corvine …* Lisa erkennt, dass es die Nationalhymne ist, die da auf und ab gespielt wird. Sie fragt sich, ob das Klo als Resonanzraum die Hymne beschmutzt oder ob diese den körperlichen Verrichtungen Würde verleiht. Von hinten kommen unterschiedliche Alltagsgespräche auf Lisa zu – und ganz leise das Jammern eines Kindes. Codruța wartet mit Susana, hofft, dass diese durchhält, bis sie an der Reihe sind. Sie denkt an ihren Job in Wien, Cineplexx, Toilettenwärterin; da stehen die Damen nur an, wenn bald ein Film beginnt oder eben einer zu Ende gegangen ist. Vor ihr ein Teller für die Münzen, aus Porzellan wie die Waschbecken und Klomuscheln. Kino ist erträglicher als Bar oder U-Bahn-Station: Selten verrichtet jemand ein großes Geschäft, und dass sich jemand übergibt, kommt kaum vor. Auch wenn sie den Großteil des Tellergelds nicht behalten darf und ihre Arbeitszeit selten planbar ist: Sie setzt alles daran, den Job zu behalten, schließlich findet Matei nur zur warmen Jahreszeit Gelegenheitsarbeiten auf Baustellen.

Daiana hat den Bus eilig verlassen und steht weit vorne in der Schlange, aber wenn sie nicht bald an der Reihe ist, wird sie sich auf der Herrenseite um ihr sogenanntes Frauenproblem kümmern. Dort steht kaum jemand an. Sie wartet. Um sich von ihrem Körper abzulenken, zählt sie im Kopf Gegenstände. Alles, was blau ist: die Jeans der Mutter vor ihr, deren Kind wimmert, dass es dringend sei; der Kapuzenpulli des Burschen in der Männerschlange; ein Papierschnipsel am Boden … Gelb: das T-Shirt unter dem Kapuzenpulli; die Schuhsohlen des Mädchens hinter ihr; die Sterne auf der EU-Flagge, die verstaubt und ausgebleicht über der Klotür baumelt … Rot: die Lippen der Frau auf dem Kondomautomaten; das Besetztzeichen links, rechts und – das Klo in der Mitte ist frei. Und widerlich. Sie geht in die Hocke, achtet darauf, nirgends anzustreifen. Zieht den Tampon heraus, wickelt ihn in ein Taschentuch, gibt ihn gemeinsam mit der ebenfalls vollgebluteten Binde in den Kübel, der bereits übergeht. Lässt Urin und Blut in die Schüssel rinnen. Wischt sich mit einem zweiten Taschentuch ab. Es klopft schon an der Tür. Sie macht schnell. Neuer Tampon, frische Binde. Kontrolle: kein Fleck auf der Hose. Sie verlässt die Kabine, blickt in den Spiegel. Bleich sieht sie aus. Die kleine rundliche Frau mit der schwarzen Schlabberhose ist als Nächste an der Reihe. Daiana will sich die Hände waschen und merkt, wie ihr schwindlig wird, sie stützt sich an der Wand ab.

Oana hätte es fast nicht mehr ausgehalten, sie zieht ihre Schlabberhose herunter und nimmt die Superman-Position ein – in die Knie gehen, Becken weit nach hinten, Oberkörper nach vorn, mit der ausgestreckten Hand hält sie sich am Türgriff fest. Sie versucht, nicht durch die Nase einzuatmen, uriniert, wischt sich mit einer Papierserviette ab, spült. Warnt die nächste Wartende vor – die ältere Dame mit dem Mantel aus der Vorwendezeit. Oana geht zum Seifenspender, sieht Daiana an der Wand lehnen. Aus der linken Kabine kommt die Frau mit dem edlen Schal und dem perfekten Make-up, die Daiana beim Einsteigen an Frau Wirth erinnert hat. Ohne zu zögern steuert sie auf Daiana zu. Fragt, ob ihr nicht gut sei. Vermutlich ist es nicht das erste Mal, dass sie jemanden mit Schwächeanfall versorgt. Stützt sie, bringt sie zum Waschbecken, hält ihre Handgelenke unter den Wasserhahn; es rinnt eiskalt über Daianas Adern. Die beiden bleiben so stehen, während der kalte Schwall den Kreislauf anregt und vor den anderen zwei Waschbecken ein Gedränge entsteht. Die Frau dreht das Wasser ab, fühlt Daianas Puls, fragt, ob sie gegessen hat. In ihrer Art zu tasten und in den Ratschlägen ruht eine Sicherheit, als wäre sie Notärztin auf Wanderschaft.

Draußen steht Lisa. Sie beschließt, erst zu rauchen und dann zu essen. Muss an Paul denken. Paul, den sie in Linz kennengelernt und auch dort gelassen hat, den sie schon fast vergessen hat und den sie auch künftig vergessen wird, zumindest solange da genug anderes ist, woran sie denken muss. Ob sie auch nichts in Linz hat liegen lassen, was ihr fehlen könnte? Unentbehrliche Gegenstände. Unbeantwortete Kurznachrichten. Unbezahlte Rechnungen. Sie kramt in ihrer Tasche, findet die Zigarettenschachtel und zündet sich eine an. Alibitätigkeiten. Schlechte Ablenkungen. Spürt sie jetzt schon Heimweh? Oder ist es Sehnsucht, die nicht ortsgebunden ist? Beschäftigt zu sein wirkt wie eine lokale Betäubung gegen schmerzende Erwartungshaltungen. Daiana und ihre Retterin machen sich indessen auf Richtung Gaststube. Bevor sie eine Suppe bestellt – die sollte ihr Kraft geben –, will Daiana noch kurz hinaus in die Kälte, frische Luft schnappen. Sie bleibt ein paar Meter neben der Drehtür stehen. In einer Ecke erblickt sie die Frau mit der bläulich-grauen Mütze, die im Bus hinter ihr gesessen ist, wie sie sich eine Zigarette anzündet. Daiana mag secondhand smoke und Gelegenheitsrauchen. Selbstverantwortung und Suchtpotenzial hin oder her. Sie würde sich am liebsten zu der Frau gesellen, die einen sympathischen Eindruck macht, und ein Gespräch beginnen. Mit dem derzeitigen flauen Gefühl im Magen kann sie allerdings nicht in die Nähe von ein- und ausparkenden Autos oder qualmenden Menschen. Sie nimmt ihr Smartphone zur Hand: fünf verspätete Kussmünder von Chantal, der sie vor drei Tagen zum Geburtstag gratuliert hat. Sie ist erleichtert, eine Antwort zu haben. Chantal schreibt für gewöhnlich sofort zurück – wenn es ihr gut geht, erzählt sie von durchtanzten Nächten und Nachmittagen im Fitnesscenter; oft schreibt sie allerdings, sie müsse sich aufraffen zum Putzen fremder Haushalte und zum Wäschewaschen im eigenen. Wirklich schlimm ist es jedoch erst dann, wenn selbst das Wäschewaschen nicht mehr geht. Wenn Chantal den Arbeitgeberinnen wegen einer angeblichen Erkältung absagt. Falls sie nicht auf SMS reagiert, könnte es wieder so weit sein. Aber fünf Kussmünder und ein »Viel Spaß in Rumänien!!!« signalisieren Daiana: Kein Grund zur Sorge. Auf den Ärmel ihres schwarzen Mantels fallen Schneekristalle – es ist so kalt, dass sie nicht bei der ersten Berührung zu Wassertropfen zerschmelzen. Sie spürt noch ein leichtes Schwindelgefühl. Atmen. Tief. Ein – in den Bauch, in den Brustkorb, in die Lungenspitzen. Aus. Bis der Bauch sich leer anfühlt. An verschneite Felder denken. Klares Wasser. Grüne Zweige. Picknick im Park. Vielleicht kann sie schon essen – eine Viertelstunde der Pause ist bereits vorbei. Sie wird es versuchen.

Lisa wirft ihre Zigarette zu Boden, drückt sie mit dem Stiefelabsatz aus und geht ebenfalls hinein. Sie findet rechts hinten einen Tisch, an dem noch ein Sessel frei ist. Fragt der Höflichkeit halber, ob besetzt sei. Nimmt Platz. Neben ihr drei Männer, der eine stellt sich als Silviu vor, der zweite als Sven und der dritte als Daniel. Sven spricht offenbar besser Rumänisch als sie, obwohl er nur hin und wieder zu Besuch ist in Cluj. Seine beste Freundin studiere dort, erzählt er. Silviu, der in einer Autofabrik arbeitet, macht sich ungeniert lustig darüber, dass jemand freiwillig in Rumänien Medizin studiert. Daniel, der etwas abseits sitzt, mit dem Rücken zur Schlange vor dem Klo, wetzt auf dem Sessel hin und her, seine Hände spielen mit einer Papierserviette. Er wendet ein, es sage nichts über den Rang der Universitäten aus, dass in den Krankenhäusern Material und Medikamente fehlen. Als die Kellnerin drei Suppen bringt, verlangt er nach einem großen Bier. Silviu isst Fleischbrühe, Daniel Gulaschsuppe und Sven eine »Ciorba de fasole«, er verrät Lisa (auch wenn ihr das bekannt ist und sie nicht danach gefragt hat), »de post« hieße fastentauglich und somit vegan. Lisa lebt nicht vegan und braucht wirklich nicht zu fasten – der Umzug, die Arbeit und die letzte Trennung haben genug gezehrt an ihr. Eben auf der Toilette hat sie bemerkt, dass ihre Beckenknochen spitzer hervorstehen als noch vor einem Monat. Sie bestellt eine Kalbssuppe. Die anderen werden noch einen zweiten Gang essen – ihr wird die gut gefüllte Suppenschüssel reichen. Sie sieht deftig aus, mit Fettaugen, Fleischstücken, Sauerrahm und Weißbrot. Daniel führt mit mechanischen Bewegungen den Löffel zum Mund, als würde nicht er selbst, sondern ein Roboter essen, oder ein Zombie. Blickt auf. Fragt Lisa, wo sie herkomme und warum ausgerechnet Rumänien. Sie gibt in gebrochenen Sätzen Linz als ihren Geburtsort an und nennt den Zufall als Grund für die Anstellung in Cluj. Der Geruch nach Fleisch, Bratkartoffeln und Gewürzen vom Nebentisch lässt sie hungrig werden. Die Kellnerin bringt Daniels Bier und Lisas Suppe – am ersten Bissen verbrennt sie sich die Zunge. Daniel fragt, ob alles in Ordnung sei. Und ob sie einen Freund habe. Sie erzählt von ihrem Exfreund und verschweigt die Trennung. Er sagt, halb im Selbstgespräch, auch er habe eine Freundin gehabt. Jetzt nicht mehr. Sie habe ihn hinausgeschmissen, weil … weil. Im Streit. Er fixiert Lisa mit seinem Blick, nimmt den verlorenen Faden an einer anderen Stelle auf: Sie hätten ein gutes Leben gehabt, ein Haus mit Wald rundherum, eine neu eingerichtete Küche, einen gebrauchten VW Golf, er sei treu gewesen. Sie habe ihn vor die Tür gesetzt, er verstehe nicht, wieso. Leert die halbe Bierflasche in einem Zug. Zuckt mit den Schultern, sagt, Fehler passieren, aber ihn deshalb gleich hinausschmeißen, sei zu hart gewesen. Jetzt hält ihn nichts mehr in Rumänien, er habe in Österreich Arbeit gesucht, nichts Dauerhaftes gefunden, zu Weihnachten ginge es zur Mama und dann nach Deutschland. Seine Entscheidung wäre anders ausgefallen, wenn nicht die Freundin … ihn einfach vor die Tür setzen. Wegen nichts. Fast nichts. Was da gewesen ist, sei verzeihlich. Ein leicht beklemmendes Gefühl lässt Lisa schneller essen.

In der Raummitte sind die Tische länger und breiter als am Rand. Um einen davon haben sich die Busfahrer versammelt – Ioan, Adrian, die beiden, die abwechselnd den grünen Bus lenken, und der Fahrer eines Mini-Vans, der eben erst angekommen ist. Das Personal des Geisterbusses ist nirgends zu sehen. Das hätte Adrian vorhersehen können – bestimmt ist ihr Gehalt so lausig, dass sie mitgebrachte Pausenbrote essen, als wären sie noch Schuljungen, anstatt einzukehren wie erwachsene Arbeiter. Ioan blickt auf die Uhr: Vierzig Minuten sind um. Zum Glück kommt bereits der Hauptgang. Drei Kellnerinnen mit beladenen Tabletts: Schnitzel für Adrian, Kotelett für Ioan, zwei Mal Hühnerbrust für die Fahrer des grünen Busses, für den Fahrer des Vans ein Salatteller – vier Augenpaare auf dem Salatesser, der knapp anmerkt, Advent sei Fastenzeit. Der Platz neben Ioan bleibt frei. Bis einer fragt, ob er darf, keine Antwort abwartet und sich setzt. Er sei ebenfalls Busfahrer, fängt er an zu erzählen – besser gesagt: Busfahrer gewesen, in Arad, Lokallinie, aber da habe er so gut wie nichts verdient, deshalb sei er jetzt bei einer Spedition in Wien. Schwarzarbeit. Ioan sieht dem Fahrer des Vans zu, der etwas murmelt, sich bekreuzigt und sich seinem Salat zuwendet. Beobachtet den Spediteur, der den Kopf schüttelt und das Essverhalten des anderen kommentiert – »Kein Fleisch zur Fastenzeit, keinen Knoblauch vorm Rendezvous!« –, sich wieder zu Ioan dreht und fortfährt: Er habe Kisten mit jeglichem Inhalt transportiert. Bücher, Kleider, Zerbrechliches und Gefahrengut; Kartons mit Luftlöchern und Katzen, Ratten oder Hasen darin; zu Halloween habe er bei einem Umzug die Vampirkinder mit dem Knoblauch, der aus einer Kiste ragte, von der halb auseinandergebauten Küche ferngehalten. Die Spedition zahle unterhalb des Kollektivvertrags, aber in Arad habe er zwanzig Bani pro

Kilometer bekommen. »So ist das Leben, was kann man machen.« Der ehemalige Busfahrer bestellt nichts zu essen, nur einen Espresso. Als er ihn bekommt, kramt er seine Zigaretten aus der Jackentasche, nimmt die Tasse, verabschiedet sich und ist weg. Noch bevor Ioan den nächsten Bissen heruntergeschluckt hat, sitzt schon wieder einer neben ihm – diesmal ohne zuvor gefragt zu haben, ob der Platz frei sei. Die Bratkartoffeln sind nicht knusprig genug für Ioans Geschmack, dafür ist das Kotelett genau richtig. Sein neuer Sitznachbar trägt nur ein hellblaues Poloshirt unter der Jacke, als hätte gerade der Frühling angefangen und nicht der Winter. Sein Haar ist gleich kurz geschnitten wie sein Bart, beides hat einen höheren Weißanteil als bei Ioan. Mit einem verschmitzten Grinser und genauso selbstverständlich, wie er sich zu ihnen gesetzt hat, breitet er sein Leben aus: Er komme vom Land und sei gewitzter als ein Fuchs. Zwei Hunde habe er, Albinuța und Negruța. Albinuța, die elfenbeinfarbene Streunerin, habe er in Constanța auf der Straße aufgelesen. Sie sei der schönste Hund der Welt. Was blieb ihm da für eine andere Wahl als sie mitnehmen, gut füttern, die Knoten aus dem Fell bürsten oder schneiden, die Flöhe entfernen. Seit fünf Jahren habe er sie am Hof, wenn er irgendeiner Arbeit hinterherfahre, müsse sich seine Frau um den Hund kümmern. Negruța hingegen sei ihm in Italien zugelaufen, jeden Tag habe sie an der Baustelle auf ihn gewartet. An seinem Mittagessen teilgehabt. Die kleine kohlschwarze Kläfferin würde ihm fehlen – das fühlte er, als das Hochhaus fast bezugsfertig war und die Abreise bevorstand. Aber wie einen Hund, ohne Geld für Impfungen und Hundepass auszugeben, über drei Grenzen bringen? Ioan greift zum Brotkorb, er kennt die Fortsetzung. Alle halten sie sich für originell, dabei tun sie nur das, was schon Tausende vor ihnen getan haben. Der andere unterbricht seinen Redefluss, als die Kellnerin kommt, bestellt Hühnerbrust und dazu ein Glas Traubensaft, schließlich müsse er noch fahren. Wendet sich wieder an Ioan, verkündet laut, mit Brot und Wein habe er das Tier gefüttert, bis es stockbetrunken in einen tiefen Schlaf gefallen sei. Im Kofferraum sei es ruhig auf einer Decke gelegen und habe bei keinem einzigen Grenzübergang gebellt. Noch zwei Tage lang sei Negruța an ihrem torkelnden Gang anzumerken gewesen, wie er sie an seinen Hof gebracht habe. Ende. Langeweile und Erleichterung vonseiten Ioans – wenigstens hat er bei dieser Rast keine Familiendramen abbekommen, keine gescheiterten Biografien und Lebensbeichten. Er verlangt einen Espresso und die Rechnung.

Daiana geht durch die Drehtür in den Speisesaal. Sie sieht die Frau mit den perlmuttglänzenden Lippen und dem dünnen Lidstrich, die ihr eben geholfen hat. Auf der Lehne des Sessels neben ihr hängt der Schal, den sie vorhin getragen hat – Kaschmir, beige mit dunkelblau eingewebtem Muster. Reserviert sie den Platz für Daiana? Für jemand anderen? Oder ist der Platzhalter ein Signal, dass sie Abstand von anderen Menschen braucht? Daiana nimmt Blickkontakt auf. Die andere winkt sie herbei. Zu ihrer Linken sitzt ein hochgewachsener Mann mit hellem Haar, er heißt Istvan und fragt sich, wieso das Schnitzel immer noch auf sich warten lässt. Er selbst braucht drei Minuten für ein Schnitzel: klopfen, Mehl, Ei, Brösel, in die Fritteuse, dazu abgetropfte Pommes aus der anderen Fritteuse, Ketchup, Salatgarnitur – fertig. Das Naturschnitzel dauert ein bisschen länger, er muss es in Öl braten und mehrmals wenden. Die Beilage ist Reis, aus einer halbkugelförmigen Schüssel gestürzt, und Salat in einer Extraschale. An der kurzen Tischseite, gegenüber von Daiana, hat Cornel Platz genommen. Am Rand. Vor dem Lautsprecher. Lustige Lieder, die ihn nicht stören. *Dau o fugă în oraş după domnişoare / Că nu mai am niciun loc gol de parcare* … Genauso wie die Frau, die sich als Isabella vorstellt, ist er gut gekleidet und bewegt sich mit einer gewissen Selbstsicherheit, als gehöre ihm der Raum. Daraus schließt Daiana, dass die beiden nicht dasselbe Pech haben wie sie: überqualifiziert in einem unterbezahlten Job gelandet zu sein. Isabella fragt, ob ihr die frische Luft gut getan habe. Daiana nickt. Bestellt eine Gemüsesuppe. Versucht, die Hintergrundmusik auszublenden. *Şi o să parchez la ele în dormitoare / Azi o ardem în deplasare* … Von Istvan, den sie nicht als über-, sondern als unqualifiziert einschätzt, kommt ein Schwall indiskreter Fragen auf sie zu: Wie alt sie sei, ob Kinder, verheiratet oder Single, was sie in Wien mache und wieso sie nach Rumänien … Als würde er um eine Zurückweisung bitten. Einsilbig antwortet sie, so alt, wie sie aussehe, ihr Beziehungsstatus sei irrelevant und sie arbeite in Wien. Merkt, dass sie eine Spur zu abweisend gewesen ist, der verunsicherte Gesichtsausdruck lässt einen Funken Reue in ihr aufglimmen. Istvans Schnitzel wird gebracht, das Essen scheint ihn so sehr zu beschäftigen, dass er auf weitere Worte verzichtet – oder er will Daiana signalisieren, dass er ebenso wenig Wert auf Konversation legt wie sie.

Isabella bricht das Schweigen, fragt, was Daiana denn in Wien mache, nebenbei angemerkt: eine wunderschöne Stadt. Ausweichen. Sagen, sie jobbe mal hier, mal dort. Hauptsächlich in Privathaushalten. Als Isabella nachfragt, ob mit Kindern oder Alten, sagt sie, dass sie putzt. Nur vorübergehend. Stellt die Gegenfrage. Sie sei Kinderärztin, antwortet Isabella und erwidert den verzückten Blick, den sie hundertfach als Reaktion auf ihre Berufsbezeichnung gesehen hat, mit einem lapidaren: »Auf der Pathologie gab es leider keine freien Stellen mehr.« Kinder und Leichen: weiter auseinander könnten Fachgebiet und Berufswunsch kaum liegen. Daiana fragt sich, ob Isabella hauptsächlich aus finanziellen Gründen ausgewandert sei – geboren und gestorben werde schließlich auch in Cluj –, oder ob sie andere Beweggründe gehabt habe. Bevor Daiana die Frage noch formulieren kann, erzählt Isabella, dass sie nie die obsessive Vorstellung mancher Kolleginnen geteilt habe. Sie hatte nie nach Deutschland ziehen wollen oder nach Kanada – nach Österreich schon gar nicht; sie hatte bleiben wollen.

Anfangs. Da war sie noch Assistenzärztin auf der Internen gewesen. Hatte gehofft, das niedrige Gehalt würde irgendwann höher. Oder sie käme in einer Privatklinik unter. Eine offizielle Gehaltserhöhung blieb aus. Eine inoffizielle hätte sie haben können, die wollte sie allerdings nicht. Am liebsten hätte sie sich die Taschen vom Kittel abtrennen lassen. Wenn sie zurückdenkt, sieht und spürt sie noch die vielen Hände von Patientinnen und Patienten, die versuchten, ihr Kuverts zuzustecken. Einigen sah sie an, dass sie noch schlechter verdienten als sie selbst. Die plötzliche körperliche Nähe und der Unwille, Bestechungsgelder anzunehmen. Andererseits: Es wäre für alle Beteiligten ein Gesichtsverlust gewesen, den Menschen, denen die Hände gehörten, nachzulaufen und mit einem »Sie haben etwas verloren« die Kuverts zu retournieren. Istvan, der fertig gegessen hat, macht ihr durch die Blume den Vorwurf, der ihr nur allzu bekannt ist und der sie trotzdem noch immer trifft: »Und uns in Rumänien gehen die Ärzte aus.« Aber was hätte jemand wie er schon davon, wenn sie in einer Privatklinik gelandet wäre? Sie hasst es, sich rechtfertigen zu müssen. Hätte ihr Auto in dieser unseligen Vorweihnachtszeit keinen Frostschaden abbekommen, müsste sie sich nicht mit Mitreisenden wie diesem auseinandersetzen. Sie beschließt, ihn zu ignorieren. Wendet sich wieder Daiana zu, der sie verrät, dass es traurig sei, ein voll beladenes Auto auszuparken und auf ungewisse Zeit aufzubrechen, im Rückspiegel eine weinende Familie, die ihr immer kleiner erscheint. Zwei Töchter, die ihr SMS mit traurigen Smilies hinterherschicken, und einen Mann, der verspricht, bald mit den Kindern nachzukommen. Fügt hinzu, dass die Sachen trotzdem schnell gepackt sind, wenn annehmbare Jobs im eigenen Land nur durch familiäre Kontakte zu bekommen sind. Dass der Kontakt statt verwandtschaftlich auch sexuell sein kann, behält sie für sich. Wer weiß, was die junge Frau sonst von ihr denkt? Es hat sie eine sichere Stelle gekostet, ein Besprechungszimmer zu verlassen, das Angebot des Krankenhausmanagers mit dem

Hinweis, das könne er sich selbst besorgen, aus- und ihm die Tür vor der Nase zuzuschlagen. Istvan hakt nach, dass sie doch aufs Land oder in eine Kleinstadt hätte ziehen können, Luxus sei das zwar nicht, aber wäre es nicht eine patriotische … Isabella beschließt, ihm den Mund zu verbieten. In eine Praxis auf dem Land kommen (wie in der Stadt): schwere Diabetikerinnen, Herzkranke, Krebspatientinnen, potenzielle Selbstmörder – und was ist die Standardausstattung einer solchen Praxis? Ein Stethoskop und nichts. Istvan denkt sich, aus reinem Idealismus wird sie nicht weggezogen sein. Sie will eben nicht an der Armut anderer anstreifen. Genauso wie er hat auch sie sich beim Einsteigen weggesetzt von denen, die er als fahrendes Volk und bettelnde Vagabunden wahrnimmt. (Hätte er den Gedanken laut ausgesprochen, hätte Daiana erwidert, dass keiner von ihnen über Sesshaftigkeit zu reden brauche. Und dass Unionsbürgerinnen in anderen Mitgliedsstaaten das Recht auf Personenfreizügigkeit hätten.) Istvan winkt die Kellnerin herbei, sucht die ungarische Bankomatkarte – er hat drei Konten und drei Eselsbrücken. Eine davon: Jahr der gescheiterten Revolution, danach Alter von György, als dieser nach Budapest zog: 5623. Zahlt. Steht auf und geht nach draußen zum Rauchen.

Cornel hat die ganze Zeit hindurch geschwiegen, was offensichtlich niemandem aufgefallen ist. Er unterhält sich generell wenig auf Reisen. Die Fahrt ist ein notwendiges Übel, dennoch war es die bessere Entscheidung, den Nachmittagsbus zu nehmen. Der Weg zum Morgenbus fühlt sich an wie Schlafwandeln. Als träte er die Reise in der Pyjamahose an, den Sitz als Schlafstätte, die Mitreisenden als Bettgefährten. Auch sonst führt er das Leben einer Eule. Das Feine an der Netzwerktechnik – abgesehen vom Gehalt und der Tatsache, dass er freundlich behandelt wird, weil man etwas von ihm braucht – ist die Gleitzeit. Zwei Jahre ist es her, dass er bei der Firma untergekommen ist, für deren Tochtergesellschaft er in Cluj gearbeitet hatte. Woche für Woche verbringt er seine Werktage vom späten Vormittag bis zum Abend mit der bus-, ring- oder sternförmigen Anordnung von Stationen. Seit er sich in Wien eingerichtet hat, reist er mit Handgepäck. Vor dem ersten Aufbruch Richtung Westen hatte er sich mit Tutorials eingedeckt. Zwei neue Hosen gekauft und vier Hemden. Bügelfrei. Erleichtert war er damals, dass er – anders als bei den organisierten Fahrten zu diversen Vorstellungsgesprächen – nicht in einen Bus voller Nerds steigen würde. Er fuhr allein nach Wien. Auf Anraten eines ehrlichen Bekannten hatte er sich für die bevorstehende Einsamkeit gewappnet. Romane mitgenommen, eine Festplatte voll Musik, seine Laufsachen. Er würde abends an den Donaukanal joggen gehen, daher die Funktionsjacke mit den Reflektoren. Für Notfälle eine Flasche Vodka in der Reisetasche, ein Fläschchen Valium im Handgepäck. Dass er guten Vodka auch in Wien findet, weiß er heute. Stärkere Mittel gegen endlose Wachphasen muss er sich im Lauf der nächsten Tage in Cluj besorgen. Er bezahlt sein Kotelett und seinen Energydrink, verabschiedet sich mit einem Nicken von den beiden Frauen und geht hinaus. Beobachtet die anderen beim Rauchen. Eine Frau, die gleich in den Geisterbus steigen wird, erzählt Lisa, dass sie eine Schachtel Zigaretten am Tag vernichte – noch immer, obwohl ihr Mann damit aufhören musste. Sie hustet, sagt, die schönen Dinge im Leben seien immer zu teuer, gerade vergriffen oder ungesund. Auf der anderen Seite des Eingangs erblickt Lisa Daniel, der eine Zigarette in der einen und eine Flasche mit einer klaren Flüssigkeit in der anderen Hand hält, neben ihm drei andere Männer aus dem pinken Bus. Der mit der Baskenmütze und dem Schnauzbart ist eine Reihe vor Lisa gesessen, sie auf der rechten, er auf der linken Seite. Er heißt Mihai und freut sich bereits, seine Frau zu sehen, will endlich in seiner eigenen Wohnung schlafen, essen, die Zeitung lesen und fernsehen, statt in dem Vierbettzimmer des Arbeiterwohnheims. Er wird zwei Wochen lang nicht hart anpacken müssen, es warten höchstens kleine Renovierungsarbeiten auf ihn, das Streichen von fleckigen Stellen an den Wänden oder die Montage einer neuen Lampe – und er braucht keine Angst zu haben vor seinen rumänischen Vorarbeitern oder dem Finanzamt. In Mihais Kopf tauchen zwei böse Gedanken auf: Haben die Vorarbeiter mit dem Erscheinen der Finanzbeamten kurz vor Zahltag zu tun; kann es sein, dass Rumänen ihre eigenen Landsleute um den Lohn prellen wollen? Und: Ist ihm die Abwesenheit von Angst und das Fehlen von Mitbewohnern wichtiger als wieder bei seiner Frau zu sein?

Mihai hat sich eine seiner filterlosen Pall Malls angesteckt. Daniel lallt, er habe ein Haus und einen VW Golf, aber keine Frau mehr. Es ist nicht seine Art, vor Fremden sein Inneres offenzulegen, doch es bricht aus ihm heraus. Er erzählt von dem Hufeisen, das er im Garten vor dem Haus gefunden hat. Es brachte ihm kein Glück, also landete es im Müll. Nur Pech, im ganzen Leben nur Pech. Mihai unterbricht Daniels Litanei. Legt seine Hand auf dessen Schulter. Rät ihm, mit dem Trinken aufzuhören. Er selber habe getrunken, genug – mehr als genug. Das habe er hinter sich. Weil es nichts bringt. Daniel ärgert sich – alles ist schiefgegangen, alles. Wenn es wenigstens mit der Jobsuche geklappt hätte – wenigstens das, wo schon die Freundin weg war, das hätte wirklich gereicht, dass sie weggeht von ihm. Ohne Arbeit fühlt sich Daniel zu nichts nütze, Mihai merkt ihm das an und meint, ein Job täte ihm gut. Dann würde er den Alkohol schon stehen lassen. Daniel schüttelt sich, ruft, so laut, dass sich Lisa, Ioan und die paar Frauen aus dem Geisterbus, die drüben stehen, umdrehen: »Ich habe keine Frau, die mich umarmt – also trinke ich«, nimmt einen großen Schluck aus der Flasche, »auf meine Gesundheit!« Mihai kann einen erwachsenen Mann, den er nicht einmal kennt, weder bevatern noch davon abhalten, angestaute Wut an sich selbst auszulassen. Er wird ruhig bleiben. Daniel im Augenwinkel behalten. Zumindest darauf achten, dass der Verzweifelte den Bus nicht versäumt. Ioan steht auf der anderen Seite des Eingangs und bekommt die Szene nur am Rande mit. Während Mihai nach einigen Minuten erneut versucht, Daniel gut zuzureden, tritt ein Jugendlicher – vermutlich Student – an Ioan heran, berichtet von seinen Eliade-Lektüren und von seinem großen Traum: nach Indien zu reisen und die hinduistische Religion zu erfassen. Der Student, der mit dem Geisterbus reist, lehnt die Zigarette ab, die Ioan ihm anbietet, und verrät ihm seine These, nach der sich ein ganz bestimmter Typus Mensch immer wieder reinkarniert. Dieser tyrannisiere als kleiner Schreihals die Säuglingsschwestern, bald darauf die Kindergärtner und Lehrerinnen. Im Erwachsenenalter treffe man ihn in Chefetagen oder als despotischen Politiker. Er selbst achte darauf, so wenig wie möglich mit Personen in Berührung zu kommen, auf die seine Beschreibung zutrifft. Er gehe nicht wählen. Und freue sich des Lebens, anstatt sich von einem Vorgesetzten anschaffen zu lassen, was er tun solle. Menschen vom eben erwähnten Typus jedenfalls seien oft überdurchschnittlich klein oder dick, hätten eine Fistelstimme oder einen anderen Makel und versuchten dies durch autoritäres Auftreten zu kompensieren. Ioan wendet ein, er kenne sich nicht gut aus mit dem Wiedergeborenwerden, aber wäre es nicht vom Karma vorgesehen, dass solche Leute bei der nächsten Geburt als Wurm oder Eintagsfliege zur Welt kämen? Der andere kratzt seinen Bart und legt sich eine Argumentationslinie zurecht, warum dies auf alle Widerlinge zutreffe, mit Ausnahme der kleinen, dicken, mit einem Makel behafteten Despoten. Ioan hört halb zu und lässt den Blick schweifen. Er bemerkt eine Frau, die sich ihm von Weitem nähert. Schwarze, lange Haare. Groß. Er würde sagen, hübsch. Aber in keiner Weise aufgeputzt. Sie fragt, ob er nach Wien fahre; er antwortet, dass er von dort käme. Nachdem sie verschwindet, kommen der Reihe nach Menschen und Geschichten auf ihn zu, die jeweils eine Zigarettenlänge dauern. Eine ältere Ungarin, die eine einvernehmliche Scheidung erreicht hat, indem sie ihrem Gatten eine gute Stelle in Deutschland verschafft hat. Der rundliche Koch, den er schon des Öfteren hier angetroffen hat – von ihm erfährt er, dass zwei der Kellnerinnen geheiratet und sich zufällig beim Fototermin unter demselben Rosenstrauch wiedergefunden haben. Ein Reisender, der nach Landbewohner aussieht und ihm erzählt, er habe an seinem Haus eine Alarmanlage installiert und über dem Türbalken des Hühner- und Kuhstalls einen Sack Mehl angebracht, der sich über den Dieb entleere, sollte dieser die Türe nicht auf eine ganz bestimmte Weise öffnen. Als Ioan sich verabschiedet, um zum Bus zurückzukehren – die Stunde Pause ist seit fünf Minuten um –, sieht er einen PKW direkt vor dem Eingang parken. Die Frau mit dem Leberfleck, deren Auto vorher an der österreichisch-ungarischen Grenze neben ihm angehalten wurde, steigt aus. Öffnet die hintere Tür. Weckt das Kind, hebt es vom Sitz. Sie betritt die Raststätte, das vielleicht drei- oder vierjährige Mädchen an der Hand. Sie dürfte ihn bemerkt haben, wie er da steht und raucht, sieht ihn an, als würde auch sie eine Erinnerung in seinem Gesicht suchen. Ioan könnte ihr, wenn er Zeit hätte, nachgehen, sie fragen, ob er sie schon einmal gesehen habe. Aber das klänge nach einer billigen Ausrede, um sie anzuflirten. Und er hat ohnehin keine Zeit.

Lisa schaut in die Luft. Kopfkino. Als Leitmotiv das Kreideherz, das eines Morgens auf den Asphalt gemalt worden war und bis zum Abend sicherlich an die tausend Fußtritte abbekam. Aber Strichzeichnungen sind gefühllos. Und sie kann sich eigentlich nicht beschweren. Sie hat eine Arbeit, eine interessante Arbeit im Ausland. Hat ihre Abschlussprüfung schon vor einem Jahr bestanden, und wenn sie jemanden in ihrem Freundeskreis oder in ihrem Bett haben will, bekommt sie das meistens. Trotzdem ist da diese Einsamkeit. Lisa blickt zu Boden: das Glitzern von frisch gefallenem Schnee, unter dem der Asphalt verschwindet. Sieht nach oben und folgt einzelnen weißen Flocken, die in tanzenden Bewegungen auf sie herabfallen. Wickelt den Schal fester um ihren Hals und zieht Handschuhe an. Wäre sie mit dem Tagbus unterwegs, könnte sie die Vögel am Himmel beobachten. Auf dem Fußweg zur Arbeit blickt sie gelegentlich auf zu den Vogelformationen über ihr: geschwungene Klammern, Kussmünder, Strichmännchen, Zickzacklinien. Aus welcher Richtung weht der Wind, dass sich die Tiere zu diesen Ornamenten gruppieren, um sich gegenseitig Windschatten zu bieten? Fliegen die stärkeren Tiere den schwächeren voran? Lisa raucht eine letzte Zigarette, bevor sie mit den wenigen, die außer ihr noch draußen stehen, zurück in den Bus steigt. Das dicht Gedrängte: eine Ahnung von Klaustrophobie und Sicherheit zugleich. Im Endeffekt geht es immer ums Lieben und Geliebtwerden; sie fragt sich, ob Vögel lieben können. Auf irgendeiner Feier kurz nach ihrem Einzug in Cluj sprach sie mit Tatjana darüber, während sie auf dem Balkon standen, zwischen vollen Aschenbechern und halb vertrockneten Topfpflanzen. Rund um den Couchtisch wurde eine Kartenpartie eröffnet. Lisa hielt ein gutes Blatt in der Hand. Gelächter, einige Gin Tonic und zu viele Zigaretten. Von der Feier springt der Gedanke wieder zu Peter und Paul. Das letzte Kartenspiel mit Paul. Seine Herzdame wurde sie nie, ein anderer kam ihm zuvor. Das letzte Gespräch mit Peter, für den sich das Blatt ebenso schnell wendete. Dieses eine Kartenspiel um den Couchtisch gewann sie nicht. Sie verzichtete auf Revanche, machte sich ans Verabschieden, küsste linke und rechte Wangen, wünschte alles Gute, bedankte sich, ließ sich aufhalten, blieb noch auf eine Zigarette mit Tatjana. Packte sich warm ein, stapfte durch die Nacht und bemerkte, dass es angefangen hatte zu schneien. Nicht in so dichtem Gestöber wie jenem, das ihr eben die Sicht nimmt. Ganz leicht, ohne dass etwas davon auch nur bis zum nächsten Morgen liegen bleiben würde. Zu Hause angekommen, machte sie sich einen heißen Ingwertee und ging dann doch wieder ins Netz, um offene Nachrichten an Freundinnen und etwas zurückhaltendere an die Eltern zu schreiben. Beim Tippen schlägt sie die Tasten ihrer Tastatur an wie die eines Klaviers, in rhythmischen Bewegungen klopft sie Anreden und Anekdoten ins Textfeld, Fragen und Antworten, liebe Grüße und Wünsche.

Ioan geht zurück zu seinem Bus, Adrian hat offenbar schon die Türen geöffnet, die Passagierinnen und Passagiere eingelassen. Am Vordereingang angekommen, sieht er Adrian auf dem Fahrersitz hocken, dieser hat die Ellbogen auf den Knien abgestützt und starrt geradeaus. Ioan fragt, was mit ihm los sei. Adrian antwortet nicht sofort. Sagt erst, dass zwei Passagiere noch fehlen. Alle anderen müssten auf die beiden warten, und Ioan bekommt aus zweiter Hand jene Geschichten ab, die ihm beim Rauchen und im Speisesaal erspart geblieben sind. Wie in der Geisterbahn sei Adrian sich vorgekommen. Einer sei nach dem Essen zu ihm an den Tisch gekommen, sobald die anderen Fahrer sich verflüchtigt hatten. Habe ihn eingeweiht, dass seine Frau schwanger sei – und er hoffe auf einen Buben. Ein Mädchen würde er nicht aus den Augen lassen, er wäre eifersüchtig auf jeden, der sich ihr auch nur nähere. Das sei angeblich bei allen Männern so. Adrian habe mit den Schultern gezuckt und gemeint, der andere könne doch nicht ernsthaft sexuelle Gefühle für seine noch nicht geborene Tochter hegen. Dieser habe seine Gedanken weitergesponnen und sei Adrian zunehmend unheimlich geworden. Anschließend habe sich eine Familie zu ihm gesetzt, die Mutter ihn gefragt, was sie mit den beiden – anwesenden – Kindern machen sollten, nächstes Jahr, wenn sie sich scheiden ließen. Ein Mann um die sechzig habe ihm das Passfoto seiner verstorbenen Ehefrau gezeigt: ein überbelichteter Schwarzweißabzug, der mindestens ebenso alt war wie die Frau auf dem Bild. Die Frau war schön, ihre Nase eine Spur breiter als bei den meisten Frauen, ihre Augen geradeaus gerichtet, die Lippen deuteten einen Kussmund an. Ioan bleibt neben dem Fahrersitz stehen, steckt Adrian eine Zigarette zu.

Der stellt sich in die Türe und raucht in hastigen Zügen. Ioan überlegt, ob er gegen die Vorschrift handeln und noch bis zur nächsten Tankstelle das Steuer übernehmen solle, entscheidet sich allerdings dagegen. Er ist schon zu ausgelaugt. Als Adrian wieder Platz nimmt, bemerkt er die ersten weißen Haare an dessen Schläfe.

KRAFTPROBEN

Die beiden fehlenden Passagiere bewegen sich mit schnellen Schritten Richtung Bus. Ein Tourist steuert mit einer Packung Chips in der Hand auf den hinteren Einstieg zu. Gegen den Hunger hat er vorgesorgt, nur das Mineralwasser hat er vergessen. Zur Not tut es auch Bier. Hinter ihm kommt der letzte Passagier angelaufen: ein Leiharbeiter, den es in eine Hühnerfabrik in Bayern verschlagen hat, wo er seine Blase nur zu seltenen Pausenzeiten entleeren darf. Die Umstellung auf Freizeitmodus ist ihm rasch geglückt – während der ganzen Stunde Rast hat er es nicht geschafft, auf die Toilette zu gehen, und dann hält er alle auf. Aber jetzt ist er da und die Fahrt kann weitergehen. Mitica hat Punkte bekommen und im Computerspiel drei Titel erreicht: HOOLIGAN, KILLER und ASSASSIN. Lavinia, seine Mutter, späht ihm über die Schulter, denkt, wie jung Mitica noch ist – zu jung, um die politische Dimension der beiden Begriffe zu verstehen. Für ihn hört sich alles toll an, ASSASSIN noch toller als HOOLIGAN. Um die 500 $, die ihm das Morden von Zombies eingebracht hat, kauft er einen zusätzlichen Tank und eine Panzerung. Adrian fragt, laut genug, dass es bis in die hinterste Sitzreihe zu hören ist, und bereits leicht gereizt, ob ganz sicher niemand mehr fehlt. Parkt aus. Ein PKW blockiert die Weiterfahrt, lässt Adrian ungeduldig werden, biegt endlich nach rechts ab. Adrian nimmt die Kurve, fährt wieder auf die Autobahn. Mitica biegt nach links ab, sieht ein Heer von Untoten, rast mittendurch.

Während die einen unter seine Räder geraten und reglos in hellroten Lacken liegen bleiben, hacken die anderen an seiner Karosserie herum. Adrian fährt, Mitica fährt, das nächste Schild zeigt: hundert Kilometer bis zur rumänischen Grenze. Die Untoten werden nicht weniger, sie kommen auf Mitica zu, der versucht, durch ruckartiges Hin- und Herbewegen im Vorwärts- und im Retourgang möglichst viele der Bestien zu erwischen. Stehen bleiben spart zwar Sprit, lässt die Zombies aber mehr Schaden an der Karosserie anrichten, das hat er bereits im ersten Level begriffen. Adrian fährt – Ioan ist überrascht – ungewohnt vorsichtig. Es ist dunkel bis auf die paar Kubikmeter, die von den Lichtkegeln der Scheinwerfer ausgeleuchtet werden, zudem hemmt dichter werdender Schneefall die Sicht. Auf dem Lenkrad zwei Hände und ein Fahrer, der konzentriert steuert. Mitica? Adrian? Egal, Hauptsache, er rammt nicht die Leitplanken und bleibt nicht stehen. Der Sound jedenfalls kommt von Adrian. Mitica hat die Mutter angeschafft, den Ton des Tablets auf lautlos zu stellen. Spielverderberin! Adrian schafft niemand etwas an, schon gar nicht seine Mutter, daher hallt es durch den Bus: *Come with me, come with me, I'm your angel / Every day, every night, in my shining heart / Come with me, come with me, I'm your angel / Baby love, without you I'm a falling star / Falling star …* Der Autobahnabschnitt ist zu Ende, mit gesteigerter Achtsamkeit und moderater Geschwindigkeit geht es weiter auf der Bundesstraße. Hunde laufen vor den Bus, kleine mit rötlichem Fell. Rennen unter die Reifen. Wie tollwütig. Eine Erschütterung – der Bus hat mindestens ein Tier getötet oder verletzt. Eine Frauenstimme schreit nach vorne zum Fahrer, er möge stehen bleiben. Der hört sie allerdings nicht oder will sie nicht hören. Am Straßenrand Trauerweiden, Eschen und vereinzelte Linden. Vielleicht sind es auch Haseln, wer erkennt das schon in der Finsternis? Der Wald lichtet sich zu einzelnen Bäumen, dann: rechts Felder und links eine steinerne Mauer, so hoch wie ein ausgewachsener Mensch, dahinter muss sich ein Friedhof befinden. Der Bus ist den Streckenabschnitt schon oft gefahren. Es geht geradeaus weiter. Mit einer scharfen Linkskurve um ein Auto herumfahren, das quer auf der Straße steht. Wrack. Kein Besitzer in Sicht. Vermutlich blockiert es schon länger die rechte Fahrspur – der Rost lässt zumindest darauf schließen. Auch die Fensterscheiben sind eingeschlagen, sicherlich hat es jemand aufgebrochen, das Radio und eventuell im Handschuhfach zurückgelassene Wertgegenstände an sich genommen. Der Fahrer holt tief Luft. Da steht schon wieder jemand am Straßenrand, als würde er oder sie auf etwas warten. Mitfahrgelegenheit? Opfer eines Verbrechens zu werden? Selbst eines zu begehen? Lehnt da ganz entspannt an der Friedhofsmauer, sieht den Bus kommen, geht auf ihn zu. Adrian – oder ist es Mitica, der das Steuer übernommen hat? – weicht aus. Ein Vampir? Unter den Horrorwesen die Symbolfigur des Kapitalismus. Labt sich auf Kosten anderer, trinkt ihre Kühe aus und schließlich ihre Kinder. Bringt ganze Familien auf den Friedhof. Nimmt die Hinterlassenschaften seiner Opfer in Besitz und kleidet sich prunkvoll mit deren Ersparnissen. Ein Mensch? Vielleicht ein gewöhnlicher Obdachloser, den es im Traum, im Rausch, im Nachtwandeln an die Bundesstraße verschlagen hat? Oder ein Zombie? Eines dieser Wesen ohne eigenen Willen, die als Kollektiv auftreten wie bei einer Parade, und nicht verantwortlich zu machen sind für das, was sie tun, weil sie seelenlos sind. Fremdgesteuert wie in einem realsozialistischen Albtraum. Adrian – oder Mitica – verreißt das Steuer. Wenn es eine Autostopperin wäre oder ein Obdachloser? Dann fiele es unter Totschlag, keinen Ausweichversuch zu wagen. Oder ist es doch ein Vampir? Für diesen Fall: schnell das Weite suchen! Ioan kommt die Situation vor wie eine Show des lokalen Fremdenverkehrsamts. Nach der Folklore in der Raststätte soll den Touristen an Bord der ganze Dracula-Mythos so richtig um die Ohren geworfen werden.

I'm in love with you I wanna stay / You and me together on and on / I can feel inside me day by day / Look into my eyes you make me strong … Ins Ausland zu gehen, um sich selbst über die Runden zu bringen, eine ganze Familie zu ernähren oder erfolgreich in die einstige Heimat zurückzukehren und dort etwas aufzubauen, ist Männersache, denkt Istvan. Von seinem Gangplatz in der zwölften Reihe rechts hat er einen guten Überblick, er kann zählen, dass der Bus circa doppelt so viele Männer nach Rumänien bringt wie Frauen. Ein weibliches Wesen kann zwar zu Hause gut kochen, aber 20-Kilo-Säcke Kartoffeln schleppen, in Rekordtempo ein Schnitzel nach dem anderen flachklopfen und für Buffets die Chafing-Dishes voll siedend heißem Wasser in die Gaststube tragen: Dafür muss man schon ein ganzer Kerl sein. Selbst die Frau, die in der Raststätte neben ihm saß und so tat, als wäre sie wahnsinnig gebildet, kann nichts anderes tun als putzen – damit wird sie nie aufsteigen. Er hingegen wird Erfolg haben, er hat schließlich Erwartungen an sich selbst. Ein paar Jahre noch in der Küche stehen, die hinter der Gaststube versteckt ist. Dort ist er wie unsichtbar. In einer niederösterreichischen Kleinstadt muss er auch nicht sichtbar sein. Aber er verdient Geld, und damit wird er in seinem Geburtsort oder zwei, drei Dörfer weiter ein eigenes Restaurant eröffnen, wo andere Schnitzel klopfen und Kartoffeln schälen – und er als Chef die Gäste zu Tisch bittet. Ihn wird die Kundschaft sehen und in Erinnerung behalten. Oder er investiert in einen eigenen Gemischtwarenladen – auch wenn seine beiden besten Freunde sagen, er sei ein Idiot und niemand im Dorf brauche einen vierten Krämer. András mit Augenzwinkern und Béla, als würde er sich ernsthaft Sorgen machen. Aber: Brot, Taschentücher, Zigaretten und dergleichen werden immer nachgefragt, und Béla macht sich um alles und jeden Sorgen – vermutlich sogar um die Herbstkätzchen auf dem Heuboden und die missratenen Nachbarskinder. Istvan ist kein Versager – wenn sein Laden aufsperrt, wird ein anderer zusperren. Vermutlich der des Alten, der allen erlaubt, anzuschreiben. Selbst schuld, persönliches Pech, kein Mitleid. Es gibt nur zwei Freunde, die Istvan bei jedem Heimatbesuch trifft: András und Béla. András läuft er jedes Mal, wenn er ins Dorf zurückkehrt, über den Weg – ihn braucht er nicht anzurufen. Béla hingegen muss er kontaktieren – dem begegnet er nie durch Zufall. Béla verkriecht sich nämlich im Haus, anstatt hinauszugehen in die Sonne oder auch nur abends in die Bar. Istvan ruft ihn an. Es klingelt. *Ring, ring, ring!* Frauenstimme, elektronisch nachbearbeitet: *The participant you tried to call is not available at the moment. Please try again later* – Istvan lässt es nochmals läuten, Béla hebt ab, Istvan freut sich, die vertraute Stimme zu hören, schwatzt drauflos. Bis der Mann, der auf dem Gangplatz neben ihm hockt, sich aufregt: Ungarisch! Was zum Teufel er Ungarisch spreche! Mitsamt seiner Sprache solle er zurück in seine Mutter! Istvan meidet Rumänen, die ihm böse Blicke hinterherwerfen oder gar Schimpfwörter, nur weil er ein halber Ungar ist und die Sprache seines rumänischen Vaters nicht gut beherrscht. Oder Rumäninnen, die sich hinterrücks über seinen Akzent lustig machen. Ihm zu verstehen geben, dass sie immer noch mehr nach Siebenbürgen gehörten als er, schließlich hätten sich dort vor 2000 Jahren Daker mit Römern vermischt – die Vorfahren der Rumänen. Die Magyaren wären später dort gewesen, Punkt. Andere werfen ihm vor, dass er sich 2011 die ungarische Staatsbürgerschaft geholt hat. Sagen, er solle sich doch schleichen nach Orbánistan. Es nützt wenig, dem Gegenüber zu erklären, dass er politisch indifferent sei, weder mit Orbán noch mit der Opposition etwas am Hut habe, und sich die Staatsbürgerschaft nur geholt habe, weil sie ihm nütze. So wie man sich im Werkzeugladen einen Hammer und in der Bäckerei Weißbrot holt, nur dass der Zweitpass mit Papierkram und deutlich höheren Kosten verbunden war. In Rumänien regen sich häufig Leute auf. Aber hier? Der Bus durchquert gerade ungarisches Staatsgebiet, von ihm aus könne man es auch Orbánistan nennen. Sich in Ungarn über ein ungarisches Telefonat aufregen? Er wird Béla gleich zurückrufen, legt auf, wendet sich dem Rumänen auf dem Fensterplatz neben ihm zu. Seine Stimme bleibt leise, aber er kann die Wut nicht ganz verbergen. Fragt den Sitznachbarn, was er sich einbilde, ihm anzuschaffen, wie er zu sprechen habe. Als beide lauter und aggressiver werden, bekommt Matei mit, dass Istvan, der ihn beim Einsteigen scheel angesehen und sich weggesetzt hatte, nun an einen Rassisten der anderen Art geraten ist. Instant Karma, denkt er. Den Begriff hat Matei von der Baustelle mitgenommen, weil ihm das Konzept gefiel. Als Anton, der Lehramt studierte und ein bisschen Religionswissenschaft, in seinen Sommerferien als Maurer jobbte und gemeinsam mit Matei Ziegelwände hochzog, war alles Instant Karma: heruntergefallene Hämmer, umgeworfene Bierflaschen, schlechte Vorgesetzte.

Victor, der Mann mit der lauten Stimme, hat mittlerweile aufgehört, mit Istvan zu zanken. Er arbeitet im Innenausbau, deshalb trifft ihn die winterliche Arbeitslosigkeit der Maurer nicht. Dafür hat er einen ganz besonders miesen Vorgesetzten erwischt. Einen, der herumflucht, weil es fast nur Ausländer sind, die bei ihm hackeln. Der sich bei Arbeitsunfällen weigert, die Rettung zu rufen – vermutlich, weil er seine Bautrupps erst anstellt und dann wieder abmeldet, um keine Versicherungsbeiträge bezahlen zu müssen. Und jetzt sitzt neben ihm dieser Ungar, der ihn nervt mit seiner Sprache und seiner Arroganz. Hinter ihm ein Typ, der sicher irgendetwas mit Fleisch zu schaffen hat – Victor kann das riechen. Und auf dem Fensterplatz vor ihm ein schmal gebauter junger Mann mit gepflegter Frisur und Kopfhörern, der Student sein könnte oder Kopfarbeiter. Ioan sucht und findet eine der DVDs, fragt Adrian, ob er damit Frisbee gespielt habe, so zerkratzt, wie sie sei. Dieser antwortet, er habe die DVDs nicht angerührt und dass die Filme doch für gewöhnlich vor der langen Pause gezeigt werden und nicht ab 22 Uhr. Ioan erwidert leicht gereizt: Wie hätte er das Ding einlegen sollen, während er fuhr? Erst nichts tun und sich dann aufregen, das sei Adrians liebstes Hobby. Ioan putzt die DVD mit dem Tuch, das er normalerweise für seine Lesebrille verwendet, und legt sie ein. Mitica muss sich nun entscheiden, ob er Film schauen oder weiterzocken will – er entscheidet sich für den Film, denn es ist Spider-Man 2. Intro: Details aus Comicbildern in zwei unterschiedlichen Zeichenstilen. Schwarzweißfotografien der Darsteller, erst überbelichtet vor weißem Hintergrund, dann farbig unterlegt: rot und blau, wie Spider-Mans Kostüm. Spinnennetze, zu schwarzen Linien stilisiert oder als dreidimensionale Grafik. Kirsten Dunst mit leicht geöffnetem Mund. Tobey Maguire wird für zwei Stunden zu Peter Parker, der wiederum führt ein Doppelleben. Pendelt zwischen zwei Identitäten wie die meisten, die hier im Bus sitzen, nur: auf extravagantere Art und – wie praktisch! – ohne ständige Ortswechsel, dafür mit Aussicht auf Erfolg. Nicht mit dieser Illusion, Geld zu sparen und später in der Heimat Unternehmer zu werden. Nein, einfach Superheld sein und studieren, die Frauen fliegen einem zu und die Zeitungen berichten von den neuesten Heldentaten. Adrian dreht das Radio lauter und Ioan fragt sich, ob dieser in der Pubertät stecken geblieben ist – musikalisch zumindest. *Like you, be strong, to hold the powers of the sun / To dream, believe, in strength / Now I'm the only one, only one / I was an ordinary boy / Until I broke the rules …* Peter Parkers rote Sturmmütze lugt aus seiner Jackentasche hervor, er versteckt sie und tritt seinem Chef gegenüber. Um seine Verspätung wettzumachen, muss er acht Pizzen in siebeneinhalb Minuten austragen. Adrian war ein relativ ruhiges Schulkind. Beim Streichespielen nie federführend und auch selten vorlaut gegenüber Erwachsenen. Die Hausübungen gab er pünktlich ab und die Schuluniform war stets frei von Flecken und aufgerissenen Stellen. Seine halbe Kindheit hindurch war er allerdings Superheld. Einer mit langem Cape und Maske, der Bankräuber fing und Frauen rettete, die Stöckelschuhe an den Füßen hatten und Brüste, die in einem echten Büstenhalter verpackt waren. Die Bankräuber trugen Halbschuhe oder Stiefel und neigten zum Stolpern, flohen in die falsche Richtung oder ließen ihre Pistolen fallen. Sein Alter Ego war es, das sie ausrutschen oder in einen Hinterhalt geraten ließ, während Adrian bequem im Bett lag, nachts unter und tagsüber auf der grauen Wolldecke. Oder rücklings auf dem Fußboden, den Kopf in ein Filzkissen gedrückt. Gegen Ende der Schulzeit fand er heraus, dass jemand wie er einen Beruf haben wird, für den wenig Know-how und keine allzu lange Ausbildung vorgesehen ist – das heißt: nichts, das auch nur entfernt mit der Tätigkeit eines Superhelden zu tun hat. Er wurde Busfahrer. Und erfuhr, dass er eine Frau nicht retten muss, um Chancen bei ihr zu haben. Adrian wird von einem alten Dacia mit Clujer Kennzeichen abgehängt. Neben ihm sitzt Ioan, der meckern wird, falls er das nächste langsame Auto am Überholen hindert. Also wird er weiterhin Pensionistinnen und Sonntagsfahrer vorlassen. Der Wind weht westwärts, Schneeflocken stieben auf die Windschutzscheibe zu. Peter Parker ist soeben Spider-Man geworden, schwingt sich mit einem Pizzapaket am Faden durch die Luft, rettet ganz nebenbei zwei Kinder vor einem heranfahrenden Geldtransporter, entreißt die abgelegten Pizzen einem hungrigen Bauarbeiter, kommt als Pizzabote Peter Parker, verspätet und Besenstiele umwerfend, aus einer Abstellkammer.

Im Dezember beginnt die Nacht am Nachmittag, in Niederösterreich endet sie erst nach Dienstbeginn. Florin hasst Winter. In Bukarest hindert ihn eine trockene Kälte daran, zu Fuß Richtung Innenstadt zu spazieren, und die Randgebiete kommen ihm am schäbigsten vor, wenn warm eingepackte Menschen die Straßen entlanggehen und der Asphalt von Eisfeldern überzogen ist. Die Stiegenhäuser riechen nach dicker Suppe, Braten und Zigarettenrauch – bei Minusgraden bleiben mehr Menschen zu Hause und die Fenster werden seltener aufgerissen. Auch wenn sich jemand das Heizen leisten kann oder der Wohnblock keine regulierbaren Heizkörper hat. Weil er in den 80er-Jahren gefroren hat, möchte Florin es jetzt warm haben – als könnte er seinem früheren Ich dadurch das Brennen auf der Haut abnehmen, den Schnupfen, den Husten und die Verspannungen, die harmlos begannen, bis sie nach und nach ganze Muskelpartien erfassten. Er sieht sich um, die meisten Reisenden schlafen oder starren auf einen der heruntergeklappten Bildschirme. Auch im Film ist es Nacht. Straßenlaternen. Reihenhäuser mit weißen Fenster- und Türrahmen. Flaggen mit Stars and Stripes vor Fassaden aus Holz oder Ziegeln. Hinter einer der Türen: Geblümte Tapeten. Vier Menschen: Kirsten Dunst als Mary Jane. Peter. Seine Tante. Sein bester Freund. Dass private Fragen gestellt werden, verraten die rumänischen Untertitel. Nahansicht: Ein Brief von der Bank – YOUR MORTGAGE IS IN DEFAULT DUE TO NON-PAYMENT. Die Tante wird ihr Haus verlieren. In der fünften Reihe, links von Daiana und Florin, sitzen zwei Männer. Der eine relativ jung, der andere schon alt. Mihai, der Ältere, hat Daniel bei der Raststätte gut zugesprochen. Der junge Mann heißt Joachim. Er trägt einen Pullover aus bräunlicher Schurwolle und erzählt, er habe rumänische Wurzeln. Sein Vater sei Sachse, die Mutter Rumänin, im Januar 1990 seien sie auf dem Weg Richtung Deutschland in Österreich hängen geblieben. Ihn habe es durch ein Jobangebot zurück nach Sibiu verschlagen, verrät er dem Sitznachbarn. Mihai fragt, wo er denn gearbeitet habe. Und Joachim antwortet ausgerechnet: Bei einer Bank! Osterweiterung. Kreditangelegenheiten. Mihai hasst das Finanzwesen. In einer Bankfiliale haben seine Schwester und der Trottel von Schwager einen Kredit aufgenommen. In Euro. Das war damals günstig – im Fernsehen liefen Werbungen, die Mittellosen verrieten: Es gibt jetzt Kredite ohne Überprüfung der Kreditwürdigkeit! Die Schwester kaufte eine Wohnung, stilvoll eingerichtet, mit südseitigem Balkon und relativ zentral gelegen. Zwar im Plattenbau, aber mit französischem Bett, Badezimmerfliesen aus Italien und einer modernen Einbauküche. Der Lei verlor an Wert. Bei den Studiengebühren für die Nichte musste Mihai bereits aushelfen, seine eigenen Kinder waren schließlich erst im Schulalter und er hatte das elterliche Appartement übernommen. Dann die Nierensteine des Vaters. Mihai und seine Frau, die Schwester und der Schwager brachten zur Pfandleihe, was entbehrlich war. Eine alte Uhr, den geerbten Schmuck, ein Fahrrad. Die Erkenntnis, dass sich eine Operation auch dann nicht ausginge, wenn alle vier den Großteil ihrer nächsten Monatsgehälter dazulegen würden. Durch eine Annonce hatte Mihai Arbeit am Bau gefunden. In Österreich. Also packte er seine Sachen, legte zwei abgetragene Hosen für die Arbeit und eine herzeigbare für Abende und Sonntage in die Reisetasche. Packte Unterhosen, Unterhemden, Socken, einen Rasierer und ein Stück Seife ein. Die notwendigsten Medikamente. Währenddessen kam ihm die Halle in den Sinn, wo die Schwester 2005 den Kredit abgeschlossen hatte und wo er regelmäßig seine Kontoauszüge abholte. Hell und modern eingerichtet. Dort würde sie später am Western-Union-Schalter Schlange stehen. Die Halle würde schon schäbiger aussehen als 2005, aber noch nicht so schäbig wie das Fahrkartenbüro der Nationalen Eisenbahngesellschaft oder das Postamt.

Doctor Octavius sieht Peter Parker an und bewegt die Lippen. Untertitel: »Wenn du willst, dass sich eine Frau in dich verliebt, füttere sie mit Gedichten.« Dann Peter im Waschsalon, mit Dackelblick und einem Stapel Gedichtbücher. Rezitiert Verse und verwäscht sein Hemd. Statt blütenweiß ist es nun rosa-blau gefleckt vom Spider-Man-Kostüm. Mihai wäre es nicht unrecht, von Filmen dieser Art verschont zu werden. Sein umherirrender Blick bleibt jedoch hin und wieder am Bildschirm haften. Anstelle einer Dokumentation über die Fauna der Sahara oder die Bauweise von Robotern sieht er einen Spielfilm; eine Szene, die auch seinem eigenen Leben entnommen sein könnte, statt diesem etwas hinzuzufügen, und sei es ein klein wenig Allgemeinwissen. Beim letzten Heimatbesuch war es seine Frau, die ein kirschrotes Tuch und rosarote Weißwäsche aus der Maschine zog. Seine Socken pfirsichfarben und ihre Unterhosen pink. Auf der Schwelle zwischen Loggia und Wohnzimmer ein Wäschekorb und die Frage, ob ihm pink nicht ohnehin besser gefiele. Vielleicht steckte darin ein Versuch, ihn nach langer Zeit eines rein pragmatischen Beisammenseins zum Sex anzustacheln – als könnten beide so tun wie früher, wo die bloße Anwesenheit des anderen reichte, um Begehren zu wecken. Mihai war unsicher, ob er ihren Worten nicht eine falsche Bedeutung zumaß, und nachzufragen kam ihm seltsam vor – er antwortete, ihm sei die Farbe egal. Peter auf dem Mofa. Im hellblauen Hemd und mit drei weißen Nelken (ein ganzer Strauß war zu teuer) auf dem Gepäckträger, unterwegs Richtung Theater. THE IMPORTANCE OF BEING EARNEST. Mary Jane in der Hauptrolle. Ein Auto rammt Peters Mofa. Mehrfachsalto. Landung auf dem Boden. Kinder, wieder zwei. Polizeisirenen. Verfolgungsjagd. Splitterndes Glas. Ein Polizeiauto fliegt durch die Luft, auf eine Menschenmenge zu – und bleibt in einem Netz aus dünnen Fäden hängen. Spider-Man lässt die Bösewichter an den Handgelenken gefesselt von einem Laternenpfahl baumeln und Peter wird es nicht pünktlich ins Theater schaffen. Bald wird der Bus Ungarn verlassen. Der letzte Streckenabschnitt vor Oradea führt durch Dörfer und Ackerland. Adrian muss kaum lenken, die Straße verläuft gerade. Der Tourist in der Mitte des Passagierraums öffnet die Chipspackung, die er in der Pause geholt hat. Susana wird durch das Rascheln geweckt, dreht sich im Halbschlaf, murmelt »Nicht zurück« und schläft weiter. Knistern von Chips und alle paar Meter ein Schnarchen. In die Geräuschkulisse fügt sich das Lied von vorhin, Ioan wird gleich fragen, warum Adrian keine Playlists abspielt, sondern die Shuffle-Funktion nutzt. Niemand sonst lässt einen Zufallsgenerator die Hintergrundmusik auswählen. *My life destroyed, my life destroyed / Until I woke awake, scream my mind / I shout, the ground shakes / How much can I take?*

Das Theaterstück ist zu Ende, Mary Jane mit einem anderen auf dem Heimweg. Ein geknickter Peter muss dennoch beim Geräusch von Polizeisirenen zu Spider-Man werden. Zieht elastische Fäden von Hochhaus zu Hochhaus. Schwingt sich über vierspurige Straßen, bis der Spinnenfaden reißt, der ihm eben noch dehnbares und zuverlässiges Seil gewesen ist. Fallen. Liegen bleiben auf Lüftungsrohren. Aufstehen. Spider-Man nimmt den Lift. Als Peter schleicht er durch eine spärlich beleuchtete Gasse. Vorbei an Plakatwänden, großflächig beklebt mit demselben Motiv: Mary Janes Gesicht, aus dem ihm zwei grüne Augen nachblicken. Peter zieht das Mofa hinter sich her, die drei weißen Nelken klemmen noch am Gepäckträger, ihre Blütenköpfe schleifen im Staub. Im nächsten Moment Sonnenschein, Peter steht am Campus, wirft Münzen in den Telefonapparat, während Studierende an ihm vorbeischlendern. Mary Janes Anrufbeantworter. Eine Entschuldigung, die in der Hälfte abbricht. Das Geräusch einer Münze, die auf Metall aufschlägt. Die rumänischen Untertitel geben das Bekenntnis wieder, das Peter in die tote Leitung spricht. Er sei Spider-Man. Dackelblick. Die Kamera dreht sich um ihn. *Can I be your superhero? / Superhero / Can I be your superhero? / Superhero, superhero, superhero …* Tudor ist kurz eingenickt, das Klingeln seines Handys hat ihn geweckt. Er kann es nicht mehr auf lautlos stellen. Seit Mihaela ihn damals verständigt hatte, dass Anca am Morgen auffällig blass gewesen war. Über Gelenkschmerzen klagte. Dass sie mit der Kleinen unterwegs sei zum Arzt. Nachdem sie ihn drei Tage später angerufen und ihm die Befunde übermittelt hatte, kündigte er den Job in der Geflügelfabrik und nahm den erstbesten Bus nach Hause. War anwesend und konnte trotzdem nicht wirklich da sein. Der Gedanke, seiner Frau keine Hilfe zu sein zwischen den Krankenhausbesuchen, der Geldsammlung für die Behandlung und dem Warten, was passieren würde. Die Distanz als erste Ahnung der späteren Gewissheit: dass es unmöglich ist, sein Weggehen und alle damit zusammenhängenden Versäumnisse auf irgendeine Art wiedergutzumachen. Mit der SMS wollte Mihaela nur wissen, ob Tudor pünktlich ankomme und ob er das Weihnachtsgeschenk für seinen Sohn dabeihabe. Er antwortet, er habe das Geschenk für Nelu und eine Überraschung für sie im Handgepäck. Greift das größere der beiden Pakete und streichelt es, ganz zärtlich, obwohl das Stofftier darin nicht zerbrechlich ist. Er würde Mihaela auch künftig nicht mehr nahekommen können. Dackelblick, Blumen, Wochenenden zu zweit, Sex: in seiner und ihrer Lage nichts mehr als nutzlose Versuche.

Eine im Raum schwebende Kugel Tritium – anfangs noch klein wie eine Murmel – beginnt goldgelb zu glühen und bläht sich auf als Zeichen erfolgreicher Kernfusion. Die künstliche Sonne, eine Maschine und Doctor Octavius: umgeben von einer applaudierenden Menschenmenge. Die Augen des Doctors hinter dunklen Brillen versteckt, aus seinen Schultern ragen zwei menschliche Arme und vier lange metallene, die Greifzangen haben anstelle von Händen. Untertitel: »Die Macht der Sonne in meiner Handfläche.« Das Kügelchen ist inzwischen zur bedrohlich großen Kugel angewachsen – und zieht Metall an wie ein Magnet. Eine Büroklammer, Uhren, Schmuck, an die Wände genagelte Metallplatten, von der Decke hängende Leuchter werden in das glühende Rund gezogen. Fluchtartiges Verlassen der Halle. Spider-Man, der den Stecker aus der Maschine ziehen will und von einem Krakenarm gegen die Wand geschmettert wird. Leichen werden hinausgetragen, Lebende zerstreuen sich. Tudor ist normalerweise nicht furchtsam. In der Arbeit schon gar nicht. Er schafft es, ein Rind ausbluten zu lassen, im Notfall sogar nachzubetäuben, wenn ein Kollege mit dem Bolzenschussapparat danebengetroffen hat und das Vieh mit den Vorderbeinen um sich schlägt. Hat kein Problem damit, beim Ausweiden zu helfen oder die blutigen Spuren zu beseitigen. Aber vor Repression hat er Angst. Obwohl er selbst damals nicht bei den Protesten gewesen ist. Es ist eine übertragene Angst, die ihm sein Bruder aus Cluj mitbrachte. Als er am 22. Dezember 1989 spätabends nach Hause zurückkehrte. Der Bruder erzählte, er habe erlebt, wie Milizmänner Demonstranten und Demonstrantinnen auseinanderjagten und Schüsse fielen. Wie einer nahe am Fluss auf der Straßenkreuzung liegen blieb. Aus vorbeifahrenden Autos kam Hupen als Zustimmung zur Revolution. Aber nicht alle betrachteten die Jugendlichen als Helden. Ein älterer Herr, der nach Parteimitglied aussah, rief ihnen zu: »Hooligans, deklassierte Elemente, Unruhestifter!« Am nächsten Tag ging der Bruder mit Freunden auf die Straße. Eine Versammlung um ein Holzkreuz mit einem Kranz aus Tannenreisig daran. Am Boden markierte ein Blutfleck die Stelle als Sterbeort. Sechzehn Tote wurden wiedererkannt und geehrt – ein siebzehnter blieb namenlos. Von ihm würde nur in Erinnerung bleiben, dass man ihn erschossen hatte, weil er dabei war, als sich Studentinnen, junge Arbeiter und die ersten Älteren gegen die Diktatur auflehnten. Der Bruder sah ungerührt zu, wie Parteipropaganda auf dem Hauptplatz verbrannte. Verhielt sich die Tränen auf dem Nachhauseweg. Als er zu Tudor und den Eltern in die Stube kam, begannen seine Hände zu zittern.

Aus Greifzangen werden Schlangenmäuler, die Doc Ock zureden, er möge sein Werk zu Ende führen. Die Mäuler wandeln sich zu Klauen, das metallene Gerüst geht auf allen vieren; der Körper des Wissenschaftlers hängt reglos in der Mitte, während sein Mund fanatisch zu sprechen beginnt. Peter mit seiner Tante in einer Bankfiliale. Die Tante, die erfolglos um Aufschub der Zahlungsfrist bittet. Doc Ock, der sich am Safe zu schaffen macht. Peter lässt die Tante allein, Spider-Man und Doc Ock bewerfen sich gegenseitig mit Münzen, säckeweise. Spinnenfäden ziehen einen Tisch heran, schleudern ihn dem Gegenspieler ins Gesicht – und diesen aus dem Gebäude auf die Straße. Eine gelbe Taxitür fliegt in die Filiale wie ein Frisbee. Ein Krakenarm krallt sich Peters Tante. Als wäre nun er derjenige, der zur Spinne mutiert ist, klettert Doc Ock mit der Tante als Geisel einen Wolkenkratzer hinauf. Ein Zweikampf, der auf einer Hochhausfassade ausgetragen wird, kletternd, stürzend, sich wieder fangend: Spider-Man gegen Doc Ock. Spider-Man gewinnt. Befreit die Tante. Mit Kapriolen in den Lüften feiert er seinen Sieg, der nur die nächste Niederlage vorbereitet. Alkohol war für Mihai ein kleiner Triumph über den Alltag gewesen (bis auf das Hochgefühl die Reue und schließlich der Entzug folgten). Auf den Baustellen bei Linz hatte er getrunken, wenn er zwischendurch zu Hause war, sowieso.

Hatte sich gesagt, das Bier zu Mittag gönne er sich, weil er sonst ausschließlich für andere lebe und arbeite. Erst für den Vater, die Schwester, den Schwager, die Nichte. Dann hatte er sich für einen Helden gehalten, der sich bis ins hohe Alter als Bauarbeiter verdingen und seine Tochter auf die Universität schicken konnte. Mit dem Geld, das er beim Biegen von Eisenstangen oder beim Errichten von Ziegelwänden erwarb. Wenn er nur gesundheitlich noch eine Weile durchhielt. Er hatte immer gewollt, dass die Tochter im Festsaal der Universität steht, so wie ihre Cousine vor einigen Jahren. Mit speziell für den Anlass gekauftem Kleid und schwarzer Robe darüber. Hatte sich vorgestellt, wie sie das Hütchen in die Luft werfen und gemeinsam mit ihren Kolleginnen jubeln, wie sie ihr Hütchen im Auge behalten und ihm beim Fallen zusehen würde. In dieser einen Sekunde sollten die Jahre ohne Vater und mit einer überforderten und oft abwesend wirkenden Mutter von ihr abfallen. Die kitschige Hintergrundmusik würde Mihai nicht stören. *Tonight*, hallt es durch den Bus, *We are young / So let's set the world on fire / We can burn brighter / Than the sun / Tonight* … Er fragte seine Tochter nicht, ob die Last der vergangenen Jahre nun von ihr abgefallen war, als sie tatsächlich ihre Sponsion feierte. Sah der Zeremonie zu, fotografierte, drückte der Tochter fünfzig Lei in die Hand für das Fortgehen mit den Freundinnen und ein Taxi nach Hause.

Ein Traum: Dialog mit dem toten Onkel. Letzte Worte: Ich bin nicht mehr Spider-Man. Das Kostüm ist in der Mülltonne gelandet, dafür hat eine schwarz gerahmte Brille Peters Nase gefunden. Peter lernt, repariert sein Fahrrad. Isst einen Hot-Dog auf der Straße, während Polizeiautos mit Blaulicht an ihm vorbeifahren. Geht ins Theater, sieht Mary Jane in der Hauptrolle, spricht sie nach der Vorführung auf der Straße an. Untertitel: »Ich habe mich verändert. Schlag mich und ich blute.« Mary Jane steigt in ein gelbes Taxi – dieses fährt davon; keine Türe, die herausgerissen würde und irgendjemandem wie ein Frisbee um die Ohren fliegen könnte. Am Folgetag titelt die Zeitung: SPIDER-MAN

NO MORE. Schwächen muss man sich eingestehen. Vielleicht sogar den Beruf aufgeben, wenn er eine Kraftprobe darstellt, der man nicht mehr gewachsen ist. Die Dissertation kann er seinen Kindern nicht mehr finanzieren, das weiß Mihai. Sobald auch sein Sohn drei Jahre akademische Bildung hinter sich gebracht hat, ist Schluss mit Baustellen im Ausland. Mittlerweile hat er akzeptiert, dass er kein Superheld sein kann, der ewig für die Familie da ist. Seine Knie sind nicht unzerstörbar und seine Hüftgelenke machen sich jetzt schon bemerkbar. Nicht stark, aber stetig. Ein Stechen für jede falsche Bewegung.

CRIME UP 75% WHERE IS SPIDER-MAN NOW?, lautet die aktuellste Headline. Peter steht am Kiosk, schreckt hoch, als von der gegenüberliegenden Straßenseite Schreie zu hören sind. Ein brennendes Haus. Es heißt, ein Kind sei noch drinnen. Ohne übernatürliche Kräfte holt Peter das Mädchen aus der Wohnung im zweiten Stock, trägt es in eine Decke gewickelt nach unten, übergibt es den Eltern. Das Werfen von Fäden dürfte Spider-Man den Spinnentieren abgeschaut haben, genauso wie Arachne das Weben. Mit ihren Fäden rettet sie nicht, sie tradiert Mythen. Fängt Szenen ein. Sobald ihr die menschliche Gestalt genommen ist, webt sie weiter als Spinne. Im Sonnenlicht glitzernde Netze, die im Wald Bäume miteinander verbinden. Oder solche in Hausecken, die Staub fangen und irgendwann von einem Besen zerrissen werden. Die Gewebe Arachnes sowie der Prozess ihrer Herstellung dienen ausschließlich der Schönheit. Ihr sehen Nymphen zu, wie sie rohe Wolle zu zarten Knäueln ballt, mit vorsichtigen Handbewegungen oder dem Schiffchen arbeitet. Arachnes Kunst ist obsolet geworden. Hybris, ja – aber wer braucht schon Schönheit? Hat jemand danach gerufen? Nein. Stattdessen werden Rufe nach mehr Sicherheit laut. Nach einem Beschützer, einem Spider-Man, einem Retter, einem Ceaușescu, einem Führer, einem Messias, einem berittenen Polizisten. Die Tante mit dem Nachbarjungen beim Packen von Kisten. Das Haus wird geräumt, die Sachen kommen in ein Apartment. Peter steht zwischen dem Jungen und der Großmutter, die ihn abwechselnd nach dem Verbleib von Spider-Man befragen. Die Tante spricht in Untertiteln: »Gott weiß, Kinder wie Henry brauchen einen Helden. Mutige, sich selbst aufopfernde Leute, die ein Beispiel sind für uns alle.« ***Maybe I'm foolish / Maybe I'm blind / Thinking I can see through this / And see what's behind / Got no way to prove it / So maybe I'm blind / But I'm only human after all –*** Mary Jane hat sich von ihrem Verlobten entfernt, trifft Peter in einem Café. Mary Janes Lippen bewegen sich auf Peters Gesicht zu, als ein Auto durch die Scheibe geflogen kommt. Er reißt sie zu Boden, das Geschoß verfehlt ihren Körper. Peter kann allerdings nicht verhindern, dass Doc Ock sie als Geisel nimmt. Mary Janes Mund öffnet sich weit zu einem Kreischen, das in den nächsten Minuten noch öfter zu sehen sein wird. Ihr Körper ist Manövriermasse, mit einem Krakenarm um die Hüfte ist sie machtloser als alle Passanten, die dastehen und zusehen, wie Octavius sie davonträgt. **Susana ist aufgewacht und zeigt mit dem Finger auf die Frau auf dem Bildschirm – »Frau gestohlen«, spricht sie zu ihrer Mutter. Codruța antwortet der Tochter, dass sie sich keine Sorgen machen solle, Spider-Man sei stark, er werde die Frau retten – und dann gebe es ein Happy End.**

HE'S BACK, verrät die Zeitung. Vor einem strahlend blauen Himmel schwingt sich Spider-Man über die Dächer, bis er auf einem Uhrturm mit Octavius zusammentrifft. Fausthiebe. Spider-Man fällt, wirft den rettenden Spinnenfaden. Ein Krakenarm krallt sich den Stundenzeiger, dieser wird zum Wurfgeschoß. Spider-Man fängt Octavius mit seinen Fäden ein, reißt ihn hinab; ineinander verknotet stürzen die beiden in die Tiefe – auf das Dach eines vorbeirasenden Metrozuges. Schlangenarme gegen Spinnenfäden – Stunts auf dem Dach, an den Seiten des Zuges, im Inneren eines Waggons. Ein Tentakel umfasst Spider-Man, der befreit sich. Auf Brusthöhe zwei gleich große Schürfwunden unter dem aufgerissenen Kostüm. Doc Ocks Arme gelangen in die Fahrerkabine der Metro, stellen volle Geschwindigkeit ein und reißen den

Bremshebel heraus. Spider-Man auf dem Dach, Funken sprühen, erfassen den Stoff der Maske. Er nimmt sie ab, klettert als Peter an die Spitze des Zuges; versucht, die Fahrt mit seinem Schuh zu bremsen; schießt Spinnensekret aus den Fingern, wirft es an die Hauswände zur Linken und zur Rechten der Schienen. Die anderen Enden hält er in den Fäusten, als wären es Wäscheleinen. ***But I'm only human after all / Don't put your blame on me / Don't put your blame on me*** – Der Zug fährt auf einen Prellbock zu, dahinter ein Abgrund, schießt über den Prellbock hinaus, der erste Waggon ragt ins Bodenlose, fällt aber nicht. Der verbissene Gesichtsausdruck Peters weicht einem benommenen. Bevor er ohnmächtig wird und in die Tiefe fällt, fangen ihn vier Hände auf. ***I'm only human / I do what I can / I'm just a man*** – Mit geschlossenen Augen und ausgebreiteten Armen wird Peter über den Köpfen der Geretteten von zahlreichen Händen ins Wageninnere gehievt. In seiner Brust klafft nun eine offene Wunde. Zärtlich legen sie ihn auf dem Boden ab. Kinder, wieder zwei, die ihm die Maske zurückgeben. Florin hat erst ein einziges Mal jemanden gerettet, und das war die eigene Mutter. Er suchte nach einer Stelle, die er bald antreten konnte. Wurde fündig. Blieb noch in Bukarest, bis seine Mutter wieder einigermaßen bei Kräften war. Überzog das Konto und gab einer Cousine Geld, mit der Bitte, die Einkäufe zu erledigen, zweimal wöchentlich nach ihr zu sehen und eventuelle Launen so gut wie möglich zu ignorieren. Die Mutter wurde nicht launisch, arrangierte sich schnell mit Florins Abwesenheit. Das Einzige, was sich an ihr veränderte: Sie begann zu beten. Weder allzu sporadisch noch exzessiv. Bei Florins letztem Besuch hing eine Ikone an der Wohnzimmerwand: Jesus mit ausgebreiteten Armen, leidender und zugleich milder Gesichtsausdruck, ein schlanker Körper und braunes Haar – in der Darstellung wies er Ähnlichkeiten mit Spider-Man auf, der soeben getragen und von den Umstehenden bewundert wurde.

Eine zweite goldene Kugel beginnt zu glühen in Doctor Octavius' neuem Labor. An der Spitze eines Kuppelgewölbes klettert

Spider-Man entlang, der Körper eingedreht, mit Händen und Füßen Halt findend wie eine Spinne. Es muss kalt sein, Mary Janes Brustwarzen scheinen durch das dünne Kleid. Weil ihre Füße in Eisenketten geschlagen sind, droht sie in die magnetische Kugel gezogen zu werden. Mary Jane würde verbrennen, käme da nicht ein rettender Spinnenfaden geflogen. Das metallene Gerüst von Octavius' Labor, Verkehrsschilder, Autos fliegen in die stetig wachsende künstliche Sonne, um die sich glühende Ringe gebildet haben. Spider-Man nimmt die Maske ab und versucht den Doctor zur Einsicht zu bewegen. Octavius ertränkt die Sonne und sich selbst im Fluss, während Peter Mary Jane davor bewahrt, unter einer einstürzenden Wand begraben zu werden. Abschied in einem Spinnennetz, das vor den Nachthimmel geknüpft ist. Unmöglichkeit des Zusammenseins. Tränen. Spider-Man seilt Mary Jane ab, entlässt sie in die Arme ihres Verlobten. Bei seinem letzten Besuch in Bukarest hat Florin es nur zweimal geschafft, laufen zu gehen. Man sammelt bei der Arbeit im Glashaus zwar Kraft, jedoch keine Ausdauer. Die Laufschuhe waren verbilligt, aber immer noch teuer gewesen. Adidas Supernova. Er wollte sich nicht überfordern. Langsam anfangen, drei Runden im Stadtpark. Schritt … auf Schritt … auf Schritt … nur nicht stehen bleiben – »Schneller!«, brüllte es von der anderen Seite des Geländes. Florins erster Gedanke: »Schon wieder so ein verfluchter Arbeitsloser!« Dieser war sicher einmal Turnlehrer gewesen und kann jetzt keine Kinder mehr schikanieren. Die Freude an den drei Runden war dahin. »Hornochse!«, rief Florin zurück. Der Turnlehrer wird weiterhin die Langsamen und Dicken ärgern, genauso wie der Wachmann von Bloc B alle zwei Tage um fünf Uhr aufstehen wird, um die geschlossene Fabrik zu beschützen. Nur dass der eine seinen Eifer auf Erwachsene richtet statt auf Kinder und der andere kaum mehr einen Menschen zu Gesicht bekommt, der das Gelände betreten will. Der Wachmann ist Florin gleichgültig, die Rufe des Turnlehrers quälen ihn immer noch. Er war schließlich einmal sportlich gewesen – das hatte ihm die Stelle in der Mine verschafft. Vom

Fabriksarbeiter, der sich in einer winzigen Wohnung am Rand von Bukarest den Arsch abgefroren hatte, wurde er zum Bergmann – und gehörte somit zur Avantgarde des Proletariats. Vorbild wie Stakhanov, der 102 Tonnen Kohle in einer Schicht förderte. Dem sowjetischen Nationalstolz diente wie die Filmhelden dem US-amerikanischen. So wie Spider-Man war auch Stakhanov Beispiel, dem es nachzueifern galt. »Das Leben ist besser geworden, das Leben ist glücklicher geworden.« Verlautbarte Stalin höchstpersönlich. Wenn das Leben glücklich sei, gelinge die Arbeit gut. Spider-Man hingegen leistet beruflich höchstens Negativrekorde, während er als Privatperson Menschenleben rettet. Oder ist erfolgreich beim Studieren und vernachlässigt seine Berufung. Er darf abwechseln. Überhaupt hat er das leichtere Los gezogen. Der Held mit der roten Sturmmütze wird nicht zum depressiven Alkoholiker, den man aus der Großstadt verbannt. Spider-Man darf ein Privatleben haben. Mary Jane küssen. Ob Stakhanov seine Frau im Kaffeehaus traf, ob er geküsst wurde, ob er Sex hatte? Irrelevant. Spider-Man wird auch nicht vereinsamt sterben, als fiktive Gestalt bleibt er vom Tod ausgenommen.

Eine Kirche. Heller Tag. Ein Spiegel, Mary Jane im Brautkleid, etwas Bitteres umspielt ihre Lippen. Mit weißen Blumen geschmückte Kirchenbänke. Eine Tür, die sich öffnet. Am Altar: zur Rechten Männer in Anzügen, zur Linken Brautjungfern in Schwarz. Alle blicken Richtung Eingang, erwarten die Braut. Von draußen kommt eine ebenfalls schwarz gekleidete Frau auf den Bräutigam zu, überreicht ihm eine Karte. Er liest. Gesichtsausdruck: resigniert. Ein Park, blühende Bäume, gleißendes Licht. Mary Jane kommt durchs Bild gerannt, scheucht einen Schwarm Tauben auf, das Brautkleid bauscht sich im Laufschritt. Ihr Gesicht strahlt, sie lächelt breit. Steht in Peters Junggesellenbude. Ein leidenschaftlicher Kuss, der von einer Polizeisirene unterbrochen wird. Spider-Man schwingt sich durch die Lüfte; Mary Jane wartet, immer noch als Braut, in der Balkontür. Lehnt ihr Gesicht an das abgesplitterte Holz und sieht sehnsüchtig in die Ferne.

FREIMINUTEN

Florin sitzt wieder auf dem Plastikstuhl im Krankenzimmer. Er ist, wie so oft, in eine Vergangenheit geraten, die sich nicht abschließt. Neben ihm das Metallbett, links davon ein Nachttisch und die Infusionsflasche, aus der eine Kochsalzlösung mit beigesetzten Nährstoffen tropft. In dem Bett liegt allerdings nicht die Mutter, sondern ihre jüngere Schwester: die Tante, die ihm phasenweise die Eltern ersetzte, während sein Vater in der Fabrik und seine Mutter in der Wäscherei arbeiteten. Die Tante hat selbst drei Kinder, die alle längst erwachsen sind, und bezeichnet Florin als ihr viertes. Während Florins Mutter stumm betet, der Sohn möge bald wieder auf Besuch kommen, klagt die Tante lautstark über seine Abwesenheit. »Vier Kinder, in alle vier Himmelsrichtungen verstreut!«, ruft sie. Einer als Tankwart in Schweden; eine als Hausangestellte bei Neureichen in Russland; der jüngste Sohn, der ihr hätte bleiben sollen, ist als Aussteiger auf einer griechischen Insel gestrandet. Nach einer Odyssee, die er ganz freiwillig auf sich genommen hatte. Im Zuge derer er Orangen erntete, unter Brücken schlief, als Rezeptionist jobbte und klammheimlich heiratete. Ohne sie einzuladen. Dann Florin, der wegging zu den Erdbeeren – »Gurken«, muss er seiner Tante immer wieder sagen, »ich bin zu den Gurken gegangen!« – westwärts, und das wegen seiner Mutter, die sich nie genug um ihn gekümmert habe. Die Tante zieht einen Strauß Callas unter dem blütenweißen Leintuch hervor, beginnt zu klagen: »An gebrochenem Herzen werde ich sterben.« Auf der Bettdecke liegen bereits ein paar langstielige Rosen, deren Blätter sie mit ihren langen Fingernägeln abrupft, einzeln. »Ihr schaufelt mein Grab mit eurer Gleichgültigkeit!« Aus dem Spalt zwischen Matratze und Bettgestell holt sie ein Küchenmesser hervor, ein langes scharfes, mit dem sich Rinderrücken filetieren und Kürbisse schälen ließen. Schneidet einzelne Blütenblätter ab. Schnipselt die Dornen von den Stängeln. Im Alltag geht die Tante regelmäßig aus dem Haus, zum Markt oder auf die Post. Telefoniert wöchentlich oder öfter mit jedem der Kinder. Mästet sie mit Torten und Plundergebäck, wenn sie auf Besuch sind, stundenlang in der Küche sitzen, zuhören und über das Leben in der Fremde Bericht erstatten. Nötigt sie zu bleiben, wenn sie Anstalten machen zu gehen. Sie stirbt nicht, weder im Traum noch in Wirklichkeit. Schon gar nicht an gebrochenem Herzen. Aber sie lässt die Möglichkeit im Raum stehen, zwischen Einrichtungsgegenständen und Haushaltsutensilien – vielleicht noch für ein, zwei Jahrzehnte.

Filmtitel in pinker Schrift auf schwarzem Grund: E.T. – The Extra-Terrestrial. Codruţa ist erleichtert, dass der Film die Kleine nicht allzu sehr schrecken wird. Susana wirkt hellwach und an Schlaf ist auch für Codruţa nicht zu denken. Sechs Sitzreihen weiter vorne holt Miticas Mutter – seit einiger Zeit spricht er sie nicht mehr mit Mama, sondern mit Lavinia an – ihren Rucksack unter dem Sitz hervor. Sie weiß schon, dass der Sohn gleich ungeduldig ihren Vornamen rufen und noch ungeduldiger nach dem Tablet verlangen wird. Filme, die er vor einigen Jahren noch geliebt hat, bezeichnet er mittlerweile als Kleinkinderkram. Starring: Henry Thomas ist Elliot. Niemand ist E.T., das heißt: Kein Mensch muss ihn spielen. Es braucht lediglich einen Synchronsprecher. Nacht. Ein diagonaler Kameraschwenk vom Sternenhimmel zum Wald. Hinter Kiefernnadeln ein unbekanntes Flugobjekt mit warmweißen und roten Lämpchen. Von der Lichtung, wo es gelandet ist: Blick auf die hell erleuchtete Vorstadt. Amphibienartige Wesen, die im Boden graben – suchen sie Pilze? Käfer? Eines von ihnen entfernt sich von der Gruppe. Wirkt klein und verloren unter den Bäumen. Sieht deren Stämme aus der Froschperspektive Richtung Himmel ragen. Verirrt sich. Silviu kann sich nicht an die Szene erinnern. Sobald er den kleinen E.T. mit der faltigen Haut und dem ausdrucksstarken Gesicht sieht, muss er an das peinliche Computerspiel denken, mit dem ihn die Verwandten aus Übersee beglücken wollten. An ein Pixelwesen, das nichts tat als blauen Pfeilen zu folgen, den Hals herauszustrecken und wieder einzuziehen, Kügelchen oder andere Gegenstände zu fressen. Silviu würde lieber schlafen als auf den Bildschirm zu schauen, aber Adrians Fahrstil lädt ihn nicht dazu ein, die Augen zu schließen. Der junge Busfahrer kommt zwar auch bei dem immer stärker werdenden Schneefall gut voran – noch sind es allerdings schnurgerade Straßen, die durch Dörfer und zwischen Äckern nach Rumänien führen. Sobald die Grenze passiert ist und die Ausläufer des Apuseni-Gebirges erreicht sind, wird sich zeigen, ob Adrian – und vor allem: ob der Bus – die Strecke schafft. Wald. Die Scheinwerfer eines heranfahrenden Autos. Schritte. Das kleine Alien flieht ins Dickicht. Männer, die es suchen – einer von ihnen hat einen Schlüsselbund an der Gürtelschlaufe seiner Jeans baumeln und eine Taschenlampe in der Hand. Durchmisst mit dem Lichtkegel das ihn umgebende Unterholz. Der Brustkorb des Außerirdischen beginnt rot zu leuchten. Die Männer sind mit Taschenlampen hinter ihm her. Angst. Bedrohung. Rotes Leuchten auf der Flucht durch grünes Farngestrüpp. Das UFO startet senkrecht in den Himmel, die Männer bleiben gebannt stehen und lassen ab von dem kleinen Alien. Das Licht in E.T.s Brustkorb erlischt. Mit seinen Augen: ein Blick auf die von Straßenlaternen erhellte Vorstadt.

Tudor war noch ein Kleinkind, als der Film mit dem kleinen Alien erschien. Er wuchs auf mit dem König der Löwen, Free Willy und dem Dinosaurier-Tickfilm, den er damals am liebsten hatte und dessen Titel ihm heute nicht mehr einfällt. Zwei, drei Mal war er mit der Familie zu Besuch in Sibiu – dort ging er mit dem Cousin zum Fußball und dann die Schwester vom Kino abholen. Mit der Kleinen an der Hand durch die Gassen der Oberstadt, eine der Alleen des Stadtparks entlang. Er trieb die Schwester an, damit sie Schritt hielt und nicht vor jeder Blume oder jedem Käfer stehen blieb. Eilte vorbei an pastellfarben gestrichenen Häusern mit bröckelndem Verputz und hölzernen Flügeltoren sowie mittelalterlichen Gildetürmen. An einigen Wachhunden, von denen er annahm, dass sie bissig waren. Nachdem die Schwester die Geschichte von der Schönen und dem Biest auf der Leinwand gesehen hatte, oder jene von Pocahontas und dem Eroberungsfeldzug, der zur Liebesgeschichte umgeschrieben worden war, wollte sie nur noch eines werden: Prinzessin. Er selber hätte lieber Kolchosbauer oder Astronaut werden wollen als Hilfsarbeiter am Schlachthof – oder Revolutionär wie der große Bruder. Da die Kolchosen kurz nach der Wende dichtmachten, das Vieh verkauft und verarbeitet und Bäume ihrem natürlichen Wuchs überlassen wurden, und da auch keine zweite Revolution ausbrach, wusste er: Für ihn gäbe es auf diesem Planeten keine Arbeit. Deshalb legte er stets ein paar der Münzen, die er für Süßigkeiten bekam, in einen großen Blumentopf mit niedrigem Wurzelstock und doppeltem Boden. Wenn er dann erwachsen wäre und viele Blumentöpfe zur Hälfte mit Geld gefüllt hätte, müsste er die Münzen von Erde und Rost befreien, dann könnte er sich damit ein Raumschiff kaufen. Als Schulbub sammelte er Artikel, die über mögliches Leben im All berichteten, Abschriften von Songtexten, die von Astronauten und Aliens handelten. Er würde die Begegnung mit Aliens aushalten, dachte er, auch die Nahrung aus Tuben, die Nachteile der Schwerelosigkeit, das Entgleiten von allem, was er zur Hand nähme. Fliegende Flüssigkeiten. Die Notwendigkeit, sich selbst ans Bett zu binden, um im Schlaf nicht durch die Luft zu gleiten. Mittlerweile weiß er, dass er sich jedes Mal selbst belügt, wenn er sich einredet: »Ich halte das aus.« Aber die Frage, ob er noch kann oder ob ihm alles zu viel wird, stellt sich nicht. Er muss können, pro Arbeitstag zwölf Stunden schlachten oder zerlegen. Muss nachts schlafen, mit drei anderen in einem Zimmer und mit den Gedanken an seine Familie, die ihn schwer zur Ruhe kommen lassen. Wenigstens zweimal im Jahr heimreisen, ohne gekündigt zu werden. Mit dem Bus und zwei, drei Umstiegen von Westfalen bis Transsilvanien. Wenn er rechtzeitig weiß, wann er nicht gebraucht wird, auch mit dem Flugzeug.

Es regnet. Elliot hat das Haus verlassen, um für seinen großen Bruder Michael und dessen Freunde eine Pizza zu holen. Bezahlt den Boten, der an der Auffahrt zum Haus stehen geblieben ist. Rutscht beinahe aus auf dem nassen Asphalt. Geht über die verlassene Veranda. Am Himmel der Sichelmond. Aus dem Geräteschuppen dringt ein schwaches Licht. Elliot legt die Pizza im Gras ab, wirft einen Baseball in den Schuppen. Der Ball rollt zurück. Etwas – oder jemand? – muss ihn angestoßen haben. Elliot läuft Richtung Haus. Stolpert über die Pizza. Mit dem Bruder und den anderen Burschen, der Mutter im rosa Bademantel und zwei Messern schleicht er hinaus. Nichts. Außer einer seltsamen Fußspur. Sie muss von einem Sohlengänger stammen. Das Trittsiegel ist recht tief, was an der Beschaffenheit des Bodens liegen mag. Breiter Ballen, drei vorne spitz zulaufende Zehen. Tudor war ein schreckhaftes Kind – wäre ihm tatsächlich ein Außerirdischer begegnet, hätte er ebenso hastig die Flucht ergriffen wie Elliot. Er hatte schon Angst, dass jemand ins Haus käme, um zu kontrollieren, ob gefälschte Pässe oder Diebesgut zu finden wären. Dass der Vater vielleicht – er konnte nicht beteiligt sein, er war schließlich sein Vater – oder etwa doch? Es kam ihm in den Sinn, als er den Dorftrinker in einem Singsang sagen hörte: »Alle klauen sie, alle – aber ich klaue nichts. Nur die Miliz, die Miliz, die klaut am meisten.« Sein Vater war kein Dieb. Konnte, durfte kein Dieb sein. Tudor versuchte, die Worte des Besoffenen aus seinem Kopf zu bekommen. Ließ stattdessen Musik laufen. Aus dem Radio oder nur in seiner Vorstellung. *This is Major Tom to Ground Control / I'm stepping through the door / And I'm floating in a most peculiar way / And the stars look very different today …*

Nacht. Elliot in eine Decke gewickelt auf der Veranda, mit beiden Händen eine Taschenlampe umklammernd. Einnicken. Aufwachen. Das Wesen aus dem Wald kommt aus dem Geräteschuppen. Angst in Elliots Gesicht. E.T.s Hand, aus der Erdnussbonbons auf Elliots Decke fallen. Ein Zeichen, dass er dem Menschenkind Gutes will? Elliot ist nicht mehr ängstlich. Legt eine Spur aus Bonbons ins Haus und weiter in sein Zimmer. E.T. folgt ihm. Erst vorsichtig, dann gierig greifen E.T.s Finger nach den bunten Kügelchen. Das Alien wirft Dinge um, das Kind schließt eilig die Tür. Adrian ärgert sich, dass er den Geisterbus noch immer nicht abgehängt hat – es sei denn, dieser hätte eine andere Strecke genommen als er. Ioan dürfte eingeschlafen sein – wäre er munter, würde er gelegentlich auf dem Sitz wetzen. Außerdem: Ist das ein Schnarchen, das Adrian ins Ohr dringt? Ja, es ist eines. Das bedeutet: Ioan schläft und Adrian hat Narrenfreiheit, darf zügiger fahren. Vielleicht kann er die Verspätung aufholen, die durch den Stau und Ioans Vorschriftstreue entstanden ist. Vor Adrian ein Tiertransporter, Hühner. Die Ladefläche befüllt mit Käfigen, aneinandergereiht und übereinandergestapelt, ein riesiger Quader von Enge, Dreck und Lärm. Adrian wird das eklige Gefährt abhängen, gleich. Nach der Kurve. Er schert nach links aus, da taucht aus dem Schneegestöber – nein, das kann es nicht geben – ein weißer Van auf, rast ihm entgegen, mit unveränderter Geschwindigkeit, als käme da kein pinker Bus auf ihn zu. Adrian selbst bremst, lenkt hastig zurück in die rechte Spur, um ein Haar hätte er den Hühnertransporter gerammt. Ioan dürfte aufgewacht sein, grummelt, was Adrian denn aufführe und dass man Kindern keinen Führerschein geben sollte – geschweige denn die Erlaubnis, einen Bus zu lenken.

Elliot, der E.T. seine Sammlung von Spielzeug und sein Aquarium zeigt. Ihm ein Spielzeugauto in die Hand drückt. Untertitel: »Das ist ein Auto. Mit so etwas fahren wir herum.« Dieser führt es zum Mund und versucht abzubeißen. Elliot ist irritiert, reißt ihm das Auto aus der Hand. Begreift, dass sein neuer Freund

Hunger haben könnte. Deutet ihm, er möge im Zimmer warten. Öffnet die Tür – herein kommt Harvey, der Hund. Elliot hält ihn fest, schimpft. E.T. fürchtet sich. Elliot holt die Milch aus dem Kühlschrank. E.T. durchsucht dessen Kasten; nimmt einen Knirps zur Hand; bekommt einen Schreck, als sich der Schirm entfaltet. Auch Elliot erschrickt; lässt die Milchpackung fallen; eilt die Treppe nach oben, mit zwei Sandwiches und zwei Dosen Cola. *One day I'm gonna fly away / One day when heaven calls my name / I lay down, I close my eyes at night / I can see moon and light* – Elektrosound und dazu eine Frauenstimme, die verführerisch leicht vom Sterben singt. *One day I'm gonna fly away / One day I'll see your eyes again …* Adrian lenkt locker um eine enge Kehre, sie scheint ihm jedes Mal wie ein Vorbote der kurvenreichen Strecke vor Cluj. *I can see moon and light* – Ioan kratzt sich am Kopf und wünscht sich den ungarischen Radiosender zurück. Tudor ist gedanklich in seiner Vergangenheit. Er lebt nie im Hier und Jetzt. In der Erinnerung taucht er noch weiter in seine Geschichte ein: Als er auf dem Gang des staatlichen Krankenhauses stand und auf einmal Vater war, schien ihm, er wäre selbst eben noch ein kleiner Bub gewesen. Wie auch Tudor ein schreckhaftes Kind gewesen war, verhielt sich Anca von Anfang an so, als wollte ihr die Welt etwas antun. Sah einen Käfer und weinte. Hörte den Milchmann läuten und versteckte sich hinter den Beinen des Vaters oder unter dem Küchentisch. Tudor muss schlucken. Er und seine Beine waren nicht da gewesen, sie konnte sich nicht an ihn klammern. Sie muss viel Angst gehabt haben, das nagt bis heute an ihm. Damals war er ruhig geblieben, als er das Ticket kaufte. Sich in den Kleinbus setzte, der ihn nach Sibiu bringen sollte. Die Fahrt durchschlief – es wäre niemandem geholfen gewesen, wenn er wach geblieben wäre. Sich in Sibiu auf dem Abort des Busbahnhofs rasierte, die Zähne putzte, sein Hemd auszog und eine dürftige Körperwäsche verrichtete. Von dort direkt weiterfuhr Richtung Krankenhaus. Dasselbe Gebäude, in dem seine beiden Kinder geboren worden waren. Nur ein anderes Stockwerk, eine andere Abteilung.

Elliots großer Bruder Michael kommt vom Baseball heim, schnappt sich eine Cola aus dem Kühlschrank. Keine verschüttete Milch mehr auf dem Boden. Elliot zeigt ihm E.T. Das Grinsen des großen Bruders weicht einem erstaunten und verunsicherten Gesichtsausdruck. Durch die Tür stürmt Gertie, die kleine Schwester, herein. E.T.s Hals wird lang, das Alien ist nun genauso groß wie sie. Gertie schreit mit weit aufgerissenem Mund. Auch E.T. schreit. Als die Mutter näherkommt, hält Elliot der Schwester den Mund zu. Die Mutter, in Bürokleidung, wie sie in den 80er-Jahren schick war, schilt Elliot für das Chaos im Kinderzimmer. Das Versprechen seiner beiden Geschwister: niemandem zu verraten, dass ein Alien in Elliots Zimmer eingezogen ist. Luminița sitzt vor Daiana und hinter Tudor am Fenster. Ihre Augen folgen den Schneeflocken, die durch die Luft gepeitscht werden und jedes Mal, wenn eine Windböe verebbt, zu tanzen beginnen. Als könnten sie die Landung auf dem Boden und das Verschmelzen mit anderen Kristallen hinauszögern. Zwischendurch blickt sie auf den Bildschirm. Die drei Kinder rühren sie. Sie sind in etwa so alt wie ihre – seit sie weggegangen ist und bei der Familie in Mödling als Hausangestellte das Essen kocht und deren Nachwuchs versorgt, werden ihr allerdings die eigenen Kinder zunehmend fremder. Adrian dreht das Radio lauter: *Can't stop feeling / Can't stop hiding* – Luminița weiß, die Jüngste ist drei, der Mittlere acht und der Älteste neunzehn. *Feeling / Hiding* – Die Entfernung lässt jedoch die Zeit kreiseln; Tage, Monate, Jahreszeiten wiederholen sich, aber die Jahre scheinen nicht zu vergehen. *Feeling* – Ihr Großer ist für sie noch das Kind geblieben, das er bei ihrer ersten Abreise war. Ein Schulbub, der mit Lego spielt und Badewannen-Bubbles liebt, statt im Internet herumzusurfen und sich alle zwei Tage den Oberlippenbart zu rasieren.

E.T. macht sich über den Kühlschrank her, wirft Kartoffelsalat zu Boden, trinkt Bier. Elliot sitzt in der Schule. Biologieunterricht. Das Bier, das E.T. getrunken hat, macht auch ihn beduselt. Elliot sollte den Frosch sezieren, der im Einmachglas vor ihm sitzt. Erst warten, bis er durch den in Chloroform getränkten Wattebausch bewusstlos wird. Anschließend schneiden, wobei ein paar Tropfen Blut und Körperflüssigkeiten fließen werden. Das Herz lokalisieren, feststellen, dass es auch am toten Tier noch schlägt. E.T. zappt durch die Fernsehkanäle: Tom und Jerry. Ein Flugzeug und ein UFO. Eine Kleinfamilie – Vater, Mutter, Kind –, versammelt um den Telefonapparat. Er liest ein Comicheft, sieht das Bild einer Satellitenschüssel, die den Helden ins All kommunizieren lässt. Elliot starrt wie von Sinnen auf das Glas, lässt den Frosch frei, befiehlt ihm, zu laufen. Rennt zu anderen Tischen, öffnet andere Gläser. Ein blondes Mädchen macht es ihm nach. Ein fetter Junge hält sein Glas umklammert, damit Elliot seinen Frosch nicht befreit. Der Lehrer packt Elliots Arm, dieser reißt sich los. E.T. starrt auf den Fernseher, sieht John Wayne durch eine Tür treten. Er trägt einen beigen Trenchcoat, darunter Hemd und Krawatte, auf dem Kopf eine Schiebermütze. Vor sich auf dem Couchtisch hat E.T. Geräte angesammelt: das Telefon; ein Funkgerät; ein rotes Plastikteil, das spricht, wenn man Buchstaben eintippt. Luminiţa reibt sich die Schläfe. Sie hätte Glück, wenn das, was in ihrem Kopf wütet, nur ein vorübergehender Schmerz wäre, verursacht von der langen Fahrt und der stickigen Luft im Bus. Sollte es eine Erkältung sein, wird sie morgen in der Apotheke Ibuprofen und Paracetamol kaufen. Notfalls auch Antibiotika. Es ist gut möglich, dass sie sich angesteckt hat. Marie Claire, das ältere Arbeitgeberkind, bringt in regelmäßigen Abständen Schnupfen und Kinderkrankheiten mit aus der Schule, als wären es Hausübungen oder Eintragungen ins Mitteilungsheft. Luminiţa wird sich nicht auskurieren können. Alle werden sie Zeit mit ihr verbringen wollen, am meisten ihre Jüngste, die bei jedem Skype-Gespräch in den Bildschirm kriechen will, sobald sie darin die Mutter erblickt, klein und zweidimensional. Das Skype-Fenster mit dem Zeigefinger antippt. Weint, wenn Luminiţa sie ratlos anschaut. Der Mittlere hat bereits gelernt zu warten. Als er drei war, hatte sie weder Skype noch WhatsApp. Damals telefonierte sie über Freiminuten mit ihrem Mann, der den Kindern alles ausrichten musste. Freiminuten waren schließlich zeitlich beschränkt. Der Älteste telefoniert nicht gerne, schreibt ihr stattdessen Nachrichten, mehrmals täglich. Er ist zu anhänglich geworden, seit sie nach einem kurzen Zwischenaufenthalt in Târgu-Mureş, der eigentlich eine dauerhafte Rückkehr hätte werden sollen, wieder weggegangen ist. Will wieder in ihrem Bett schlafen, wenn sie Heimaturlaub hat – meistens dann, wenn sein Vater aus dem Haus ist, auf Montage oder in der Bar. Und das in dem Alter, in dem andere Kinder sich von ihren Eltern abnabeln und endgültig erwachsen werden. Ihr zweites Kind geht unter zwischen den Bedürfnissen der Kleinen und der Sorge um den Großen, das weiß sie. Aber sie kann sich nicht dritteln – beziehungsweise vierteln. Auch der Ehemann will Aufmerksamkeit von ihr, und der fordert sie vehementer ein als ihr jüngerer Sohn.

E.T. sitzt immer noch auf der Couch und zappt, hat seinen Sender gefunden. Im Fernsehbild: Maureen O'Hara mit zartgrünem Rock, smaragdgrünem Oberteil und Kopftuch. Geduckt, als fürchte sie etwas. Sie erhebt sich langsam. Weicht zurück. Öffnet die geschminkten Lippen, nur ganz leicht. Sieht noch schöner aus als gerade eben. Kinder sammeln mit den Händen Frösche ein. Die Frau im Film wendet sich zum Gehen. Von hinten ihr grünes Kopftuch, von vorn ihr Gesicht: Sie stößt an einen Spiegel. Gibt einen Schrei von sich. Ein blondes, nicht mehr kindlich wirkendes Mädchen steht auf einem Sessel. Bubenhände, die ihr einen Frosch auf die Lackschuhe legen. Sie kreischt auf. Die Frau mit dem Kopftuch flieht durch die Tür, der Mann mit der Schiebermütze ihr nach, er packt sie am Arm; Elliot schnappt das Handgelenk des blonden Mädchens, das eben noch gekreischt hat und gerade durch die helle Holztür nach draußen läuft. Der Mann dreht die Frau in Grün, Elliot seine Klassenkollegin zurück in den Raum, mit einer Leichtigkeit, als wäre es ein Tanz. Von der Schauspielerin ein zaghafter Versuch zu widerstreben. Daraufhin ein Kuss, den sie mit nach oben gerecktem Kopf bereits erwartet, als hätte sie sich nie wehren wollen. Im Gesicht des Mädchens ein Anflug von Zorn, dann bleibt sie bei Elliot stehen. Der dicke Bub, der soeben seinen Frosch hat töten wollen, kriecht am Boden zwischen den beiden durch. Elliot steigt auf seinen Rücken und nützt ihn als Treppenstufe, um sich einen Kuss zu holen, von seiner Klassenkollegin, die merklich größer ist als er. Hastig presst er seine Lippen auf ihre. Der Lehrer reißt ihn weg, sie hat die Augen geschlossen – der Rest ihres Gesichts wirkt entrückt. Als wären all die Frösche, die nun von Kinderhänden aus dem Fenster in die Freiheit befördert werden, Prinzen oder andere Märchenwesen geworden. Vielleicht hat sie aber auch Elliots ungeschickter Kuss so bezaubert. Luminița hätte nicht viel versäumt, wenn ihr Leben gänzlich ohne sexuelle Annäherungen verlaufen wäre. Insgeheim denkt sie immer wieder: »Sobald die Kinder volljährig sind, reiche ich die Scheidung ein.« Vor allem dann, wenn ihr Mann Besitz von ihr ergreift mit seinen Küssen, ihr seine Zunge, seine zupackenden Hände, seinen steifen Penis aufdrängt. An den Sex hat sich Luminița mittlerweile gewöhnt. Womit sie immer noch nicht klarkommt: wenn zwischen Vorwürfen und körperlicher Liebe keine angemessene Zeitspanne verstreicht. Wenn der Ehemann abends mit ihr schlafen will, nachdem er ihr mittags ins Gesicht gesagt hat, sie stehle sich aus der Verantwortung davon. Sie ihm antworten muss: »Falsch. Ich übernehme Verantwortung.« Ihm vorrechnet, dass sein rumänisches Gehalt auch mit den Essensbons nicht reicht, um die Kinder gesund zu ernähren, das Auto zu tanken, die Wohnung zu heizen, Schulsachen zu kaufen. Neue Kleider, wenn die alten zerlöchert sind. Sie erinnert sich noch an Kinderzehen, die aus Socken herauslugten, an Babybodys mit Grauschleier und Flecken, an Jeans, die zum zehnten Mal geflickt wurden. Er sieht nicht, dass sie auch leidet unter ihrer eigenen Abwesenheit. »Du hast kein Monopol auf Gefühle«, will sie ihm dann jedes Mal an den Kopf werfen. Laut mit ihm streiten. Aber die zwei Kleinen schlafen. Also schluckt sie ihre Wut.

Durchs Wohnzimmer läuft der Golden Retriever. Untertitel: »Harvey, ich bin zu Hause!« Die Mutter ruft das Tier herbei, E.T. tritt die leeren Bierdosen weg und bleibt beim Fernseher stehen. Die Kleine, die der Mutter ins Wohnzimmer gefolgt ist, will ihr E.T. zeigen. Eine Alleinerzieherin hat allerdings andere Probleme, als sich nach Aliens umzusehen. Sie trägt eine hellblaue Bluse mit langen Pluderärmeln zu dunkelblauem Rock und grauer Weste, als wäre sie einem dreißig Jahre alten Modekatalog entsprungen. Mit Ausnahme ihres Stylings weist alles darauf hin, dass sie überfordert ist. Hektisches Ausräumen der Einkäufe und der Kleidung, die frisch aus der Reinigung kommt und noch in Plastikfolie verpackt ist. Kein Ohr für Gertie. Die Schuhspitze der Mutter tritt gegen eine der Bierdosen, die noch auf dem Fliesenboden herumliegen. Das Telefon läutet: Elliot soll in der Schule berauscht gewesen sein. Mitica ist versunken in sein Computerspiel, Lavinia beobachtet ihn, wie er den weißen Van durch die Straßen jagt, streicht ihm eine Wollmaus aus dem Haar, das seitlich ausrasiert ist und in der Mitte struppig nach vorne absteht. Sie hat ihn für kurze Zeit zurückgelassen. Vor einem Jahr. Als dann die Mutter ihres Ex-Mannes anrief, spürte sie: Sie musste ihn holen kommen. Rasch. Nicht nur, dass sich Mitica Erwachsenenfilme mit Zombies und Leichen ansah. Nein, er wusste auch, welche Jugendlichen aus seiner Schule rauchten oder gar mit Drogen zu tun hatten. Erzählte der Großmutter, als die ihm seinen Nachmittagstee auf den Küchentisch stellte, ein Bub sei mit einem Klappmesser in der Hand am Gang des Schulhauses auf den Stufen gesessen. Mitica trank Tee. Biss von seinem Butterbrot ab, wischte die Brösel mit dem Handrücken vom Wachstischtuch. Wie immer. Und sagte, als sei es das Selbstverständlichste auf der Welt, das Kind am Gang habe dieses Messer aufklappen lassen. Gedankenverloren die Klinge betrachtet, mit den Fingerkuppen den Griff befühlt, dann das Messer durch die Luft gezogen – ohne Ziel, wie beim Schattenboxen. Die eigenen Hände angestarrt, als würde es sie absuchen auf verletzliche Stellen. Mitica sei an dem Buben vorbeigehuscht. Wollte ihm nicht zu nahe kommen. Die Gangaufsicht habe Messer und Kind ignoriert. Lavinia hörte, was ihre ehemalige Schwiegermutter ihr erzählte. Nahm sich den nächsten Tag frei und drei Tage der folgenden Woche. Behördengänge. Anrufe an Neuen Mittelschulen. Suche nach einer größeren Wohnung. Binnen weniger Wochen holte sie Mitica nach Wiener Neustadt.

Ein Amphibienfinger zeigt aus dem Fenster, die Untertitel verkünden E.T.s Plan: »E.T. – nach Hause telefonieren!« Elliot und Gertie wiederholen, was sie soeben vernommen haben. Michael kommt ins Zimmer, ist verwundert, dass der Außerirdische spricht. Schnitt: Ein schwarzer Van parkt vor der Einfahrt, im Laderaum Equipment zum Abhören von Gesprächen und ein Mann, der die Schalter bedient. Schnitt: Elliot und Michael entdecken in der Garage ein unfertiges Werkstück – es sieht so aus, als wäre das Alien dabei, eine Maschine zu basteln. Sie finden ein altes Kleidungsstück, schnüffeln daran. Untertitel: »Papas Hemd. Erinnerst du dich, wie er uns immer mitgenommen hat zu den Ballspielen und ins Kino, an die Popcorn-Schlachten?« »Sicher.« »Alte Gewürze.« »Meerluft.« Der Lauscher im Van bekommt feuchte Augen. Lisa hat keine Kinder und sie kennt die Geschichten von Menschen, die weggehen, obwohl sie zu Hause Familie haben, nur mittelbar. Sie fragt sich, wie es sich anfühlen muss für einen Elternteil. Und das Zurückgelassenwerden für ein Kind, das sieht, wie Gleichaltrige mit den Eltern leben dürfen. Für Luminița und Tudor ist es tägliche Realität, genauso für Mihai und Florin. Irgendwann haben alle vier den Pakt mit sich selbst geschlossen: Sie würden alles daransetzen, ihren Schmerz nicht auf andere zu übertragen. Luminița heult, wenn die Kinder es nicht sehen können. Auch Tudor versucht, so stark und fröhlich wie möglich zu wirken, wenn er mit seinem Sohn telefoniert. Dass es ihn innerlich zerreißt, soll Nelu nicht mitbekommen. Halloween. Aus zwei Gucklöchern, die ein weißes Leintuch zu E.T.s Geisterkostüm machen: die Beine der Mutter; das Samtkleid mit dem Leopardenmuster; ihr Gesicht, die Augenpartie von einer schwarzen Maske bedeckt; ein Winken; Kürbisse vor der Eingangstür, an der ein Skelett hängt; verkleidete Menschen rund um die beiden Burschen, die den kleinen

Geist in ihre Mitte genommen haben. Durch den weißen Stoff auf kreisrunde Ausschnitte reduzierte Wahrnehmung: ein Zombie im weißen Arztkittel, eine Biene, eine Frau in Schwarz mit kirschroter Augenmaske; ein Drache, dessen Panzer aus grasgrünen und dunkelblauen Stoffschuppen genäht ist; Gestalten mit Hüten und Vollmasken; ein kleiner Meister Yoda, dem E.T. auf seinen kurzen Beinen hinterhertapst und dabei wiederholt »Nach Hause!« murmelt. Die Brüder halten ihn mit ihren Händen davon ab, dem kostümierten Kind weiter zu folgen. Zu dritt gehen sie in den Sonnenuntergang. Am Zaun treffen sie auf Gertie, die geduldig unter einem weißen Leintuch gewartet hat, ein zweiter Geist. Elliots Fahrrad lehnt neben ihr.

Draußen fällt immer dichter der Schnee, landet auf den brachliegenden Feldern. Für gewöhnlich sieht Adrian auf der Fahrt die Lichter der nahen Streusiedlungen am Horizont. Nach dem Zwischenfall mit dem Hühnertransporter fährt er vorsichtig. Aber nicht so langsam wie Ioan. Adrians Devise: Der Bus kennt den Weg. Elliot packt E.T. mithilfe des Bruders in den Korb an seiner Lenkstange, fährt an gefällten Baumstämmen vorbei in den Wald. Als der Untergrund zu uneben wird und keine Weiterfahrt mehr möglich ist, beginnt das Fahrrad zu rasen, auf eine senkrecht nach unten stürzende Felsmauer zu. Anstatt in den Abgrund zu fallen, hebt das Rad samt den beiden vom Boden ab. Elliot schreit, E.T. lenkt im Slalom durch die Baumkronen. Kind und Alien schweben am Vollmond vorbei. Go Motion: Das Rad bewegt sich gleichmäßig. Eine unsanfte Landung, die beiden fallen ins hohe Gras. Schnitt. Eine Pendeluhr, der Blick der Mutter darauf gerichtet. Sie bläst Kerzen aus, setzt sich auf die Stufen. Ist sie nervös? Leicht betrunken? Beides? Wieder Wald. E.T. baut seine Maschine zusammen, Elliot geht ihm zur Hand. Das Blatt einer Kreissäge, ein gespanntes Seil, ein mit Alufolie ausgekleideter Regenschirm, Kabel, ein Kleiderbügel, das rote Plastikteil mit der Tastatur. **Etwas raschelt dicht hinter Adrian. Es riecht nach Selchfleisch und sauer eingelegtem Gemüse. Vermutlich hat jemand in der ersten oder zweiten Reihe sein Jausenbrot**

ausgepackt. Eine Gabel bewegt die Zacken des Sägeblatts – E.T.s Telefon funktioniert. Es ist jedoch niemand am anderen Ende der Leitung. Elliot zu E.T., in Untertiteln: »Du könntest glücklich sein hier. Ich könnte mich um dich kümmern.« Das Angebot, gemeinsam aufzuwachsen. Tränen, als Elliot begreift, dass es E.T. nach Hause zieht. Im nächsten Bild: Erwachen, allein auf der Waldlichtung, noch im Halloween-Kostüm. Heim auf dem Fahrrad, zu den Geschwistern und der Mutter, die bereits die Polizei verständigt hat. Die Rettung E.T.s ist ab jetzt Michaels Aufgabe, der schwingt sich sogleich auf Elliots Fahrrad. Manuela sitzt in der vorletzten Reihe, zwischen Katha, die noch immer in derselben zusammengekauerten Position verharrt, und einem älteren Mann, der eine Persianermütze trägt. Der Bus fährt mit konstanter Geschwindigkeit. In Ungarn verlaufen die Straßen gerade, Flachland. Heißt: Keine Umwege. Manuela, die in der vorletzten Reihe links am Fenster sitzt, kann die Ankunft in Cluj kaum erwarten. Sie fährt sich durch die kurzen, rötlichen Haare und fühlt, dass ihr Erasmus-Semester eine gute Zeit werden kann. Sie wird auffallen, mit ihrer maskulinen Frisur, den ungezupften Augenbrauen und konturierten Gesichtszügen. Das ist ihr bewusst, es stört sie allerdings nicht. Bei ihrem ersten Stadtbummel wird sie den Lieblingspullover ihrer Kindheit in der Auslage eines Secondhandshops entdecken. Vielleicht wird ihn in Cluj der Junge tragen, der angeblich an ihr verloren gegangen ist. Es wird ihr auch das eine oder andere Kleidungsstück aus der H&M- oder C&A-Kollektion des Vorjahrs wieder begegnen. Arbeitssuchende Menschen gehen für gewöhnlich nach Österreich oder Deutschland, abgelegte Kleider hingegen landen in der Republik Moldau oder in Rumänien.

Die Kinder mit dem Alien im Badezimmer. Elliot: »Wir sind krank. Ich glaube, wir sterben.« Der Bruder trägt die Kleine, die Mutter Elliot hinunter ins Erdgeschoß. Elliot wehrt sich, ruft. E.T. bleibt allein auf dem Badezimmerboden zurück, plärrt wie ein menschliches Baby. Durch Türen und Fenster treten Männer – oder sind es Frauen? – in Raumanzügen. Umzingeln die Familie. Draußen Polizeiautos; ein Trupp von Menschen mit Helmen und Schutzkleidung, die im Gleichschritt auf das Haus zumarschieren. Einer kommt ins Badezimmer. E.T. in Untertiteln: »Nach Hause!« Reihen von Polizeiautos, von Männern im Anzug. Ein Schlauch aus Plastik, der zur Eingangstür führt. Durch diesen schreitet der Mann mit dem Schlüsselanhänger. Sein Körper, samt Jeans und Schlüsseln: verpackt in einen hellblauen Schutzanzug. Ein Monitor. E.T. und Elliot: ihre Gehirnaktivitäten in parallel verlaufenden grünen Linien. Zwei Krankenhausbetten, in einem das Kind, im anderen das Alien. Elliot schreit, wie in der Schule beim Befreien der Frösche. Er wendet sich an das Ärzteteam, das E.T. mit Medikamenten und Sauerstoff behandelt: »Ihr macht ihm Angst!« Elektroden auf Brust und Kopf von Elliot und E.T. Tudor schließt die Augen. Er kann solche Szenen nicht sehen, auch wenn – oder gerade weil? – es sich um einen Kinderfilm handelt. Er weiß, dass die Regie für das junge Publikum ein Happy End bereitstellt. Im Gegensatz zur Realität, in der auch Kindergeschichten nicht gut ausgehen müssen. Als Tudor das Krankenhaus erreicht hatte, wartete Mihaela bereits dort auf ihn. Mit Augenringen und blasser Haut. An ihrem Gesicht konnte er ablesen, wie schlecht es um Anca stand. Es vergingen Wochen, in denen Tudor das Gefühl hatte, fremd und ungenügend zu sein. Er brachte Anca Bücher, Puppen, spielte Hitlisten auf ihren MP3-Player. Ihre Musik: Justin Bieber. Elektropop. Ein paar seiner eigenen Lieblingsnummern. *There's a starman waiting in the sky / He'd like to come and meet us / But he thinks he'd blow our minds …* Ihr Körper: klein und hilflos zwischen Plastikschläuchen und Kabeln, die von ihrer Brust zu einem Monitor führten. Gestorben ist sie drei Wochen nach seiner Rückkehr. In der Nacht, Mihaela hat Wache gehalten, während er zu Hause bei Nelu war. Kurz nach der Beerdigung ist er wieder fortgegangen. Seine Anwesenheit hat Mihaela nicht geholfen. Aus der Ferne kann er wenigstens dafür sorgen, dass die Rechnungen bezahlt werden. Zwei Herzkurven, eine zeigt kräftige Schläge, die andere verflacht sich. Untertitel: »Der

Bub kommt zurück. Wir verlieren die Kreatur.« Ein Notfallteam in Schutzanzügen kommt angerannt. E.T.s Kopf fällt zur Seite. Elliot schreit weiter, als sein Bett weggeschoben wird, reißt sich die Elektroden vom Brustkorb. Die Hände einer Ärztin drücken sich zentimetertief in die Herzgegend des Aliens, durch eine schwarze Beatmungsmaske wird Luft in seine Lungen gedrückt. Ein Arzt verpasst ihm zwei Stromstöße. Ein Vorhang aus transparentem Plastik trennt ihn von Elliot und der kleinen Schwester, beide am Weinen. Einer der Männer in Weiß – er ist einen Kopf größer als das restliche Team – fragt nach der Uhrzeit, sagt in die Untertitel hinein: »Packen wir ihn in Eis!« Lichter werden ausgeschaltet. Tudor rinnt eine Träne über die Wange, dann noch eine. Er hätte damit gerechnet, dass er sich unter Kontrolle hat. Es sind doch bereits zwei Jahre vergangen. Wenigstens hat er die Sitzreihe für sich allein – es wäre ihm unangenehm, wenn ein Mitreisender sähe, dass er bei einem Kinderfilm zu heulen beginnt.

Der Mann mit den Schlüsseln, die nun unter dem Schutzanzug verborgen sind, fragt Elliot, ob er noch einen Moment allein bei seinem toten Freund bleiben möchte. Ein leichtes Kopfnicken. Der Mann hebt den Deckel des Metallsargs, an dessen Kopfende ein Bullauge Einblick gewährt, tritt mit den anderen Erwachsenen ab. Im Sarg: E.T. in einen Plastiksack verpackt, der von einem Reißverschluss zusammengehalten wird. Elliot steht da, eine weiße Decke um die Schultern gelegt, schaut durch das Bullauge. Spricht einen Monolog, schließt den Deckel unter Tränen. Da beginnt etwas Rotes durch E.T.s Brustkorb und das Bullauge zu leuchten. Ein strahlendes helles Rot – arterielles Blut? Oder ist es die Liebe für den Freund und für seine eigene Familie aus dem All? Liebe, dieses allmächtige Gefühl, das auch dem Herz Jesu seine Strahlkraft verleiht, auf Ikonen und Heiligenbildern zum Einstecken. Erzsébet trägt eines davon in ihrer Geldbörse. Das Herz leuchtet durch Rippen, Muskeln, Haut und Kleidung des Erlösers. In Rot und von kleinen goldenen Lichtstrahlen umgeben. Auch Katha trägt ein Kärtchen mit

einem kurzen Gebet und dem Sohn Gottes immer mit sich herum. Es ist laminiert, so können weder Schweiß noch Tränen der Christusdarstellung etwas anhaben. Elliot hat sich abgewandt, verlässt E.T. mit langsamen Schritten. Als er sieht, wie die verwelkte Chrysantheme, die auf einer Plastikabdeckung steht, sich in ihrem Topf aufrichtet und blüht, rennt er zum Sarg zurück. Öffnet den Deckel, den Reißverschluss vom Stirnende bis zum Hals. E.T. lächelt verschmitzt. Bewegt die Lippen. Untertitel: »E.T. nach Hause telefonieren!« Freude in beiden Gesichtern. Die Ankündigung, dass E.T.s Familie kommen wird. Der Reißverschluss ist schnell zugezogen, das brennende Herz unter einem Leintuch versteckt, der Deckel zugeklappt. Elliot spielt maßlose Trauer, wird vom Mann mit den Schlüsseln fortgebracht. **Silviu ist ganz froh darüber, dass der Film bald zu Ende ist. Dann kommt hoffentlich Action mit passablen Special Effects. Und er hofft, dass Adrian sich demnächst am Riemen reißt und nicht mehr allzu viele unnötige Überholversuche macht.** Durch den Plastikschlauch rennt Elliot, hinein in den weißen Lieferwagen, der Sarg mit E.T. wartet im Laderaum. **Der Kleintransporter sieht aus wie jener, mit dem Mitica auf Zombiejagd geht, nur weniger schäbig. Miticas Mordvehikel hingegen weist bedenkliche Gebrauchsspuren auf.** Michael sitzt vorn in der Fahrerkabine. Als seine Tarnung – Schutzanzug ohne Maske – auffliegt, muss er fahren. Schnell. Reißt den Plastikschlauch ab, der Haus und Auto verbunden hat. Ohne Führerschein und mit Vollgas Richtung Hügel. Zwei Männer sind noch in dem Teil des Schlauches, der am Auto befestigt ist. Elliot löst die Schrauben. Der Schlauch bleibt auf der Straße liegen. Polizeiautos, die rot und blau leuchten. Michael hat mitten auf dem Spielplatz geparkt, wo seine Freunde mit den Fahrrädern schon warten. E.T. steht im Laderaum, die Decke umgehängt, die Elliot eben noch auf den Schultern getragen hat. Weißes Leinen wie Bettwäsche oder das Leichentuch eines Auferstandenen. Sein Herz scheint in einem warmen Rotton durch die Haut, umgeben von gelbem Licht, als würde es brennen. Wie Leuchtdioden unter einer Plastikmembran. **Tudors erstes Handy hatte eine Tastatur mit oran-**

gen LEDs, die durch die Ziffern schienen. Damals schickte er Mihaela und Anca SMS, aus Deutschland anzurufen hätte die Telefonrechnung explodieren lassen. Er hätte mehr von ihrem Leben mitbekommen, wenn damals schon Videoanrufe über Skype oder WhatsApp möglich gewesen wären, denkt er. Und dass es sich seltsam anfühlt, in wenigen Stunden an der eigenen Haustür zu klingeln, Frau und Sohn zu begrüßen und mit ihnen gemeinsam die letzten Weihnachtsvorbereitungen zu treffen.

Verfolgungsjagd: Buben auf Fahrrädern, allen voran Elliot mit dem Alien im Radkorb. Ein Polizeiauto mit Blaulicht. Die Buben nehmen Schleichwege. Springen über trockene Erdhügel, landen auf dem Boden. Rasen an einem Beamten im Anzug vorbei – dieser duckt sich in den Staub. Sie treten in die Pedale, trennen sich in zwei Grüppchen. Eine freie, breite Straße. Siegessichere Gesichter. Da stürmen Männer von links und rechts hinter den Nadelbäumen hervor, von denen die Fahrbahn gesäumt ist. In Anzug und Krawatte rennen sie den Kindern nach, die Jeans, Hoodies und Mützen tragen. An der nächsten Kreuzung Polizeiautos von beiden Seiten. Zwei Männer mit Gewehren, hinter schräg stehenden Autos verschanzt. Die Fahrräder heben ab, fliegen auf und davon. Über Dächer und Swimmingpools. Im Gegensatz zu den kahlen Laubbäumen werfen Räder und Radfahrer keine Schatten. Go Motion der 80er-Jahre. So wie Elliot und E.T. heimlich und zu zweit am Vollmond, schweben sie nun als Kollektiv am Sonnenuntergang vorbei. Die Fahrräder landen sanft in einer Reihe, ohne dass eines hart aufkäme oder umfiele. Elliot findet das Telefonkonstrukt, von Blättern bedeckt. E.T.s Herz leuchtet rot. Das UFO landet, mit violettem, hellgelbem und kaltweißem Leuchten. Ein Auto kommt angefahren, parkt. Die kleine Gertie läuft auf E.T. zu, seine Chrysantheme in den Händen. Abschied: ein Kuss auf die Nase. Michael streichelt E.T.s Schläfe. Schüchtern, als hätte er das fremde Wesen eben erst kennengelernt. Nun ist Elliot an der Reihe, dem das Loslassen am schwersten fallen wird. E.T. in Untertiteln: »Komm!«, Elliot: »Bleib!« Beide: »Autsch!« Eine

Umarmung. Amphibienfinger, die in kreisenden Bewegungen Elliots Schultern streicheln.

Mit immer noch glühendem Herz und der nun leuchtenden Topfpflanze in der Hand eilt E.T. die Rampe hinauf. Durch eine Bodenluke gelangt er in den Bauch des UFOs. Bleibt am Rand der Luke stehen, bis sie sich schließt. Das UFO hebt ab, versprüht einen Regenbogen über den Abendhimmel. Zurück bleiben: Die Clique von Michaels Freunden, vor allem aber eine klassische Kleinfamilie. Michael, der Gertie im Arm hält. Die Mutter, der Mann mit den Schlüsseln an ihrer Seite. Elliot, zu seinen Füßen der Hund. Manuela gehört nicht zu den Menschen, die noch auf den Bildschirm starren, nachdem der Film zu Ende ist. Sie blickt aus dem Fenster. Bemerkt, dass der Grenzübergang bevorsteht. Die Hüttchen sind allerdings verlassen, nicht wie beim Übergang nach Ungarn. Manuela freut sich auf Cluj, aber sie wird nicht sentimental beim Überqueren der Landesgrenze. Andere schon. Adrian hat realisiert, dass er ein paar Menschen glücklich machen kann. Sagt durch, es werde bald einen Halt geben, um Geld zu wechseln oder eine SIM-Karte zu kaufen. Stellt die elektronische Musik ab. Spielt stattdessen die Nationalhymne: *Deșteaptă-te, române, din somnul cel de moarte / În care te-adânciră barbarii de tirani!*

SCHIFFBRUCH

Ioan ist gerade eben weggenickt, schon weckt ihn Adrian, er ruft laut: »Der Film ist zu Ende!« Als hätte er als Fahrer etwas davon, wenn Ioan einen neuen Film einlegt. Auch die meisten Passagiere schlafen oder versuchen zumindest ein paar Stunden zu ruhen. Ioan blickt auf die Uhr. Kurz vor fünf, sie sind noch nicht in Oradea angelangt. Im Halbschlaf nimmt Ioan die erstbeste DVD aus der Hülle, legt sie ein. Kramt sein Handy aus der Jackentasche. Schreibt Marina eine SMS: Er werde viel später ankommen als erwartet, Schnee – und mittlerweile auch starker Ostwind. Er wird sich aus Huedin wieder melden. Schreibt Cosmin, der sowieso nicht zurückschreiben wird. Wenn Ioan ihn darauf anspricht, warum er so selten auf SMS reagiert, kommt meist eine einsilbige Antwort. Er habe die Nachricht gelesen, da brauche es doch keine Bestätigung. Oder: Er habe sie nicht gesehen, wer schaue denn ständig auf sein Handy. Eventuell auch: Wieso müsse er noch antworten, sie sähen sich ohnehin später. Silviu beobachtet von seinem Platz hinter dem Beifahrersitz Ioan, der gähnt und an seinem Handy herumtippt. Wirft einen Blick auf den Bildschirm. Offenbar haben aus dem Schlaf gerissene Busfahrer ähnliche Faibles wie schmachtende Teenager. Statt guter Action oder Comedy eine dreistündige Romanze: Übereinandergelegte Originalfotos, Sepia. Menschen, die am Hafen stehen und winken. Klein auf einem schier riesigen Dampfschiff: Reisende, die Hüte und Kappen durch die Luft schwenken. Dann:

dunkelblaue Wasseroberfläche, zwei U-Boote, deren Lichter den Weg in die Tiefe weisen. Untertitel: »Dreißig Meter. Du solltest es sehen.« Meeresboden. Der Bug eines Dampfers. »Es packt mich jedes Mal, sie aus der Dunkelheit auftauchen zu sehen wie ein Geisterschiff.« Männer, die aus den Luken der Kapsel blicken. Abenteurer. Forscher. Ein Roboter wird aus dem U-Boot gelassen, fängt mit seinem Kameraauge Versunkenes ein: die Flügeltür zum Salon – modriges Holz, auf Augenhöhe ausgespart und mit geschwungenem Gitterwerk verziert; ein halbkugelförmiger Luster; ein Damenstiefel im Sand; eine Brille, der ein Glas fehlt; das bleiche Gesicht einer Porzellanpuppe; die Holzvertäfelung, an der ein Fisch vorbeischwimmt; das zerfallende Klavier. Alexandru wird nervöser – er sitzt schließlich direkt hinter dem Fahrer. Auf dem gefährlichsten Platz. Vergeblich hat er gehofft, die Wetterwarnungen wären unbegründet ausgegeben worden. Er fürchtet, der Bus könnte ins Schleudern kommen, der Fahrer das Steuer verreißen, im Straßengraben landen … Zwischen den Windspitzen, die ihn jedes Mal kurz bremsen lassen, lenkt dieser, als nähme ihm kein Schneefall die Sicht, als wäre der Untergrund staubtrocken. Wozu die Raserei? Unpünktlich sind sie so oder so. Wenigstens fährt der Bus an der Tankstelle vorbei. Alexandru weiß, dass die Schlechtwetterpause, die üblicherweise eingelegt wird, um Karosserie und Scheiben zu putzen, erst bei Huedin stattfindet. Wenn die anderen Huedin erreichen, wird er bereits zu Hause sein.

Ein Safe, der geborgen wurde – und nun mit einer Trennscheibe geöffnet wird. Auf dem Forschungsschiff namens Keldysh: euphorisch-zuversichtliche Stimmung. Der Expeditionsleiter greift in den Safe, wühlt im Schlamm – doch seine Hände ziehen nur aufgeweichte Banknoten heraus und anderes Papier, keinen Diamanten. Vorher war die Straße noch von Bäumen und Feldern gesäumt, seit einem halben Kilometer reiht sich eine Wechselstube an die nächste – Vorboten der Grenzstadt Oradea. Die meisten haben ihre Rollläden geschlossen. Grellbunte Schilder und fette Schriften verraten, ob nur

Währungen gewechselt oder auch Gold, Silber und andere Wertgegenstände angenommen werden. Allerdings haben die wenigsten der kleinen Läden zu dieser Uhrzeit für Reisende – bzw. für ihre Valuten – geöffnet. Fünf Minuten Pause. WECHSEL 24/7 CASH ONLY – Daiana wird morgen in Cluj wechseln, vermutlich zu einem besseren Kurs. Sie sucht die Toilette auf, ein paar andere Frauen folgen ihr. Am Schalter stehen Mihai, Alexandru, Istvan und Petru. Ein Betrag, ein Ausweis, eine Zählmaschine. Eine weiche Währung, von der niemand mehr haben möchte, als für den täglichen Gebrauch nötig ist. Aber auch nicht weniger als die Summe, mit der es sich über die Feiertage kommen lässt. Ein Haushalt, mit alten Fotos auf der Kommode, Antiquitäten, Wandteppichen. Üppigen Grünpflanzen. Einer Veranda. Dort sitzt die greise Rose an der Töpferscheibe, um ihre Finger eine Schicht feuchter Ton, sie formen den Rand einer Schüssel. Im Wohnzimmer ein kleiner Farbfernseher, eine Nachrichtensendung zeigt die Zeichnung aus dem Safe – weiblicher Akt, um den Hals eine Kette, daran ein herzförmiger Diamant. Der Bus biegt ab Richtung Innenstadt, vorbei an Jugendstilbauten, deren Fassaden ausbleichen und abbröckeln. Aus den Fenstern geöffneter und geschlossener Cafés, Bars und sogar Bestattungsunternehmen blinken bunte Leuchtdioden. Der Abschied als Event, das beworben werden muss? Alexandru hat noch Zeit mit dem Begrabenwerden, schon fährt der Bus an dem schönbrunnergelben Bahnhofsgebäude vorbei. Obwohl alles gut ausgegangen ist, beschließt er, das nächste Mal mit dem Zug nach Hause zu fahren. Sucht sein Handy. SMS von Iulia: »Kontaktlinsen gefunden – Bäckerei und Fleischhauer: erledigt, für den Rest dir eine Einkaufsliste geschrieben. Komm gut an. Ich küsse dich!« Noch zweihundert Meter, dann trennt ihn nur noch eine kurze Taxifahrt von ihr – und seiner kleinen Iolanda. Auf einmal kann Alexandru seine Vorfreude, die sich während der ganzen Fahrt nur gedämpft bemerkbar gemacht hat, kaum mehr halten. 10, 9, 8, 7, 6, 5, 4, 3, 2, 1: Schon erblickt er den Busbahnhof! Auch Alina erkennt das Areal wieder – und in einer Ecke, leicht zu übersehen durch die vom Schneefall eingeschränkte Sicht, drei Gestalten: zwei kleinere, untersetztere und eine große, schlanke. Vater, Mutter und ihr ältester Bruder! Alexandru und Alina steigen vorne aus, den Hinterausgang nehmen die beiden Touristen – Oradea ist die erste Station ihrer Reise, später wollen sie weiter nach Cluj, Sibiu, Braşov. Als die anderen bereits ihr Gepäck an sich genommen haben, kommt der Leiharbeiter aus der vorletzten Sitzreihe die Stufen herunter, kramt die Zigaretten aus der Jacke, zündet sich eine an, erst nachher holt er seine Reisetasche. Heuer hatte er von Oradea aus keine Stelle gefunden, deshalb fuhr er nach Cluj. Ging die Strada Horea entlang. Vom Bahnhof kommend, bog er bei der Synagoge links ab. In einer kleinen Seitenstraße fand er das schöne Gebäude mit dem Logo der Zeitarbeitsfirma – das Büro war gepflegt und sauber, als verspräche es ihm einen ebensolchen Arbeitsplatz. Glasfronten, helle Böden und scheinbar unbenutzte Sessel. Er hatte Bedenken, sich auf einen davon zu setzen, als ihm die Vermittlerin mit dem roten Lippenstift anbot, Platz zu nehmen. Auf dem zweiten Fenstersitz in der vorletzten Reihe wartet ein anderer Leiharbeiter auf die Weiterfahrt nach Cluj. Der andere kennt das Gebäude, die Glasfronten und das Interieur, genauso wie die Verlegenheit und das Gefühl, schäbig zu wirken an einem so gepflegten Ort.

Das Kamerabild des Wracks verwandelt sich in einem fließenden Übergang in ein Passagierschiff, das im Hafen bereitsteht, auf dem Bug werken Matrosen. Die aufgewirbelten Schlammflocken verschwinden, Ozeanwasser wird zu strahlend blauem Himmel. An Deck: zahlreiche Menschen, sie winken mit Hüten. Aus einem Automobil steigt Kate Winslet, die junge Rose DeWitt Bukater; ihr Hut ist violett und perfekt auf das Kostüm abgestimmt. Mit arrogantem Blick erklärt sie ihrem Verlobten Cal, sie verstehe nicht, wozu die Aufregung. Dann fällt das Schlagwort: unsinkbar. Reisende dritter Klasse werden am Kai auf Läuse und faule Zähne inspiziert. Die Hunde einer eleganten Dame dürfen einsteigen, ohne dass man sie gefilzt hätte. Fracht wird verladen. Ioan will Adrian um die Pakete schicken – er sei schließlich schon länger im Dienst – dieser meint, das Ausladen sei Aufgabe des Beifahrers. Ioan, eine Zigarette im Mundwinkel, sucht nach den drei Frachtstücken, auf denen groß ORADEA steht. Lässt einen Fluch los, als er nur zwei der Adressaten neben dem Abfahrtsplatz erblickt. Das erste Paket, das er anbringt, ist auch das erste, das er in Wien entgegengenommen hat. Es stammt von der Familie, die kollektiv am Busbahnhof auf seine Abfahrt gewartet hat. Der Adressat: ein schüchterner, circa 14-jähriger Bub – Ioan denkt: Hoffentlich ist der Kleine nur Enkel, Neffe oder Nachbarskind, das dem Großvater, der Tante, der Cousine das Geschenk bringen wird. Wobei: Es werden auch noch jüngere Kinder ohne Obsorge gelassen. Zurückbleiben: hart für Erwachsene, aber für diesen Halbwüchsigen? Er stellt sich vor, Marina und er gingen fort und Cosmin wäre alleine. Schüttelt sich, um den Gedanken wieder loszuwerden. Wünscht dem fremden Teenager frohe Weihnachten. Als zweites holt ein junger Vater – oder Onkel? bester Kumpel? – die Babybadewanne ab. Die dritte Lieferung ist ein kleiner Karton. Darauf steht eine Nummer: +40 770 215762. Ioan wählt. Niemand hebt ab. Mailbox: *Yes I am, I'm a very busy man / My words flow forth with or without line of land / Mile after mile with my trusty steed at hand / My car phone, my car phone* – Ioan hinterlässt eine Nachricht, er sei in Oradea. Wartet eine Zigarettenlänge. Kein Rückruf. Das Paket wird im Laderaum bleiben, die Kollegen werden es ausliefern, sobald sie mit dem Bus wieder aufbrechen Richtung Westen. Ob vor oder nach Weihnachten? Ihm kann es egal sein. Als die Dampfpfeife ertönt, sitzt Leonardo di Caprio – Jack Dawson – noch in der Hafenkneipe und spielt Karten. Der Einsatz eines jungen Schweden: zwei Tickets für die Überfahrt. Full House: Jack und sein Freund Fabrizio haben die Karten. Fünf Minuten bis zur Abfahrt. Die zwei laufen Richtung Kai, durch die dicht gedrängte Menschenmenge. Die Rampe wird bereits eingezogen, beide müssen über einen knappen Meter Wasser springen. Hafenarbeiter lösen die Taue. Computeranimation: Schiffsschrauben, die sich drehen. Petru lässt seinen Blick durch den Passagierraum schweifen: Die ältere Frau vor ihm schläft. Hinter ihm unterhält sich der Netzwerktechniker mit seiner Sitznachbarin. Die meisten anderen schlafen tief oder sind kurz aufgewacht, als sie festgestellt haben, dass der Bus stehen geblieben ist. Haben gemerkt, dass sie erst in Oradea sind, noch nicht in Cluj. Schreiben eine SMS oder zwei, und schon sind sie wieder am Einnicken. Petrus Handyakku ist leer, am Busbahnhof wird er eine Steckdose suchen müssen. Er sieht aus dem Fenster: der gewohnte Anblick einer Zwischenstation. Die Neugier für das, was es bei Busreisen zu sehen gibt, hat er nach und nach verloren. Zu oft ist er durch Orte wie Oradea gekommen.

Der Asphalt liegt unter einer Schneedecke begraben, er tritt nur zutage, wo Adrians Reifen, Alinas Rollkoffer und die Schuhe der wenigen Angekommenen und Wartenden Spuren gezogen haben. Alexandrus Taxi fährt ein. Der Busbahnhof wirkt ausgestorben. Selbst die Obdachlosen werden sich in das Bahnhofsgebäude zurückgezogen haben, wo die Temperaturen nicht unter den Nullpunkt fallen. Wie Iren auf der Titanic in die USA, brechen heute Rumänen mit Bussen und Schiffen Richtung Irland auf, denkt Petru. Auch ihn hat es bereits nach Dublin verschlagen. Damals ist es allerdings seine eigene Entscheidung gewesen. Keine Familie, die Rechnungen addierte. Einkommen der nächsten Monate veranschlagte. Möglichkeiten gegeneinander abwog. Als Petru nach Irland emigrierte, fuhr er einer Sehnsucht hinterher, die er zum ersten Mal verspürt hatte, als er in Bukarest zu lang an einer roten Ampel gestanden war. Hätte die Ampel schneller auf Grün geschaltet, wäre er über die Straße gegangen, statt dem Gedanken zu folgen, ob anderswo eine bessere Zukunft oder zumindest ein paar gute Jahre auf ihn warteten. Die Rotphase brachte ihn mit vier Umstiegen (drei Bussen und einem Frachtkahn) zu seiner neuen Stelle bei der Spedition. Nach

einem halben Jahr ging es wieder nach Bukarest – nun allerdings mit dem Flugzeug. Er überflog Europa von Nordwest bis Südost, diesen Kontinent, der nach und nach auch seinen östlichsten Einwohnern Reisefreiheit zugestand. Petru hatte sich einen Fensterplatz gesichert, um den Schaumkronen hinter den Frachtdampfern und kleinen Jachten, den Windparks und Badestränden nachsehen zu können. Das Schiff, das beim Einsteigen der vielen Passagiere riesig gewirkt hat: auf einmal klein im Ozean westlich der irischen Küste. Zwei Streifen: dunkelgrauer Dampf in der Luft und Kielwasser im Meer. Befehl des Kapitäns: »Volle Kraft voraus!« Im Maschinenraum geraten die Arbeiter unter Zeitdruck. Die Heizer hat es härter getroffen: Ihr Arbeitsplatz gleicht einem weltlichen Inferno. Die metallenen Kolben der Dampfmaschine bewegen sich auf und ab. Die drei Schiffsschrauben drehen sich schneller.

Kate Winslet in ihrer Rolle als Rose: bei Salongesellschaft, Mutter und Verlobtem. Rose, die dem sinnlosen, berechenbaren Leben entkommen möchte. In roter Festrobe rennt sie gegen die Fahrtrichtung, auf das Heck zu. Eine Lage schwarzer Spitze legt einen Hauch von Trauer über ihr Abendkleid – die Schleppe hält sie in der Hand, um beim Laufen nicht zu stolpern. Sie klettert die Reling hoch. Steht auf der anderen Seite, über den Schiffsschrauben. Wie eine rückwärtsgewandte Galionsfigur mit gebrochenem Blick. Hinter ihr taucht Jack auf. Sie: Er dürfe sich nicht nähern – sie würde loslassen. Er: macht ein paar Schritte auf sie zu, wirft seinen Zigarettenstummel über Bord. Nahaufnahmen: Eine Hand nimmt die andere. Roses Füße, in kirschroten Stöckelschuhen, drehen sich an der Heckkante. Beim Versuch, zurückzuklettern: Stolpern über die Schleppe. Greenbox: Rose hängt in der Luft, kreischt, wird von Jack über die Reling gehievt. Sie fallen zu Boden, er landet auf ihr. Was für die herbeigelaufenen Matrosen und den Verlobten aussieht wie der Versuch einer Vergewaltigung, erklärt Rose als Unfall. **Vor fünf Jahren haben Szenen wie diese Katha gerührt. Mittlerweile widert es sie an, wenn sie verkitschte Darstellungen emotionaler Notlagen in Filmen** sieht oder in Büchern liest. Sie blendet die Handlung auf dem Bildschirm aus und konzentriert sich auf ihre Musik: *I've put my trust in you / Pushed as far as I can go / And for all this / There's only one thing you should know …* Einen echten Selbstmord könnte kaum jemand verhindern, weil er meist im Verborgenen durchgeführt wird – und wenn, dann nicht auf romantische Art und Weise. Sie erinnert sich an zwei Männer in Uniform, die nicht mit ihr, sondern miteinander sprachen. An eine Infusionsflasche und unzählige Schichten Verband. Eine Trage. Den Abtransport Richtung Krankenhaus. Keine vielsagenden Blicke, keine sanften Worte, schon gar kein Halten ihrer Hand (eine Berührung, die das Retten liebevoller macht, allein deshalb wird das Drehbuch für Rose weder Gift noch das Öffnen von Blutgefäßen vorgesehen haben). Statt eines emotional beteiligten und sexuell interessierten jungen Mannes wollte ein bärtiger Arzt mittleren Alters Kathas Vorgeschichte hören. *I tried so hard and got so far / But in the end it doesn't even matter / I had to fall to lose it all / But in the end it doesn't even matter …*

Untertitel: »Warum kann ich nicht wie du sein, Jack? Einfach aufbrechen Richtung Horizont, wann immer mir danach ist.« Ein Plan für die Zukunft: Sie werden gemeinsam zum Pier in Santa Monica gehen, billiges Bier trinken, Karussell fahren, bis ihnen das Bier wieder hochkommt. Rose wird von ihm reiten lernen wie ein Mann, breitbeinig, Tabak kauen wie ein Mann, und: spucken wie ein Mann. Jack wird ihr nur durch Zufall zur Unabhängigkeit verhelfen. Ohne den Untergang des Schiffs und seinen baldigen Tod könnte sie nicht unbemerkt verschwinden – zumindest nicht alleine – und in Folge kein selbstbestimmes Leben als Schauspielerin führen. Die Geschichte müsste nicht über Leichen gehen, wenn nicht historisch überliefert wäre, dass die Titanic gesunken ist, und Rose sich nicht an Jack gewendet hätte, sondern an Molly Brown – die hätte bestimmt gewusst, wie sie ihren Verlobten Cal auch ohne Katastrophe losgeworden wäre. Molly, selbst neureich, ist es, die Jack mit einem Frack ihres Sohnes aushilft. Denn Jack darf der Bourgeoisie beim Dinner Gesellschaft leisten: ein kleiner Dank für die Rettung der Verlobten. Er könnte fast als Geldadel durchgehen, jedenfalls wirkt er nicht arm. Nur: Roses Mutter weiß Bescheid und lässt auffliegen, dass Jack zur Unterschicht gehört. Champagner und Kaviar, unübersichtlich viel Besteck. Schnitt: Als Nächstes gibt es Brandy für die Herren, Jack entschuldigt sich. Cal im Untertitel: »Vermutlich besser so. Es geht um Geschäft und Politik und dergleichen – das wird dich nicht interessieren.«

Petru betrachtet die Sitze im Bus, die mit violettem Samt bezogen sind. Die Armlehnen aus schwarzem Plastik. Die kleinen Bildschirme. Fast wie im Flugzeug. Ein Wachtraum: Er sitzt wieder im Airbus, über einer von Bundesstraßen und Streusiedlungen durchzogenen Hügellandschaft. Deutschland, vielleicht auch schon Österreich. Neben ihm eine Touristin – Bukarester Oberschicht, vermutlich noch aus der früheren Bürokratenkaste. Sie ist um die fünfzig, elegant gekleidet. Er in Jeans und Pullover, auf seinem Schoß eine zusammengerollte Windjacke, das Gesicht gewaschen, aber unrasiert. Sie liest in einem englischen Roman. Hebt den Kopf, blickt ihn irritiert an, fragt – leise und diskret genug, dass es die Umgebung nicht mitbekommt: »Ihr Herz klopft zu laut, es wäre sehr freundlich, wenn Sie die Lärmbelästigung einstellen. Ich habe ja für gewöhnlich nichts gegen Vitalfunktionen einzuwenden, aber diese monotone Abfolge dumpfer Schläge …« Petru flieht durch den Gang, bleibt neben der Toilettenkabine stehen, bis ihn die Stewardess fragt: »Ist Ihnen nicht wohl? Kann ich Ihnen behilflich sein?« Er wendet sich ab, sucht einen Sitzplatz, findet ihn neben einem jüngeren Ungarn. Dieser ist konservativ gekleidet, auf jeden Fall mit Studienabschluss, MBA oder MSc, er rückt ein paar Zentimeter von Petru ab. Dreht den Kopf in seine Richtung, fragt: »Könnten Sie nicht anderswo atmen – oder besser noch: damit aufhören? Ich verstehe Ihr Bedürfnis, sich am Sauerstoff gütlich zu tun … das tun wir schließlich alle ab und zu. Ich bin kein Unmensch und habe mich selbst schon beim Atmen erwischt. Aber: der Luftzug würde mir eine Erkältung bescheren. Und an Bord ist Sauerstoff rar – da müssen Sie schon Verständnis haben.« Petru steht auf, bleibt vor dem Cockpit sitzen, heraus tritt der Pilot, der ihn durch eine winzige Luke mitnimmt in den Frachtraum, von dort geraten sie in einen Gang – und schließlich an Deck eines Frachtdampfers. Petru führt die Hand ans Herz: Es klopft wie von Sinnen.

Gegeneinladung an Rose: Die Party findet im Zwischendeck statt. Zu Geigen, Dudelsack, Mandoline und Trommelmusik tanzen die Tagelöhner und Dienstbotinnen, die Abenteurer und Emigrantinnen. Verwischter Übergang: Frühstück. Heftiger Streit mit Cal. Rose: »Ich bin kein Vorarbeiter in einer deiner Mühlen, dass du mich herumkommandieren kannst.« Er fordert Respekt, den er mit seiner forschen Art nicht erhalten wird. Wirft den Tisch um. Geht ab. Rose mit dem Zimmermädchen. Sie stellt als Unfall dar, was kein Unfall gewesen ist – wie schon zuvor, als sie fast über Bord gegangen wäre. Rose atmet hastig. Greift sich ans Herz. Eine leichte Panikattacke? Trotzdem: Die Etikette wird gewahrt. Es ist Zeit zum Umziehen. Trudy zieht an den Schnuren von Roses Korsett. Herein kommt die Mutter, sie schickt das Zimmermädchen fort. (Die Mutter in Schwarz, Rose im weißen Korsett.) Schnürt weiter, reißt dabei derart fest an, dass Rose die Luft wegbleibt. Redet der Tochter ins Gewissen. Die Ehe mit Cal sichere das ökonomische Fortkommen der Familie. Der Vater tot, das Geld verbraucht. Nur noch der Name, um Kapital daraus zu schlagen. Petru denkt, die beste Position im Leben wäre folgende: ein Mann und reich zu sein – im Idealfall von Geburt an. Sich von der Mutter verwöhnen lassen, in einer warmen und geräumigen Wohnung aufwachsen, mit Eltern, die viel Zeit haben. Und Geld für Modellautos, Lego, Computerspiele. Eine Jugend mit fettem Taschengeld und ohne viel elterliche Kontrolle, das Lyzeum besuchen. Dann studieren, in einem Untermietzimmer wohnen statt im Sechsbettzimmer eines

Studentenheims. Noch später einen sicheren, sauberen Job finden und eine Frau, die einen umsorgt.

Rose im blauen Kleid, beim Tee mit der Mutter und deren Bekannten. Ihr Gesicht: lethargisch und starr. Sie dreht den Kopf zur Seite, nur ganz leicht, ihr Blick fällt auf die Dame am Nebentisch und das Kind, das einen Hut mit Schleife und Federn trägt und die kleinen Finger abspreizt beim Ablegen der Serviette auf dem Schoß. Schnitt. Jack allein am Bug, Rose tritt von hinten an ihn heran. Er positioniert ihren Körper an der Spitze des Schiffs. Rose hält die Augen geschlossen, breitet die Arme aus. Er hält ihre Hüfte, sie öffnet die Augen. Die untergehende Sonne leuchtet ihr ins Gesicht. Berührungen der Hände. Seine Nase dicht an ihrem Ohr. Ein Kuss. Ihre Hand in seinem Nacken. Das Paar verschwimmt zu geisterhaften Schemen, das Schiff zu einem Wrack, der Himmel zur Tiefsee. Das blassgelbe Tuch um Roses Arme wird weiß wie ein Leichentuch, dann lösen sich die beiden im Wasser auf. Elenas Schlaf ist leichter geworden – es ist die Phase, in der ihr Kopf überall ist, nur nicht in diesem engen, stickigen Bus. Für den Moment ist sie auch nicht über sechzig. Ihr Mantel aus der Vorwendezeit hat die Fabrik noch nicht verlassen, eine politische Wende scheint undenkbar. Die Katzen, die gestorben und ausgestopft in ihrem Kleiderschrank hausen, sind noch nicht geboren worden. Sie ist wieder jung. Steht in der Küche des Elternhauses und probiert ihr Erstkommunionkleid an, ein Sonnenstrahl fällt durchs Fenster und landet auf dem blütenweißen Stoff. Sie trägt Blumen und schwenkt Fahnen bei Paraden. Sitzt in der Schulbank und fühlt sich wie die kleine Meerjungfrau, die an Land möchte. Sie selbst sehnt sich in eine der größeren Kreisstädte der Umgebung – in eine andere Welt, mit beheizten Wohnungen, Kinos, Kaffeehäusern und Boutiquen. Gütern aus dem Westen. Ansehnlichen und elegant gekleideten Männern statt der Bauernburschen aus den umliegenden Dörfern. Sie stöckelt mit den Kolleginnen durch die Gänge der Universität, zur Straßenbahn oder zu Fuß ins Studentenheim. In die Vorlesungen ihres Lieblingsprofessors, bis dieser strafweise an eine Schule in der Provinz versetzt wird. Ab diesem Zeitpunkt in die Lehrveranstaltungen, die einen billigen Schein versprechen. Wenn Elena wach ist, weiß sie genau, dass sie nicht mehr leben könnte wie eine junge Frau. Allein, dass sie Computern noch immer skeptisch gegenübersteht. Sich erst einen zugelegt hat, als fast alle schon einen besaßen. Auch, dass sie nie freiwillig Fotos von sich ins Internet stellen würde und beim Abrufen der Mails glaubt, Papier rascheln zu hören, unterscheidet sie von denen, die heute Mitte zwanzig sind.

Die vor einem knappen Jahrhundert gesunkene Holzvertäfelung wird herangezoomt, das Wasser verschwindet, der Lack glänzt braun und die Verzierungen golden. Durch die Tür kommen Jack und Rose. Er soll sie malen: nackt bis auf die Kette mit dem herzförmigen Diamanten an ihrem Hals. Ihre Hand zieht den Kamm aus ihrem Haar. Die roten Locken fallen nun frei. Schnitt: Er rückt den Diwan zurecht. Spitzt seine Graphitmine. Abwechselnd ihr Gesicht, ihr Körper, sein Gesicht und seine zeichnenden Hände. Sind es seine? – Leonardo di Caprios Hände haben in den vorangegangenen Szenen jünger ausgesehen. Zuerst zeichnet Jack Linien und Schraffuren. Montagetechnik: klarer Schnitt, nächstes Bild. Je mehr er beginnt, Konturen zu verwischen, desto stärker werden Überblendungseffekte eingesetzt. Elena hat nie begriffen, warum sexuelle Annäherungen dargestellt werden, als wären sie die schönste Sache im Leben einer Jugendlichen. In ihrer Vergangenheit handelte es sich meist um etwas, das mit ihr geschah. Um Männer, die sie aussuchten. Ein leer stehendes Zimmer organisierten oder ein Auto, um damit in den Wald zu fahren. Kurzfristiges Vergnügen suchten oder eine längerfristige Versorgungsgemeinschaft. Versprachen aufzupassen, was nicht alle von ihnen schafften. Bestenfalls – wie der Vater ihrer Tochter – passable Liebhaber waren. Keine Lichtgestalten wie der Filmheld, der sich in einer guten Stunde opfern wird für seine Angebetete.

Auf der Flucht vor Cals Kammerdiener geraten Jack und Rose in den Heizraum, laufen vorbei an Dutzenden Männern mit geschwärzten Gesichtern, die Kohlen schaufeln. Im orange-gelben Schein der Öfen wirkt die pastellviolette Seide von Roses Kleid weiß. Es weht in der heißen Luft, wird durch Lichtverhältnisse und Bewegung feierlicher, als es ist. Adrian hat kaum Gegenverkehr – außer Lastwagen und einzelnen PKWs, die auf Langstrecke fahren wie er. Vielleicht auch den einen oder die andere, der oder die zur Frühschicht in die nächste Stadt muss. Die Brautnacht wird vorgezogen – und Roses Verlobter ist nicht der daran beteiligte Mann. Im Laderaum findet sich ein Auto mit unversperrter Tür. In dem geschlossenen Abteil hinter dem Fahrersitz: Küsse, Berührungen. Schnitt: Das Schiff im nächtlichen Atlantik. Dann: Kamerafahrt im Laderaum, hin zu dem Wagen mit den inzwischen angelaufenen Fenstern. Eine Hand, die auf der Heckscheibe Halt sucht und eine verwischte Spur hinterlässt. Jack liegt verschwitzt und glücklich auf Rose. Minuten später rammt das Schiff den Eisberg. Bald geht die Straße nicht mehr gerade durch die Felder – ihr kurviger Verlauf zeigt an, dass sich nördlich und südlich der Fahrbahn das Hügelland als Vorläufer der nahen Gebirgsgruppen erhebt. Adrian gähnt – er darf nicht schläfrig werden, nicht jetzt. Dreht das Radio lauter, um munter zu bleiben. *I've been hearing symphonies / Before all I heard was silence / A rhapsody for you and me / And every melody is timeless* – Mit der Musik hat er einige Passagiere aufgeweckt, so auch Dan, der in der zweiten Reihe sitzt, vor Lavinia und neben seinem Bruder Toma. Dan kehrt von einer erfolglosen Arbeitssuche in Wien zurück. Er hat in allen möglichen Bereichen gesucht: Handel, Lager, Produktion, Reinigung. Hat gehofft, dass Toma ihn bereitwillig auf der Couch schlafen lässt, bis er sich eine eigene Wohnung leisten kann. Nicht nörgelt, wenn er ausnahmsweise im Wohnzimmer raucht oder fragt, ob er sich zwanzig Euro ausleihen könne. Hat nicht damit gerechnet, dass ihm seine erste Betreuerin beim Arbeitsmarktservice nahelegt, die Möglichkeiten in seinem Heimatland auszuschöpfen, und er dem Ratschlag Folge leisten, in einen dieser scheußlichen Busse nach Cluj steigen und zurückfahren würde. *And now your song is on repeat / And I'm dancin' on to your heartbeat* – Adrian drosselt das Tempo, merkt, dass der Motor wieder deutlich mehr ruckelt als zuvor. Bis Cluj muss er noch kommen. Dort kann er in der Firmenzentrale – Halt! Was war das? Der Motor stirbt ganz ab, in der Kurve. Adrian lenkt hastig, um nicht im Straßengraben zu landen, schaltet die Warnblinkanlage ein. Steigt auf die Kupplung, schaltet. Der Bus ist noch nicht ganz zum Stehen gekommen, da fährt er schon wieder. Ioan ist aufgewacht, ruft: »Vorsicht!« Als hätte Adrian nicht begriffen, dass Vorsicht angebracht ist.

Nachts an Deck: Nur Mr. Murdoch, der Wache hält, das Liebespaar und zwei Späher im Krähennest. Aus der Dunkelheit taucht der Eisberg auf. Notruf der Späher, Mr. Murdoch schlägt Alarm. Der Steuermann dreht das Steuerrad hektisch nach links, Mr. Murdoch stellt die Maschinentelegraphen auf Linkskurve. Arbeiter rennen durch den Maschinenraum. Heizer schließen die Öfen. Erst kommen alle drei Schiffsschrauben zum Stillstand, dann dreht die rechte Schraube nach links. Die Titanic scheint rechtzeitig zu wenden, der Bug gleitet am Eisberg vorbei. Doch unter Wasser reißen Eiskanten die Seitenwände auf. Durch die Schlitze in den Wänden schießt Wasser in den Laderaum, in den Heizraum. Arbeiter werden von der Flut mitgerissen; als die Schotten dicht gemacht werden, sind die letzten von ihnen die ersten, die ertrinken. In die Kabinen der Reisenden dritter Klasse dringt bereits Wasser. Menschen folgen den Ratten beim Versuch, aus dem überfluteten Zwischendeck zu gelangen. Adrian muss durch die kritischsten Stellen lenken, bevor er Huedin erreicht. Er weiß, dass gleich die engsten Kurven kommen, sieht schon Schilder, auf denen 30 steht. Langsam hebt auch der Berufsverkehr an – ihm kommt ein Scheinwerferpaar entgegen, noch eines. Ein Funker soll den Morsecode CQD ausgeben. Adrian hätte vorher schon einen Ort suchen sollen, um stehen zu bleiben. Ein Pannendreieck aufstellen. Auf einen anderen

Bus – schlimmstenfalls: den Geisterbus – warten. Ein Funker soll den Morsecode CQD ausgeben. Erneut stirbt der Motor ab, diesmal weniger abrupt als zuvor. Adrian schaltet die Warnblinkanlage ein, gibt Gas, schaltet in den zweiten Gang. Zum Glück hat der Motor – oder ist es die Elektronik? – während einer geraden Steigung versagt, und nicht etwa in einer Serpentine! Am Wegrand steht ein Autostopper, mit einem alten Rucksack vor sich auf dem Boden und einer Zigarette im Mundwinkel. Er wirkt nicht so, als könnte ihm die Kälte oder der Schnee etwas anhaben. Streckt den Daumen heraus – Handschuhe trägt er keine. Adrian fährt weiter. Ein Funker soll den Morsecode CQD ausgeben. Die DVD hängt. Es kommen weitere Menschen auf den Bus zu, einer stellt sich auf die Straße, die anderen tun es ihm nach. Ein Funker – Ein kleiner roter Hund läuft unter die Räder. Bleibt in einer Blutlache liegen. – soll den Morsecode – Die menschlichen Wesen sind ausgewichen und dem Bus auf den Fersen. – CQD – Beschleunigen kann Adrian nicht. – ausgeben. In der zweiten Reihe läutet ein Handy. Klingelton: Hahnenschrei. Es ist Tomas Wecker, der in Österreich Tag für Tag klingelt, eine Stunde vor Schichtbeginn. Hier und heute bräuchte er ihn noch nicht zu wecken. Aber er hört ihn sowieso nicht. Das Krähen weckt nur Silviu, Sven, Lucia, Lavinia und ein paar andere, die im vorderen Teil des Busses sitzen. Und: Die seltsamen Wesen sind vom Straßenrand verschwunden. Ein Funker. Der Wecker läutet erneut. Soll. Ioan nimmt die DVD aus dem Gerät – »Du hättest jetzt Besseres zu tun«, denkt Adrian voller Groll. Ioan zuckt mit den Schultern. Reinigt die DVD mit seinem Brillenputztuch, legt sie wieder ein. Kein Dreck auf dem Datenträger kann das Schiff, kann den Bus mehr vom vorgesehenen Weg abbringen. Das Läuten von Tomas Wecker – ein drittes und letztes Mal kräht der Hahn. Ein Funker soll den Morsecode CQD ausgeben. Matrosen decken die Rettungsbote ab, lösen die Taue. Passagiere stehen in Rettungswesten im Salon, die Kapelle spielt, als wäre nichts geschehen. Durch die Menge geht Mr. Andrews, Konstrukteur der Titanic – er behält das Wissen um den bevorstehenden Untergang für sich, er darf keine Massenpanik an Bord auslösen.

Die Bordkapelle spielt einen Hochzeitsmarsch. Ein Bediensteter rennt mit Rettungswesten durch die Gänge des Zwischendecks. Der Aufgang für Reisende dritter Klasse ist von Eisengittern versperrt. Die ersten Passagierinnen erster Klasse werden bereits vom Bootsdeck abgeseilt. Frauen und Kinder zuerst. Eine Notrakete steigt auf. Jack steckt in einer Kabine fest, mit Handschellen an ein Eisenrohr gekettet – er soll ertrinken als Strafe für einen Diebstahl, den er nicht begangen hat. Roses Mutter fragt, ob die Rettungsboote nach Klassen getrennt seien. Rose steigt nicht zu ihr ins Boot, reißt sich von Cal los, der sie festhält. Untertitel: »Eher bin ich seine Hure als deine Frau.« Katha könnte sich unter Umständen mit der Figur identifizieren. Es geht schließlich darum, ein selbstbestimmtes Leben zu führen. Ihr hätte es gefallen, in Cluj zu bleiben. Zeit mit Levente zu verbringen. Am Ufer des Someş zu sitzen oder auf einer Parkbank. Abzuwarten, ob sich aus der gegenseitigen Sympathie eine feste Beziehung entwickelt. Kunstgeschichte zu inskribieren oder Theologie. Ihre vertraute Umgebung. Die beste Freundin in Fußweite. Dass Kathas Familie einen Umzug plante, erfuhr sie als letzte – nach Satu Mare, dieser Kleinstadt, die ihr nichts bot außer gelegentlichen Kontakt mit weitläufigen Verwandten. Sie hätte bleiben wollen. Notfalls alleine. Ins Wohnheim ziehen, ein Kompromiss – auch wenn ihr der Verlust ihres Zimmers, der elterlichen Wohnung und der Nähe zum Waldrand nicht gefiel. Der Vater verstand sie. Die Mutter warf ihr vor, dass die Schwester im Gegensatz zu ihr keine Schwierigkeiten mache. Wenn der Vater anderswo Arbeit fände, ziehe sie mit ihm fort. Und sie ginge einem Beruf nach. »Ich bin nicht meine Schwester!«, rief Katha. Die kommenden Wochen drehten sich um das, was sie war, was sie sein sollte; Türen wurden zugeworfen; Kathas Schwester las heimlich die SMS, die Levente geschrieben hatte. Ihre Mutter erklärte ihr jeden zweiten Tag, sie bräuchte sich nicht einbilden, es würde sie jemand beim Studieren oder ähnlich brotlosen Angelegenheiten unterstützen. Die Familie zog nie nach Satu Mare. Katha war es, die fortzog. Nachdem es ihr nicht gelungen war, sich aus dem Leben zu stehlen, konnte sie schon gar nicht in ihrer Umgebung bleiben. Sie hatte in einem Ratgeber gelesen, wer Schiffbruch erleidet, muss manchmal anderswo unterkommen. Untertauchen. Bis die Wogen sich glätten und wieder alles ruhig, schön und friedlich ist. Für längere Zeit. Am besten so weit weg wie nur möglich. Das E-Deck steht bereits unter Wasser. Es dringt durch den Stiegenaufgang, steigt in den Gängen schnell hoch. Dazwischen Rose, die Jack findet, aber keinen Schlüssel für seine Handschellen. Kein Mensch da, der ihr helfen könnte – sie befreit ihn mit einer Axt.

Wer in den Booten sitzt, die bereits weggerudert sind, sieht das Heck aufsteigen. Auf dem sinkenden Schiff rennen Menschen nach oben. An Backbord: Eine riesige Menschenmenge um das vorerst letzte Boot. Panik. Gewalt. Rose wird hineingehoben, klettert ein Deck weiter unten wieder auf das sinkende Schiff. An der Stiege, die zum Salon führt: die letzten Menschen auf dem Weg ins Freie; einige hastig, andere lethargisch, als hätten sie sich mit dem Tod abgefunden. Cal wartet am Geländer, beginnt mit der Pistole seines Kammerdieners auf Jack und Rose zu schießen. Flucht durch das geflutete B-Deck: ein Raum, in dem geflochtene Korbsessel schwimmen. Der Speisesaal, Sessel und Tische beginnen zu treiben auf der steigenden Wasseroberfläche. Porzellan stößt aneinander. Kurz vor Huedin: Ioan sieht die Lichter der Tankstelle. Ruft Adrian zu, er müsse abbiegen. Widerwillig kommt der Tankwart angestapft – er hat vermutlich drinnen gedöst. Muss mit dem Schlauch anrücken. Ein Schwall kalten Wassers über die Windschutzscheibe und die Vorderseite der Karosserie. Adrian schaltet die Scheibenwischer ein. Im Uhrzeigersinn geht der Tankwart mit dem Schlauch um den Bus herum. So werden Schnee und haften gebliebener Dreck von den Scheiben und dem Lack gewaschen. Der Schwall erzeugt das Bild von Starkregen, der sich über die Fenster ergießt. Ein zweiter

Rundgang mit dem Schlauch. Nun zaubert der Wasserstrahl Eisblumen an die Fenster: kleine Kristalle, geometrische Muster. Farne und Pfauenfedern, riesenhaft vergrößerte Schneeflocken. Dazwischen ein paar Nelken und gitterartige Linien.

Als die Ornamente von den Scheiben geschmolzen sind, kann Petru seine Augen nur mehr an schlafenden Gesichtern und am Inventar des Busses festhalten – oder er schaut auf den Film, den er früher einmal auf Leinwand gesehen hat und mit Ton. Der Bus fährt durch Huedin. In der Dunkelheit glänzen die Zinndächer halb fertiger Romapaläste, wenn der Scheinwerfer sie streift. Nationalistisch gesinnte Vorbeifahrende werden sich innerlich aufregen – obwohl ein extravaganter Palast keine größere Geldverschwendung ist als eine mehrstöckige Villa im klassischen Stil. Aber es geht darum, wer baut. Wem es gelingt, das Geld aufzutreiben. Etwas huscht an Adrian vorbei – eine Katze, ein Fuchs? Er hat es jedenfalls nicht gestreift. Silvana wird enttäuscht sein, dass er nicht früher in Turda sein kann. Doch die Überstunden werden ausbezahlt – er wird sie vielleicht ins Kino einladen oder zum Abendessen. Die Schiffsschrauben heben sich aus dem Wasser. An Bord predigt ein Priester, eine blonde Frau hält mit einer Hand ihren eingewickelten Säugling, mit der anderen bekreuzigt sie sich. Durch den Salon schwimmt eine Wasserleiche in wallendem Nachtkleid. Porzellan fällt stapelweise aus den Regalen. Die Lichter gehen aus. Das Schiff beginnt auseinanderzubrechen, der Bug reißt ab und versinkt. Das Heck hebt sich in die Luft, bis es senkrecht steht. Einige können sich noch festhalten, andere fallen, überschlagen sich. Der hintere Teil des Dampfers sinkt langsam, die Schiffsschrauben tauchen wieder unter. Jack und Rose klammern sich an das Heck bis zuletzt, als es in Wasserstrudeln untergeht. Schwimmen nach oben. Verlieren sich zwischen Männern und Frauen, die mit den Armen rudern. Jack hievt Rose auf eine im Eismeer treibende Holztür. Das rettende Floß wäre großflächig genug für zwei. Aber die Liebesgeschichte muss tragisch enden – und Jack ist nach dem Gesetz der Wahrscheinlichkeit durch seine Klassenzugehörigkeit zum Ertrinken oder Erfrieren verurteilt, genauso wie Rose von Anfang an prädestiniert war zum Weiterleben, selbst wenn sie es dreimal aufs Spiel gesetzt hat. Obwohl zwischendurch viel Unwahrscheinliches passiert ist, holt ihn seine Herkunft jetzt ein – und sie soll sich allein emanzipieren, was sie in Folge auch tun wird. Der Bus ist in den Berufsverkehr geraten, Ioan denkt an eine Zigarette, während im Morgengrauen die alten einstöckigen Häuser mit den Kastenfenstern und die Molkerei von Floreşti vorbeiziehen. In einem der Boote: Molly Brown hält ein Plädoyer dafür, umzukehren. Es wird abgewartet. Das letzte Gespräch zwischen Rose und Jack. Die sechs Männer auf dem Boot suchen Überlebende, finden nur Leichen. Einen Mann mit Eis im Schnauzbart; einen, der mit dem Gesicht nach unten im Wasser treibt; eine Frau, die ihr totes Baby im Arm hält. Der suchende Scheinwerfer leuchtet Rose ins Gesicht. Sie lässt den erfrorenen Jack los und rettet sich selbst, indem sie einem toten Matrosen die Trillerpfeife aus dem Mund nimmt und mit dem schrillen Ton die Helfer anlockt. In eine karierte Wolldecke gehüllt bleibt sie liegen, bis bei Sonnenaufgang ein Passagierschiff naht, die Carpathia.

In Cluj wird es Tag, ohne dass die Sonne hervorkommt. Der Schnee hat sich auf den Straßen in Matsch verwandelt, durch den sich langsam der Morgenverkehr schiebt. Adrian lenkt am Hauptplatz vorbei, biegt rechts ab. Fährt unter den beiden Betonbrücken durch, von deren Tragflächen lange Eiszapfen hängen, zur Autogara Sens Vest. Die Strada fabricii entlang, die immer noch so heißt, obwohl die Fabriken dichtgemacht haben. Auch die Lokalbahnstation ist noch nach der Schuhfabrik benannt, die einmal für den Export produziert hat. Adrian fährt an schäbigen Kneipen vorbei, an einem Hochzeitspavillon, der deplatziert wirkt an diesem Stadtrand. Bremst ab, um den Straßenköter nicht zu erwischen, der geschickt die Fahrbahn überquert. Immer noch Schneefall, so dicht wie zuvor, und Wind. Die Carpathia läuft in den Hafen von New York ein. Rose, noch immer wie von Sinnen, starrt auf die Freiheitsstatue. In der Tasche des Mantels, den sie trägt: das Herz des Ozeans. Niemand achtet mehr auf den Film, als die greise Rose den Diamanten im Meer versinken lässt. Fast alle haben ihn im Lauf der letzten zwanzig Jahre irgendwann gesehen. Außerdem gilt es, das eigene Zeug zusammenzusuchen, ins Handgepäck zu stopfen und die reale Reise abzuschließen, nicht: sich rühren zu lassen von einer altbekannten Kinotragödie. Auch das bleibt unbeachtet: Die Miniaturvision einer klassenlosen Gesellschaft, die sich im Eingang zum Salon versammelt hat. Dazwischen Rose im weißen Kleid, festlich und bestickt mit Strass, als gäbe es eine Hochzeit zu feiern – und Jack in der Hose, mit der er an Bord ging.

FILMSTREIFEN

Die Autogara Sens Vest liegt knapp drei Kilometer nordöstlich des Stadtzentrums. Am Zaun angebrachte Plastikplanen bewerben Schokolade, Handyverträge, legale Jobs als 24-Stunden-Pflegerin in Deutschland, England, Italien. Auf einem betonierten Areal parken Busse. Menschen in dicken Jacken und Mänteln warten dort auf Pakete; sie haben sich bereits um den pinken Bus mit dem SPERANZA-Logo geschart. Die Linie gilt zwar nicht als pünktlich, aber als zuverlässig genug, um den Fahrern Kisten mit Hausrat und Kleidung oder gar Weihnachtsgeschenke und Wertsachen anzuvertrauen. Neben den Abfahrts- und Ankunftsplätzen eine überdimensionierte Halle, unwesentlich kleiner als das Fußballstadion. Innen sind die Wände weiß gestrichen; Ticketbüros der einzelnen Busfirmen reihen sich aneinander, keines größer als ein paar Quadratmeter. In jedem sitzt eine Angestellte oder ein Angestellter. Nur ein einziger Kunde steht in einem der Büros, er bleibt kurz, um zu rechnen, will billiger wegkommen und wird bald online buchen und an einem anderen Busbahnhof in einen der zahlreichen Geisterbusse steigen. Eine Reihe Plastiksessel. Wer dort Platz genommen hat, besitzt bereits ein Ticket: zu Verwandten in den Norden, Süden, Westen – oder noch weiter ostwärts. In einer Ecke ein Kaffeeautomat, in der anderen die Toiletten. Für die Reisenden des pinken Busses ist die Fahrt zu Ende. Sie sind angekommen – egal ob das eine gute oder schlechte Nachricht ist; ob Angehörige warten, Einsamkeit oder beides; ob der Aufenthalt kurz oder lang dauern wird. Luminița hat den Großteil ihres Lebens in Târgu-Mureş verbracht, wohin sie auch heute zurückkehren wird. Sie bleibt im Bus sitzen, bis die anderen ausgestiegen sind – Eile hat sie nicht. Sie muss nur eine offene Apotheke finden, etwas gegen die Kopfschmerzen holen. Dann mit dem Kleinbus heimfahren zu ihren Kindern. Sie ahnt, dass die ganze Zone um den Busbahnhof einmal Industriegebiet war. Die Einzigen, die sich wundern über das riesige Gebäude für den relativ überschaubaren Betrieb, sind Touristen und Expats. Wer aus Cluj kommt, kann sich erinnern oder weiß aus zweiter Hand, dass die Halle zur Schuhfabrik gehörte. Bald wird sie niedergerissen, Wohnblocks werden an ihre Stelle treten. Die Nachwendezeit lässt neue Plattenbauten aus dem Boden wachsen.

Ioan zieht an seiner Zigarette und sieht den ersten Passagieren beim Aussteigen zu: Vorne kommen der deutsche Student und der Fabriksarbeiter aus Sibiu aus dem Bus. Hinter ihnen die beiden Männer Ende zwanzig, die aussehen wie Brüder. Sven ist überrascht, auf einem nicht improvisierten Busbahnhof angekommen zu sein. Er geht zum Laderaum, seinen Rucksack holen, und sucht im Smartphone nach Directions. Silviu ist mit Handgepäck unterwegs, muss nicht anstehen und macht sich gleich auf den Weg Richtung Ausgang. Dort wartet schon sein Vater, der darauf bestanden hat, ihn abzuholen – mit dem Gebrauchtwagen, den Silviu für die Familie hergerichtet hat. Dan und Toma werden mit dem Taxi nach Hause fahren, schließlich hat Dan einen riesigen Koffer, mit allem, was er geglaubt hat, in Österreich zu brauchen. Toma ist leicht genervt, weil er wieder zahlen muss. Eher wegen des Prinzips als wegen der umgerechnet zwei Euro fünfzig. Die ältere Dame, die ein Kostüm trägt und einen Mantel mit Pelzkragen, tritt aus dem Vordereingang ins Freie, aus dem Hintereingang der Mann, der in der Mitte des Busses, links von den Stufen, gesessen ist. Lucia muss noch ihren Trolley aus dem Laderaum entgegennehmen. Sie wird morgen alleine zur Weihnachtsmesse gehen, wird die darauffolgenden Tage und Wochen genießen, in denen sie sich um niemanden kümmern muss als um sich selbst. Bogdan hebt seine geflochtenen Plastiktaschen herunter, Stück für Stück. Er ist erleichtert, angekommen zu sein, und stapft davon, zwei Taschen in der linken und eine in der rechten Hand.

Als nächster steigt Matei aus, Codruța übergibt ihm die kleine Susana. Die schläft noch halb – sonst würde sie sich vermutlich aufregen. Matei hält sie im Arm und fragt sich, wann sein Freund Theo sie abholen kommen wird und wie es seinem Vater geht. Seltsam, hier befand sich früher ein Teil der Fabrik, in der sein Vater Schuhe herstellte. Und Matei kommt hier an – mit einem Bus, der Menschen ins Ausland bringt und retour, der auf einem Betonfeld parkt, neben der Halle, in der vor nicht allzu langer Zeit noch produziert wurde. Elena steigt aus, in den Schnee und in die frische Luft. Sie kann sich erinnern – eine ihrer Jugendfreundinnen ist nach der Berufsschule hier Näherin geworden, eine andere Vorarbeiterin. Die Fabrik war noch neu; in dreizehn Reihen wurden Schuhe besohlt, in zweiundzwanzig Reihen nähten je vierzig Angestellte. Jung waren sie damals. Als das Werk 1999 schloss, mussten beide lang nach einer Stelle suchen. Die ehemalige Vorarbeiterin konnte, nach fünf Jahren als unfreiwillige Hausfrau, wieder zurückkehren an ihren früheren Arbeitsplatz, da das Werk 2004 mit einem kleinen Team von ehemaligen Mitarbeiterinnen wieder eröffnete. Alt waren sie geworden, alle von ihnen, aber nähen konnten sie noch. Die Freundin erzählte Elena am Telefon stolz von den Stiefeln, den Pumps mit Leoparden-Print und den Ballerinas, die sie nun produzierten – sie wären mit der Zeit gegangen, kaum eine der jungen Frauen trug im Alltag mehr Halbschuhe. Elena wollte ihren Enthusiasmus nicht bremsen, aber sie war skeptisch, ob die Firma einen zweiten Konkurs auf Dauer würde abwenden können. Sie holt ihr altes Nokia-Handy aus der Tasche und ruft ihre Schwester an. Sagt, sie sei hier und steige gleich in die Straßenbahn. Sie wird eine Tasse Tee trinken, in der warm beheizten Wohnung der Schwester, und sich dann im Gästezimmer einrichten. Manchmal spürt Ioan einen Anflug von Neid in den Blicken derer, die bei ihm ein- und aussteigen. Er arbeitet zumindest zwischen hier und dort; sie haben ihre Familie hier, während ihre Arbeit dort ist. Seine Aufgabe ist es jetzt, nachdem er fertig geraucht hat, den Heimkehrenden ihre Gepäckstücke zu reichen. Neben ihm stehen zwei weitere Busse, der eine abgesperrt und das Dach bereits mit Schnee bedeckt, die Scheiben vereist. Der andere ist der Geisterbus, der schon in Wien und bei der Raststätte neben ihnen geparkt war und die gleiche Strecke zurückgelegt hat wie Adrian und Ioan, allerdings in kürzerer Zeit. Er steht links von ihnen, mit gereinigten Scheiben, weiß glänzender Karosserie und offener Tür. Der Fahrer lässt die Musik laufen, während er die Sitzreihen kontrolliert, Papierschnipsel, leere Zigarettenschachteln, PET-Flaschen und anderes entfernt. *I have been so good this year / And all I want is one thing / Tell me my true love is here …*

Oana steigt aus – sie hat den Mantel bereits zugezippt und wartet nur darauf, das erstbeste Taxi zum Bahnhof zu erwischen. Eigentlich hätte sie die Zeit zwischen der Ankunft in Cluj und der Abfahrt des Zuges nach Mediaş lieber bei Carmina überbrückt, aber durch die Verspätung reicht die Pause in Cluj gerade zum Umsteigen. Sie hat absagen müssen. Auch wenn sie nur mehr wenig Kontakt mit Carmina hat, tut es ihr leid, sie hätte die Freundin aus der Schulzeit gerne getroffen. Hinter Oana geht Petru, der seine blaue Mütze aufsetzt und über die Kälte flucht. In England würde es Bindfäden regnen, oder Katzen und Hunde, wie seine einheimischen Kollegen dazu sagen. Aber: Es hätte keine Minusgrade! Petru hat eine Mitfahrgelegenheit nach Bukarest gefunden. Er muss zur OMV-Tankstelle im Osten der Stadt, wo er auf einen orangeroten Opel warten wird. Lisa kommt als Nächste die Treppe herunter, fragt sich, in welchem Stadtteil sie gelandet ist – sie tippt auf Mărăşti oder Bulgaria. Auf der anderen Seite der Stadt würde sie sich auskennen. Dort, wo der Park mit den Kastanienalleen aufhört und ein verlassenes Freibad mit der Aufschrift STRAND zu sehen ist. Vermutlich nicht mehr lange. Irgendwann wird auch dort jemand sogenannte Blocs hochziehen. Wo einstöckige Häuser mit alten Ziegeldächern stehen und nach ein paar hundert Metern die westliche Peripherie beginnt: nur noch Wohnblöcke – diese Wolkenkratzer des Ostens, denen mitunter verglaste Balkone, eine dämmende Styroporschicht und ein neuer Anstrich verpasst wurden. *He's all I want, just for me / Underneath my Christmas tree / I'll be waiting here / Santa, that's my only wish this year …* Ioan öffnet den Laderaum. Reicht Lisa ihren Rucksack. Die bedankt sich, wünscht auf Rumänisch ein frohes Fest. Noch hat Lisa nichts zu feiern – sie muss für eine letzte Besprechung in die Arbeit, und weil ihr eine Verspätung nicht angebracht scheint, wird sie sich am WC des Busbahnhofs die Zähne putzen und sich notdürftig verschönern: Puder, Wimperntusche, Haare mit den Händen durchkämmen. Ioan sucht als nächstes Gepäckstück den Koffer der Familie – mit einem Kleinkind zu warten, kann beschwerlich sein, das weiß er. Da hört er von hinten seinen Namen. Eine vertraute Stimme – nein, es sind zwei Stimmen! Dreht sich um und sieht, in dicke Mäntel gehüllt und mit Mützen auf dem Kopf, Marina und Cosmin. Er freut sich – darf er sich das anmerken lassen, während er Trolleys und Taschen aus dem Laderaum hebt? Petrus Reisetasche. Ioan will die Sachen nicht in den grau verfärbten Schnee stellen, wie das Adrian täte, also wartet er, bis jemand kommt und auf ein Gepäckstück zeigt. Es entgegennimmt. Die junge Frau mit den kurzen, rötlichen Haaren und dem olivgrünen Parka holt ihre Reisetasche; die Frau mit dem schönen Schal und dem zarten Gesicht einen silbern glänzenden Trolley; der große Blonde verlangt mit ungarischem Akzent nach seinem Gepäck. Manuela ruft in der WG an und verabredet sich mit ihrem neuen Mitbewohner an der Endstation der Straßenbahn. Isabella beschreibt ihr den Weg zur nächsten Haltestelle, sie selbst wartet auf ihren Mann, der ihr eben geschrieben hat: »Stecke im Stau. Aber ich komme. Bitte um ein bisschen Geduld! Ich liebe dich!« Istvan hat seine Reisetasche geschultert und schlendert Richtung Zentrum, dort wird ein Minibus an der Piața Avram Iancu stehen bleiben und ihn mitnehmen nach Hause. Zwischen den Gepäckstücken winkt Ioan Marina zu, die allein dasteht. Cosmin ist vermutlich nach drinnen, Schokolade holen oder Ähnliches.

Lavinia zeigt auf einen großen Koffer und einen kleineren, den Mitica an die Mauer rollt. Sich daraufsetzt, um das letzte Level fertig zu spielen. Während Lavinia nervös auf und ab geht und sich fragt, wo ihre ehemalige Schwiegermutter bleibt. Natürlich ist diese immer noch verstimmt wegen der Scheidung. Sie hat ihr nicht erklären können, dass das eine Sache sei, die zwischen ihr und Miticas Vater ausgehandelt werden müsse. »Aber das Kind«, hieß es dann. Oder: »Ratschläge wird man noch geben dürfen.« Mitica ignoriert Lavinias Kommentar über Verwandte, die nicht pünktlich kommen können, wenn sie einmal im Jahr zu Besuch sind. Wie er antworten sollte, ohne für Mama oder Oma Position zu beziehen, weiß er nicht. Er bleibt beim Morden von Zombies, da ist er in seinem Metier. Bäume, Straßenkreuzungen, schrottreife Autos, die herumstehen. Sein Van: Inzwischen voll ausgerüstet. Extra-Scheinwerfer, Panzerung, Rammbock, Scharfschützen. Da! Ein Zombie, der nicht sterben will. Muss er aber. Noch einer, ein dritter, ein vierter. Matsch. Überlebende einsteigen lassen, und los! Mit vollem Karacho. Die letzten Untoten töten. Dann: parken. FINAL SCORE und das Ende der Erfolgsgeschichte: »You are a hero who saved a lot of survivals. Thankful people will name their kids with your name. The sun is shining over the city again.« Tudor steht hinter den beiden, blickt dem Buben über die Schulter. In wenigen Jahren wird sein eigener Sohn in diesem Alter sein, sich teilweise wie ein kleiner Erwachsener und meistens wie ein Teenager verhalten. Computerspiele spielen. Mit den Schulkollegen durch das

Dorf ziehen, bis der Abend anbricht. Er überlegt, endgültig zurückzukehren. Dem Sohn beim Großwerden zuzusehen. Er könnte mit Mihaela sprechen, sie fragen, was sie davon hielte. Den Bruder um Rat bitten, was die Außenseiterposition im Dorf betrifft. Die freien Tage nützen, um sich nach Stellen im Inland umzusehen. Jetzt reizt ihn die Idee, aber er wird sich in den Weihnachtsfeiertagen nicht überwinden. Wird sich weder auf Arbeitssuche begeben noch mit Mihaela reden. Als im neuen Jahr landesweite Versammlungen stattfinden werden, in Bukarest, Cluj und selbst kleinen Kreisstädten, wird Tudor bereits wieder in Norddeutschland sein zum Schlachten oder Zerlegen. Sobald ihn sein Bruder benachrichtigt, wird er allerdings kündigen. Den nächstbesten Bus nehmen. Die Tage bei der Familie verbringen und abends nach Cluj fahren. Zum ersten Mal im Leben demonstrieren, und das täglich, als müsse er alle versäumten Anlässe nachholen, jedes einzelne Mal, dass er auf seine freie Meinungsäußerung verzichtet hat.

Cornel steht draußen, trinkt einen Automatenkaffee und raucht. Er ist müde, aber nicht schläfrig. Vielleicht wird er zum Joggen in den Sportpark gehen. Oder Freunde anrufen und gemeinsam Pizza essen, rumänische Pizza mit weißer Sauce dazu. Andrei blickt in seine Richtung, denkt sich noch einmal, er würde gerne Leben tauschen. Er wird autostoppen bis in sein Dorf. Es wird schwierig, aus Cluj hinauszukommen, danach sollte es leichter gehen. Und: Dass morgen Weihnachten ist, sollte sein Vorhaben erleichtern. Dann wird er für die Familie einkaufen gehen und bei der Gelegenheit die angeschriebenen Rechnungen bezahlen. Andrei streckt sich, dreht sich um die eigene Achse, sieht das blonde Mädchen aus der letzten Reihe. Sie wirkt nervös. Er kann aber nicht zu ihr hingehen und sie fragen, warum. Katha hat soeben ihren Koffer an sich genommen. Schiebt ihn hin und her, geht auf und ab. Blickt auf ihr Handy. Eine Nachricht: »Komme gleich.« Schneeflocken landen in ihrem Gesicht. Sie muss an die Winter ihrer Kindheit denken und an die weißen Weihnachten. An Levente – soll sie ihm schreiben? Einmal sind sie gemeinsam die Gleise entlangspaziert, von der Haltestelle bei der ehemaligen Schuhfabrik bis zum Bahnhof. Es war Sommer – das Gestrüpp am Wegrand zerkratzte ihnen die Beine und die Sonne brannte herunter. Sie kamen an einem Kiosk vorbei, wo sie Salzcracker kauften und Wasser. Spazierten weiter bis zum alten Filmlager: Eine Halle aus Wellblech, eine zweite aus Beton. In beiden: der Boden nicht mehr sichtbar unter verworrenen Filmstreifen; flache Schlangen, die aus den Rollen gerissen waren, sich schwarz und unbrauchbar ineinander verhedderten. Levente hob eine davon auf: Familienszene, offensichtlich eine Komödie der Vorwendezeit, die sein Vater vermutlich gekannt hätte. Katha tat es ihm nach: billiger Action-Film, auch den kannten sie nicht. Einzelne Gesichter auf den Kadern waren ihnen vertraut: Florin Piersic, Toma Caragiu, Stela Popescu. Auch im Hof zwischen den Hallen: kilometerweise Film, zwischen Unkraut und Müll auf dem Erdboden oder wie Lianen von den Bäumen hängend. Ein Kirschbaum. Sie aßen Salzcracker und Kirschen. Katha blickt nach oben, lässt den Schnee auf ihre geschlossenen Augenlider fallen, öffnet die Augen, dreht sich um die eigene Achse. Sieht vom Rand des Betonfelds die Schwester auf sich zukommen. Winkt ihr, unsicher, was sie erwartet. Die Schwester kommt näher, mit schnellem Schritt, fast laufend. Umarmt sie, sagt Hallo, zögert, fragt, ob sie erst einmal in der Innenstadt einen Kaffee trinken sollen, bevor sie sich auf den Weg machen zu den Eltern. Katha nickt.

Lisa beobachtet die beiden Frauen aus ein paar Metern Distanz: die junge, die mit ihr im Bus gesessen ist, und die nicht mehr ganz so junge, die ihr den Rollkoffer abnimmt. Sie fragt sich, ob die beiden Freundinnen sind oder Cousinen, sie könnten auch Schwestern sein. Sie selbst wartet auf das Taxi, das sie eben gerufen hat. Zehn Minuten, hat ihr die Stimme am Telefon entgegengeschnauzt. Zeit, ihr Kreuzworträtsel fertig zu lösen. Ihr fehlt nur noch das letzte Wort und der gesuchte Begriff in der Mitte. 44 senkrecht: »Endlich seien noch ein paar Takte vom Trabbi erzählt«: ZWEI. Mittig fünf Buchstaben, dazwischen ein großes Feld, die Aufgabenstellung: »Im Bild: Eine Pflanze / Zu verwenden: alle Buchstaben in geeigneter Reihenfolge« – BAD – etwas mit Baden? Bade-zimmer? Bade-anzug? – ND. Dazwischen Blüten mit wegstehenden Hüllblättern und Blütenkörbchen in der Mitte: Margeriten? Gänseblümchen? BAD – ? – ND, Badegewand? Badestrand! ESTRA? ASTER, könnte hinkommen. Weil ihr Taxi noch immer nicht da ist, kann sie noch die Lösungen vergleichen: »6 PADDELBOOT 11 ELFER 15 WARTESAAL 18 CARTAGENA, Kolumbien, mit internat. Bio-Safety-Konferenz Feb. 99« – Es hupt. Der Taxifahrer kurbelt das Fenster herunter und fragt nach ihrem Namen. Pichler, antwortet sie. Lässt ihn den Rucksack in den Kofferraum heben und steigt ein. Gibt die Adresse des Instituts an. Daiana sieht, wie die Frau, die hinter ihr gesessen ist, mit dem Taxi davonfährt. Sie selbst wird öffentlich fahren, sie muss zum anderen Busbahnhof, der zwischen dem Bahnhof und dem alten Filmlager liegt. Sie fühlt sich in einer Stadt dann zu Hause, wenn sie sich orientieren kann. Die Sackgassen kennt und die Kreuzungen, bei denen sie ewig auf eine grüne Ampel warten muss. Vorhersehen kann, wie sich der Ort ihr gegenüber verhalten wird. Sie weiß, dass sich Cluj im Sommer an den Langschläferinnen rächt. Dass die Vormittagssonne erbarmungslos jedes Make-up schmelzen lässt und den Wochenendeinkauf zu einer kräftezehrenden Angelegenheit macht. Dass die Winter eisig sind, aber trocken. Regen oder Schnee führen zu noch mehr Stau. Zugleich ist es eine Wohltat, wenn Tropfen oder Kristalle die Luft reinigen. In dieser Stadt, die in einer Talsenke liegt und nicht gebaut wurde für das heutige Verkehrsaufkommen. An Tagen wie heute schluckt der Schnee das Hupen der Autos und das Heulen der Rettungssirenen. In ihrer Studienzeit war es im Winter noch dunkel, wenn sie in ihre Vorlesungen und Seminare musste. Der Sichelmond am Himmel, in der Straßenbahn verschlafene Gesichter und Menschen, die erkältet waren und trotzdem zur Arbeit fuhren. Sie kennt die hässlichsten Seiten der Stadt. Weiß, wo die Klinik für Infektionskrankheiten liegt, der Straßenstrich und das Gefängnis – ein grauer Klotz, der allen Vorbeigehenden demonstriert, dass es für sie von Vorteil sei, sich an die Gesetze zu halten. In Wien kennt sie nur Floridsdorf; ein paar Sehenswürdigkeiten und Museen; vier, fünf Clubs, mit Musik, die zu konventionell ist für ihren Geschmack, wo Kokain angeboten wird wie in Cluj Zigaretten oder Vodka. Daiana findet es jedes Mal etwas schmerzhaft, zurückzukommen und zu wissen, dass sie nur für eine Woche bleiben kann. Aber sie wird ihre Geschwister nicht mit ihren eigenen Emotionen belasten, mit denen sie selbst fertigzuwerden hat – und ihre Mutter schon gar nicht.

Florin steht in der Halle und ärgert sich. Eben hat er die Hotline von SPERANZA angerufen, niemand war am anderen Ende der Leitung. An der Tür des Ticketbüros: ein großes pinkes Schild mit zwei Worten: »Komme gleich!« Sein Anschlussbus ist bestimmt schon auf dem Weg nach Bukarest, sonst stünde er draußen. Und da sind nur drei Fernbusse: ein zugeschneiter ohne Fahrer, daneben jener der Geisterfirma, dessen Fahrer ihm versichert hat, dass er stets bis nach Cluj fahre und ganz bestimmt keinen Kilometer weiter. Und der, mit dem er eben angekommen ist. Der ältere der beiden Fahrer hat gesagt, für Reklamationen sei er leider nicht zuständig, der jüngere hat angedeutet, dass es typisch sei für die Firma: Anschlüsse zu versprechen und nicht einzuhalten. Falls es zwanzig Leute beträfe, fände man eine Lösung, aber: für einen? Mittags gäbe es einen Zug, den könnte Florin nehmen. Aber er hat schließlich für das Ticket bezahlt! Daher fragt er in den anderen Ticketbüros, ob die Angestellten einen Mann oder eine Frau mit pinkem oder violettem Hemd gesehen hätten, der im vierten Büro von links sitzen müsste. Die verneinen. Er ruft erneut die Hotline an. Eine verstimmte Person hebt ab, fragt Florin nach seinem Anliegen. Der Bus nach

Bukarest sei schon weg, es habe auch niemand während der Fahrt angerufen. Florin hat es fünfmal probiert, aber niemanden erreicht. Refundierung? Nur in Form von Gutscheinen. Er möge seine E-Mail-Adresse buchstabieren, dann werde man sich darum kümmern. Ein Gutschein? Falls er ihn tatsächlich bekommt: besser als nichts. »F, L, O, R, I, N, Punkt, N, I, C, O, L, E, S, C, U, vierzehn, @, yahoo, dot, ro.« Draußen steht noch die junge Frau, die neben ihm gesessen ist. Er fragt sie, ob sie zum Bahnhof müsse – hat sie während der Fahrt nicht gesagt, sie fahre aufs Land zu ihrer Mutter? – und ob sie sich ein Taxi teilen möchte. Daiana willigt ein: Um vom Bahnhof zur Autogara Fany zu gelangen, muss sie schließlich nur noch die Brücke überqueren, die sie an das andere Ende der Gleise bringt, und ein paar Meter zu Fuß geradeaus gehen.

Ioan wartet, bis die Letzten ihre Koffer, Rucksäcke oder Reisetaschen entgegengenommen haben und am Gehen sind. Blickt ihnen nach, wie sie sich zerstreuen: in die verschiedenen Stadtteile, zu anderen Busbahnhöfen, zum Bahnhof. Aus der Halle kommt Cosmin, in seiner Hand nicht etwa Schokolade, sondern ein Automatenkaffee für Ioan. Der bedankt sich, fragt Cosmin, ob der letzte Schultag in Ordnung gewesen sei und ob sie schon einen Weihnachtsbaum geholt hätten. Ioan zündet sich eine Zigarette an und ruft Adrian zu, er nehme ihn mit bis zum Bus nach Turda, wenn er sich um die Pakete kümmere. Ohne die Kartons im Schnee abzustellen. Adrian lädt aus: einen Koffer, auf dem stapelt er drei Umzugskisten und den Karton, der nach Essen riecht. Der erste Empfänger nimmt das Essen entgegen, die zweite eine Kiste, der dritte die anderen beiden Kisten. Schon kommen die nächsten. Holen weitere Kartons, Plastikboxen, Tragtaschen. Ioan erfährt indessen, dass Marina und Cosmin in den Wald gefahren sind, gemeinsam nach einer Tanne gesucht haben, Voraussetzung: ihnen beiden sollte sie gefallen, niedrig wäre von Vorteil und leicht aufzuputzen. Mihai hat sich einen Caramel Cappuccino geholt, er muss erst aufwachen, bevor er sich auf den Heimweg macht. Während der ganzen Fahrt hat er über seine Finanzen gegrübelt. Das Hin- und Herwälzen des Problems hat aber nichts daran geändert, dass die Familie von ihm abhängt und er nicht weiß, wie lange er noch im Ausland arbeiten kann. Mihai sieht den immer noch leicht betrunkenen Daniel auf den Ausgang zugehen und wünscht ihm ein frohes Fest, der bedankt sich und sucht das Weite. Er sieht auch den Sachsen, der bei einer Bank arbeitet und im Bus neben ihm gesessen ist – beziehungsweise seinen Rücken, er hat sich schon umgewandt zum Gehen.

Ioan meint zu Marina, die sich neben Cosmin und ihn gestellt hat, er müsse noch den Passagierraum reinigen. Drinnen findet er ein paar Taschentücher. Eine leere Chipspackung. Papierschnipsel. In der letzten Reihe eine Ikone: Jesus mit brennendem Herz, laminiert und mit Gebet auf der Rückseite. Das Bild legt er ins Handschuhfach. Er sperrt den Bus zu, blickt in Richtung Eingang. Da sieht er, wie die Frau von der Grenze, um dreißig Jahre gealtert, wie er selbst, mit ihrer Tochter – oder ist es ihre Enkelin? – an der Hand auf die Halle zugeht. Reibt sich die Augen. Ist sie es wirklich? Er fragt sich, ob Marina denken würde … Es ginge doch nicht, sie anzusprechen. Was für eine absurde Art, ein Gespräch zu beginnen: »Verzeihung, haben wir gemeinsam vor einer halben Ewigkeit die grüne Grenze überschritten? Oder haben Sie eine Zwillingsschwester, die damals Richtung Westen …« Sie betritt eines der Ticketbüros, so viel kann Ioan durch die Scheiben erkennen. Falls er ihr wieder auf einer seiner Fahrten nach Wien oder retour begegnet, wird er sie ansprechen. Sie wird ihm antworten, dass sie stets in Rumänien geblieben ist, sie sei nur auf Besuch gewesen in Wien. Von Menschen, die durch die Donau geschwommen sind oder über die grüne Grenze marschiert, habe sie nur gerüchteweise gehört.

Adrian hat soeben eine SMS von Silvana erhalten: »Die Weihnachtseinkäufe sind erledigt, die Kuchenplatte habe ich geschliffen und ich freue mich, wenn du heute Nachmittag noch Zeit hast, dich um einen Christbaum zu kümmern. Küsse!« Er muss noch das letzte Paket loswerden: eine Schuhschachtel, die er einer alten Dame überreicht. Diese ist sichtlich gerührt, stellt das Paket ab, nimmt seine Hand mit beiden Händen. Verrät Adrian, sie habe einen Sohn in seinem Alter und von dem komme das Paket. Der Sohn sei vor ein paar Jahren fortgegangen, weil seine Verlobte unbedingt nach Wien wollte. Sie habe ihm damals gedroht, die Hochzeit abzublasen, falls er ihr nicht folge. Die Frau steckt den Karton in ihr Rollwägelchen, überhäuft Adrian mit Wünschen für Weihnachten, seine nahe und seine ferne Zukunft und wendet sich erst ab, als ein Mann, den er schon einmal gesehen hat, ihr Adrians Aufmerksamkeit entzieht. Er trägt keine Winterjacke, sondern zwei Pullover und eine bräunliche Weste, sein Gesicht ist voller Bartstoppeln und auf dem Kopf trägt er eine dreckige Schirmkappe. Ioan beobachtet die Szene aus ein paar Metern Distanz: Der Mann nimmt Adrian in Beschlag, redet unaufhörlich, als wäre es sein Recht, dass Adrian ihm zuhört und gelegentlich nickt. Wird laut dabei: »Den anderen Bus habe ich genommen, den weißen – und stell dir vor, da bin ich neben einem Schauspieler gesessen, dessen Filme im Fernsehen gezeigt werden – und wir sind schnell durch den Schneesturm gekommen, obwohl es hinten Schnaps gab und der Fahrer fünfmal anhalten musste, weil immer jemand einen Baum aufsuchen musste.« Es habe noch jeder einen Baum gefunden, alle seien sie hinaus zu den Tannen und Fichten mit ihrer Notdurft … man rege sich unnötig über die illegalen Holzfäller auf … er selber, er habe ja dies und jenes … aber auch Holz gefällt … tonnenweise Holz … Fährt fort, dass es genügend Bäume gebe in Rumänien … Das sei auch das Einzige … das Einzige, wovon genügend …

NACHWEIS

Die in diesem Buch zitierten Songtexte stammen von:

Jingle Bells: James Lord Pierpont
He's Orange: Fernsehserie The High Fructose Adventures of Annoying Orange
Annoying Ways to Die: Fernsehserie The High Fructose Adventures of Annoying Orange
A Weihnacht wie's früher war: Zillertaler Schürzenjäger
Even if the Sky Is Falling Down: Best Driving Music Compilation
See You Soon (*In a bulletproof vest …*): Coldplay
Need You Now (*From across the room …*): Venemy feat. Danica
This Too Shall Pass (*Well, things change fast …; She's a mystic in the sense …*): Danny Schmidt
You're My Heart, You're my Soul: Modern Talking
Loosing My Religion (*Oh, life is bigger …*): R.E.M.
Back to Black (*And I tread a troubled track …*): Amy Winehouse
Roses of Red: The Kelly Family
Lilac Wine (*I lost myself on a cold damp night …*): James Shelton
Love Will Tear Us Apart (*When routine bites hard …*): Joy Division

Transmission (*Listen to the silence, let it ring on …; Love to the beat of the show …*): Joy Division
Hurt (*I hurt myself today …; What have I become …*): Nine Inch Nails
Take Me Home, Country Roads: John Denver
Deşteaptă-te, române!: Rumänische Nationalhymne, Andrei Mureşanu
Domnişoare (*Dau o fugă în oraş după Domnişoare …*): Maximilian feat. Zhao & Spike
I'm Your Angel (*Come with me, come with me …*): Andreea Banica feat. Laurentiu Duta
Superhero (*My life destroyed, my life destroyed …; Can I be your superhero …*): Unknown Brain
We Are Young: Fun. feat Janelle Monáe
Human (*Maybe I'm foolish …; I'm only human …*): Rory Graham aka Rag'n' Bone Man
Space Oddity (*This is Major Tom to Ground Control …*): David Bowie
One Day (*One day I'm gonna fly away …*): Arash feat. Helena
Drama Queen (*Can't stop feeling …*): Shavi feat. Beatrich
Starman (*There's a starman waiting in the sky …*): David Bowie
Car Phone (*Yes I am, I'm a very busy man …*): Julian Smith
In The End (*I tried so hard and got so far …*): Linkin Park
Symphony (*I've been hearing symphonies …*): Clean Bandit feat. Zara Larsson
My Only Wish (*I've been so good this year …; He's all I want, just for me …*): Brian Kierulf, Josh Schwartz, Britney Spears

DANKSAGUNGEN

Am meisten zu diesem Buch beigetragen haben die Menschen, die vorerst in Geisterbussen, bald nach der Arbeitsmarktöffnung 2014 auch in zuverlässigeren Reisebussen, in Zugabteilen, auf Bahnhöfen, Busbahnhöfen, auf der Straße, in Dorfkneipen und Gemischtwarenläden ihre Geschichten mit mir geteilt haben. Ihnen allen bin ich zu großem Dank verpflichtet. Ich verstehe mich als diejenige, der die Aufgabe zugefallen ist, ihre Erzählungen zusammenzutragen, die einzelnen Fragmente in verfremdeter und neu zusammengesetzter Form zu überliefern. Viele von ihnen haben mir ihren Namen nicht verraten, auch andere, die mir von Ausbeutung am Arbeitsplatz, von familiären oder anderen privaten Schwierigkeiten berichtet haben, müssen anonym bleiben. Die Leser*innen sollten dennoch wissen, dass Arbeitsmigrant*innen nicht nur das Rohmaterial für den vorliegenden Text geliefert haben, sondern auch zahlreiche Formulierungen, Denk- und Betrachtungsweisen. Stellvertretend will ich einen Menschen erwähnen, der von Irland Richtung Rumänien fuhr und in einer Rauchpause meinte, auf der Titanic wollten damals Iren in die USA, heute migrieren Rumänen mit Bussen nach Irland …

Die Idee zu dem Roman entstand während eines dreijährigen Aufenthalts als Auslandslektorin in Cluj. Ich möchte mich bei allen bedanken, die mir das Leben in der unbekannten Umgebung leichter gemacht haben. Meine Kolleginnen Angelika, Anita, Eva, Heinrich, Laura, Lucia, Réka, Thomas und Ursula sollen an dieser Stelle erwähnt werden, sie haben in langen Gesprächen viele Fragen zur rumänischen Gesellschaft, Geschichte und dem Themenkomplex Arbeitsmigration beantwortet bzw. aufgeworfen. Bei Veronika und Dirk bedanke ich mich sehr herzlich für die Schlafcouch, die mir bei späteren Rechercheaufenthalten in Cluj zur Verfügung stand.

Wenn ich an die Recherchen über rumänische Dörfer zurückdenke, fällt mir Ulf Ziegler ein – bei ihm bedanke ich mich für den Dialog über den Alltag, das Bleiben, Wegziehen und Zurückkommen. Bei Semida Dani will ich mich herzlich für die Gespräche und E-Mails bedanken, in denen sie mir viele Fragen über die ökonomische und soziale Situation von Migrant*innen und ihren Familien beantwortete. Auch Christa Richter will ich meinen Dank aussprechen für eine ausführliche und informative E-Mail-Konversation. Tina Bing danke ich ebenfalls für die Informationen, die sie mir per Mail zukommen ließ.

Bei Prof. Dumitru Sandu möchte ich mich für die wissenschaftliche Einführung in das Thema Arbeitsmigration aus Rumänien nach Westeuropa und für die vielen Literaturempfehlungen bedanken. Alexandra Voivozeanu danke ich für das Gespräch über ihre Feldforschung, Arbeit am Bau und in der Fleischindustrie, Genderrollen und Väter, die in die Rolle von Superhelden schlüpfen, um ihren Kindern ein besseres Leben zu ermöglichen. Goran Music sage ich Danke dafür, dass er mir seine Artikelsammlung zur Geschichte Rumäniens zur Verfügung gestellt hat. Bei Marius Rusu von Salvați Copiii will ich mich für das Telefonat bedanken, in dem er mir wichtige Fragen zur Situation alleingelassener Kinder von Arbeitsmigrant*innen beantwortete. Bei Dr. Ioana Micluția bedanke ich mich für den Artikel zur Auswirkung von Migrationserfahrungen auf die psychische Gesundheit. Dr. Susana Stupecky sage ich Danke für die Bereitschaft, mir in einem langen Skype-Gespräch über die Migration von Ärzt*innen, ihre Gründe und die Auswirkungen auf das rumänische Gesundheitssystem zu erzählen. Bei Diana Botescu und Silvia Agapova vom Amaro Foro Berlin bedanke ich mich herzlich für das Gespräch über die Situation von Roma in Rumänien und in Westeuropa. Radu Plamadeala vom ÖGB verdanke ich viele Informationen zu Arbeitsrecht und gewerkschaftlicher Organisation, Ernteeinsätzen, 24-Stunden-Pflege und Arbeit am Bau. An dieser Stelle möchte ich mich noch bei jemandem bedanken, der mir in einem herzlichen und detaillierten Gespräch viele Einblicke mit mir geteilt hat, unter der Prämisse, dass ich seinen Namen und seine Tätigkeit für mich behalte.

Susanne Steiner danke ich herzlich für die Informationen zum Schlachten und Verarbeiten von Fleisch. Bei Gerhard Huber möchte ich mich ausdrücklich für seine Expertise als gelernter Mechaniker bedanken. Dr. Paula Oşian danke ich für ihren Sprachkurs an der Clujer Romanistik sowie die langen Gespräche zu Kultur, Alltagsleben und Gesellschaft Rumäniens. Madalina Diaconu und Florin-Ionel Oprescu bin ich dankbar für die Möglichkeit, ihre weiterführenden Rumänisch-Kurse zu besuchen – eine wichtige Voraussetzung, um die Geschichten, die ich zu hören bekam, auch zu verstehen.

Beim Literaturhaus Wien, William T. Vollmann und allen anwesenden Kolleg*innen bedanke ich mich für die Gesprächsrunde zu Literatur und Reportage. Christa Stippinger und den Autor*innen der Literaturwerkstatt im Amerlinghaus danke ich herzlich für das Feedback und die Anregungen zum Überarbeiten. Besonders bedanke ich mich bei meiner lieben Kollegin Ramona Tarka, die alle rumänischen Passagen im Roman genau Korrektur gelesen hat. Natascha Gangl verdankt der Roman seinen Namen – als ich ihr von dem Online-Game namens Autobus Ultima Speranza erzählte, meinte sie: »Das wäre doch ein Titel.« Mein Dank gilt auch dem Residenz Verlag und allen, die einen Beitrag zur Produktion des Buches geleistet haben.

Bei meinem guten Freund und Erstleser Wolfgang Oertl bedanke ich mich ganz besonders: für mehrere Lektüredurchgänge, das taktvolle Aufzeigen von sprachlichen Fehlern und konzeptuellen Problemen, das gemeinsame Besprechen von Lösungsansätzen; vor allem aber für die beständige Ermutigung, weiterzuschreiben. Ohne ihn wäre der Bus halbfertig in der Textwerkstatt stehen geblieben oder erst mit großer Verspätung erschienen.

Meinem Lebenspartner Birtan möchte ich danken für zwei Durchgänge Zombies töten im Online-Spiel sowie für einen Lektüredurchgang mit Hauptaugenmerk auf Straßenverkehr und Fahrverhalten von Adrian und Ioan. Außerdem sage ich Danke für Verständnis und Unterstützung in der Zeit zwischen Fertigstellung der Erstfassung und Druckfahne.

Cordula Simon

Der Neubauer

Roman

200 Seiten, ISBN 9783701716852

… der Roman hat es faustdick hinter den Ohren, obwohl er so lässig und leicht daherkommt. Unterhaltsam eben. Man sollte ihn lesen – und irgendwo wird man darin auch sich selbst erkennen.
Cornelius Hell, Ö1 EX LIBRIS

Cordula Simon versteht ihr Handwerk. Ihr gelingen prächtige Bilder. (…) Das gute Leben der schlechten Menschen eignet sich zum Vergleich, samt narrativen Mehrwert, dem auch ein Musil zustimmen würde: „Jeder erzählt sich sein Leben zurecht.“
Dominika Meindl, FALTER

Wie alle bisherigen Romane Cordula Simons hat auch Der Neubauer Witz, Tempo und überraschende Wendungen. Mit Verve und ohne unnötige Schnörkel geschrieben, ist das Buch ein Pageturner, den man nur schwer wieder aus der Hand gibt. Außerdem hat der Roman eine Qualität jenseits der Kritik an Gerechtigkeitsrhetorik und Nachhaltigkeitsgeschwafel sozial Bessergestellter: Er ist auf geradezu unerschrockene Weise mit scheinbar banalen Sinnsprüchen gespickt, die bei genauerer Betrachtung mehr Stoff zum Nachdenken bieten als so manche philosophische Abhandlung.
Gerald Lind, Literaturhaus Wien, INCENTIVES

Yara Lee

Als ob man sich auf hoher See befände

Roman

192 Seiten, ISBN 9783701716876

Der Erstlingsroman von Yara Lee ist eines der rar gewordenen Bücher, in denen es nicht darum geht, was erzählt wird, sondern wie: den Rhythmus, das Tempo und den Ton der Sprache.
Sebastian Fasthuber, DER FALTER

Yara Lees Prosa wirkt reduziert und erlaubt sich dennoch zu mäandern, sie ist unbekümmert und diszipliniert zugleich, originell, sprachakrobatisch, aber nie sprachverliebt.
Gerhard Zeillinger, DER STANDARD, Album

Ein eindrucksvolles Werk, das motivisch fein gearbeitet ist und mit der Wahl der sprachlichen Mittel überzeugt.
Monika Vasik, DIE PRESSE

Yara Lee hat einen wundervollen Debütroman veröffentlicht, in dem sie mit Poesie und Wortwitz und einer beachtlichen Erfindungsgabe auf der Klaviatur mythologischer Muster und deren Aktualisierung in der modernen Literatur spielt.
Uwe Schütte, WIENER ZEITUNG